Rocket Raccoon & Groot  Steal the Galaxy !

银河护卫队

火箭浣熊和格鲁特寰宇记

［英］丹·阿伯内特

（Dan Abnett）

著

王爽

译

世界图书出版公司

北京·广州·上海·西安

图书在版编目（CIP）数据

银河护卫队：火箭浣熊和格鲁特寰宇记 /（英）丹·阿伯内特（Dan Abnett）著；王爽译. —
北京：世界图书出版有限公司北京分公司，2017.6
书名原文：Rocket Raccoon & Groot：Steal the Galaxy!
ISBN 978-7-5192-2920-7

Ⅰ. ①银… Ⅱ. ①丹… ②王… Ⅲ. ①长篇小说—英国—现代 Ⅳ. ①I561.45

中国版本图书馆CIP数据核字（2017）第084553号

VP, PRODUCTION & SPECIAL PROJECTS: JEFF YOUNGQUIST
ASSISTANT EDITOR, SPECIAL PROJECTS: CAITLIN O'CONNELL
MANAGER, LICENSED PUBLISHING: JEFF REINGOLD
SVP PRINT, SALES & MARKETING: DAVID GABRIEL
EDITOR IN CHIEF: AXEL ALONSO
CHIEF CREATIVE OFFICER: JOE QUESADA
PRESIDENT: DAN BUCKLEY
EXECUTIVE PRODUCER: ALAN FINE
COLLECTION EDITOR: JENNIFER GRÜNWALD

书　　名	银河护卫队：火箭浣熊和格鲁特寰宇记	
	YINHE HUWEIDUI	
著　　者	[英]丹·阿伯内特	
译　　者	王　爽	
责任编辑	郭意飘　　陈俞蒨	
装帧设计	刘敬利	
出版发行	世界图书出版有限公司北京分公司	
地　　址	北京市东城区朝内大街 137 号	
邮　　编	100010	
电　　话	010-64038355（发行）　　64037380（客服）　　64033507（总编室）	
网　　址	http://www.wpcbj.com.cn	
邮　　箱	wpcbjst@vip.163.com	
销　　售	新华书店	
印　　刷	北京博图彩色印刷有限公司	
开　　本	787 mm × 1092 mm　　1/16	
印　　张	21	
字　　数	350 千字	
版　　次	2017 年 6 月第 1 版　　2017 年 6 月第 1 次印刷	
版权登记	01-2016-2095	
国际书号	ISBN 978-7-5192-2920-7	
定　　价	59.00 元	

1

最后一杯酒

（好歹开个头）

一只会说话的浣熊和一棵会走路的树一起去酒吧——

等一下，我的语言回路告诉我，在超过十五万六千种文明的语境中，这个开头听起来很像是要开始讲笑话了。

这种笑话有可能包括："怎么脸那么长？""恐怕不会。""哎哟，是个铁吧。"

亲爱的读者，请务必理解，我绝对不是要给大家讲笑话。这个故事和世界的命运、宇宙的命运有关，半点也不夸张。在这个故事中，银河系，也包括其他星系——更不用说整个时空中多达千万亿的多重宇宙——全都会陷入真正的危机之中，且不止一次。这是个严肃的故事。千万亿无辜的生命全都在期盼这个故事圆满收尾。一旦我们的讲述偏离正轨，星星就会熄灭，银河系的臂旋就会散乱，超巨星就会爆炸，在一片心碎的原子中形成明亮的气云，宇宙中古老而伟大的文明将会崩溃。当恐怖的永恒黑暗割断所有造物的喉咙时，一切都会尖叫。

所以，忠实而友好的读者们，不要误以为我们现在要讲笑话了。

这不是笑话，明白了吗？我要暂停我的语言文字协议，因为很可能就是因为语言文字协议引发了这些问题。我要试着更加……不正式，更加人性化（因为我认为你是人类，忠实的读者。从各个方面来看，你都像是人类。除了眉毛。真的？真的？你居然自己修眉？）。我是个合成人，合成人机器人。我是一个度量工具，一台数据记录仪。我是参宿七的工厂生产出来的。我的主要作用是观察。所以，帮个忙好吗？我分不出有机体的细微差异。

我们说到哪儿了？

哦，对。一只会说话的浣熊和一棵会走路的树一起去酒吧。

那是深潜镇的一家酒吧。深潜镇是夏斯三号行星上跨大陆的超级都市兼星际港口卢米纳的郊区。夏斯三号行星气候宜人，它围绕克斯拉涅克星簇里费茨主星和费茨次星组成的双星系统以弹射环形轨道运转。它是个 M 级世界，约有九十九亿人口，主要出口的工业品包括——

中止讲解协议

——容我问一句，忠实的读者，倘若每次遇到专有名词，我就开启数据传输模式，这样子会不会很烦，会不会？我是个百科数据库。但是我不想把故事讲成百科全书。有个办法……如果我说得太快，或者有什么地方没说清楚，请告诉我，我就倒回去补充细节。我很擅长补充细节。如果你就是喜欢听细节，那你可找对人了。

开启讲述模式

那个酒吧位于深潜镇。恒星沉入浑浊的水中，像红热的煤块一样发出滋滋声。外面的街道上霓虹灯闪烁。死疤垃圾帮的混混们冲着初升的卫星嚎叫，大家都在迫切期待晚间的街头斗殴以及油水丰厚的器官交易。

酒吧的名字是莱瑞酒吧。酒吧的常客不知道莱瑞究竟是谁，也不知道为什么酒吧要以他（或她，或它）的名字命名，连讷什都不知道。讷什是经营这家酒吧的斯库鲁人。

讷什曾经受过许多伤，基本上是在不计其数的克里-斯库鲁战争中受的伤。由于受伤次数太多，他有相当一部分的生物量都被控制论和外科修复学系统地替换掉了。可以这么说，他不是一个装着赛博格零件的斯库鲁人，而是一堆赛博格零件勉强连接了一个斯库鲁人的胳膊。但这一切并没有阻止他继续当个暴躁的斯库鲁人，他还能唱斯库鲁传统圣歌："塔纳克斯！塔纳克斯！时刻变化！"每个斯库鲁日他都精神抖擞地唱这首歌，酒吧里点提摩太的客人太多之时他也唱这首歌。

数据注释——稍后我们再解释有关提摩太这种饮料的内容。

莱瑞酒吧是典型的深潜镇酒吧：错层式，复式吧台，有一个小舞台，一个乐池，一个格斗区，还有一个通往多重宇宙的准恒星出口。但这个出口从来没人使用，因为大家都忙着互殴，忙着在格斗场上下注，忙着享受这种欢乐时光。

当会说话的浣熊和会走路的树走进酒吧时，莱瑞的生意一如往常。舞女们跳舞（我说舞女，意思是八十个首尾相接的伪阿米巴原虫赏心悦目地扭来扭去，变换队形，还戴着鸵鸟毛），乐队奏乐（我说乐队，意思是一队具有一定规模、封闭的凯米利安嵌入式鼓号队，使用可发声的黄铜管，以桑巴舞的节奏，制造出令人不安、痛苦、类似马放屁一样的超低频噪音），整个酒吧都在跳动（我说跳动，意思就是跳动。深潜镇建在几根巨大的岩石熔融柱上，这些柱子直通行星的地幔层，是早先夏斯行星的第一批建设者建造的。这些柱子真的被凯米利安乐队马放屁音乐的超低频次声波震得在抽搐了。只有一点点。嗯嗯，只有一点点）。

"我喜欢这地方。"名叫火箭的浣熊很是享受。

"我是格鲁特。"他那位大高个同伴点头表示赞同。

一只会说话的浣熊和一棵会走路的树。英雄们到处走，留下的记录却不太多。我看到他们的时候当然是这个反应。我敢肯定，忠实的读者，你们第一次看到他俩出现在我精心组织的故事中时，一定也是这个反应。一只浣熊和一棵树。一个会说话，一个会走路。

当然了，忠实的读者，我听见你在说，他们不是这个故事中的英雄，对不对？而且，你还会急切地问，多重宇宙的命运并不倚赖他们两位，对不对？

嗯，不。不对，多重宇宙真的要靠他们两位。如果这件事让你恐慌了，那也许你不应该把多重宇宙的命运看得太过重要。

不知道这么说好不好，我希望是好的，我对他们两位的第一印象非常淡薄。过了好一会儿，我才看清火箭浣熊和 X 行星上的树人，这两位拯救了多重宇宙的英雄。事实上，真的是过了好长一会儿。在讲故事的过程中发生这种事，我肯定会尖叫起来。

不管怎么说……

"我喜欢这个地方。"名叫火箭的浣熊很是享受。他还不到人类的一米高。他的外套崭新闪亮。他的大尾巴蓬蓬松松的。他走路的样子会让你这种人类说："看看这个小家伙！看看它！它居然用后腿走路！哇哈哈哈哈！"

别说这话，千万别说。如果你这么说了，他会一枪打死你，说一次打一次。很遗憾地说，火箭浣熊有过一段非常扭曲且不愉快的过去（这段"身世"我想你多半会忽略，忠实的读者），那段扭曲且不愉快的经历让他成了如今这个鼻子油亮、没皮没脸的太空战士。随着故事的发展，我会多透露一些他的"身世"，但我不敢保证。我曾被人拿着枪威胁，不许泄漏相关细节。看吧，如果你像我一样了解他，你就会知道他的心脏位置正常（在他胸腔的左上方），他的道德准则比较奇特（"干翻所有人！"©2014火箭浣熊版权所有），他还喜欢难以操控的大枪。

在他进入莱瑞酒吧时，他背后就背着这么一支枪。看看他！看看，走得昂首挺胸！就像训练有素的狗！汪汪汪！乖狗狗！乖狗狗！

抱歉。

还有他的双手。看看，那双手。我绝不会忽略他的手。火箭的手……出乎意料地很像人类的手。有些诡异（当然不是突变的缘故，突变体的诡异完全是另一种截然不同的风格）。非常奇妙，令人印象深刻、惊讶万分，令人难以置信，以至于无言以对……够了，总之就是特别烦人。火箭浣熊的手和人类的手非常相似，相似到令人恼火。

我们还是先想点儿别的事吧，那双手真的有些吓到我了。

别的事，别的事……嗯，火箭穿了一身制服，深蓝色的，像闪着红光、配有装饰扣的军装。这是银河护卫队的制服，这个队伍是保卫宇宙的超级战队，但却从未得到过应有的尊重，也从未公开。一提到这个名字，大部分人都会说："啊？什么护卫队？"

火箭浣熊正在休假。你看，护卫队成员们现在暂时还不需要去拯救这个忘恩负义的宇宙，也不需要去保卫某个哼哼唧唧地说着"我才不稀罕被保护"的星系。星爵做自己的事去了。卡魔拉也做自己的事去了。德拉克斯……搞破坏去了，我猜的。

所以火箭和格鲁特也去做他们最擅长的事去了：找点儿活，赚点儿钱。他们有驾驶超小型跃迁式货运飞船所需的钥匙和证书，还有一货舱的新鲜鳟克，准确地说，是四十八吨鳟克。他们之所以来到莱瑞酒吧，是因为有消息称，某位鳟克买家今晚会到酒吧——一位能够买走四十七至四十九吨鳟克的买家。所以，现在是火箭做生意的时间……还有他那位忠实的树人朋友。

说到这个……格鲁特就是一棵树。想象一棵巨大古老的橡树，长着脸、胳膊，还有腿。想象一下他朝你走过来的样子。格鲁特穿过莱瑞酒吧大门的时候不得不蹲下来。可是就算他蹲下来，也有好些小树枝被折断，掉在地上。

火箭打量了酒吧里每一个不是斯库鲁人的人。

"两杯提摩太！"

"我是格鲁特。"格鲁特说。

"好吧，一杯提摩太，一杯苦皮树汁加苏打水。"

讷什开始忙活。火箭看着自己这位长树叶的朋友。

"放松些。"他说。他用油光光的鼻子嗅了嗅周围的空气，有蛇油和皮革的味道。他闻到了爬虫类的味道。他闻到了蜥蜴肚皮的味道。

"干死他！"他说，"兔崽子。"

接着大家就动手了。

2

一点麻烦

　　酒水上来了。格鲁特礼貌地伸出小树枝手指，小口地喝着他的饮料。火箭以正常的、谨慎尊敬的态度打量着自己的提摩太，那种尊敬的态度就像经验丰富的驯兽师正注视着自己花费毕生经验才驯服的戴纳比恩食脸兽。它们允许他整天和它们一起待在笼子里，它们允许他指挥自己，它们甚至允许他挠自己耳朵后面或者喂食。但它们终究是戴纳比恩食脸兽，它们的名字可不是白叫的。

　　提摩太，忠实的读者，这是一种非常完美的饮料。它就立在吧台的餐巾纸上，发自内心地闪耀着暗示欢乐及眼前一黑、世界大同的光芒。毫无疑问，提摩太的具体成分是个秘密，银河系无上光荣的酒保兼调酒师兄弟会严密地守护这个秘密。但是，有传闻称，提摩太的成分中包含阿库安酒精、克里白兰地、剥皮的扎克种子、一份巫希果汁、一杯用量子榨汁机从濒死生物的记忆中榨出来的真诚悔恨，柠檬调味，还要加一点儿反物质，以便在分子层面上维持超空间激流。当第一次被调制出来的时候，它被赋予了一个很可怕的名字，那个名字准确地表达出了人们饮用后的感受。但这份诚实对零售环节来说十分不利，于是这种饮料被命名为"提摩太"，这个别称听起来很安心、很温和。

火箭浣熊看了一会儿自己的那杯提摩太，眯起了眼睛。人们不能马上就干了提摩太，不能轻易被提摩太灌翻。在和提摩太正面对抗之前，你需要做好准备，深呼吸，然后助跑。就像飞跃山涧一般，或是凌空飞扑，或是克里-斯库鲁战争。

值得注意的是，在已知的宇宙中，提摩太是唯——种反复出现在希阿帝国卫队的违禁品及非法武器清单上的饮料。

"我是格鲁特。"格鲁特注意到了同伴的忧伤情绪。

"事实上，我突然想起一件事，兄弟。"火箭回答，"我有点儿担心我们的鳟克。如果我们不赶快找到那位大买家，就只能把那四十八吨烂熟的鳟克再搬回去了。那我们就亏大发了。我以为鳟克是不错的投资。其实本来也是。但是自从有人在厄利达尼伽马星建起超级种植园之后，整个市场就乱套了。我现在想的就是这个。至少这是我们到了这里之后，我最担心的事情。"

他又嗅了嗅空气。

"我绝对闻到了巴东人的味道。"他说。

就像得到暗示一样，巴东人出现了。

他们一共十人，都是同类中特别壮实的，穿着配有"利爪和分叉舌头"标记的战争兄弟会军装，军装裤子散发着黑亮的丝绸光泽。可见，他们是战争兄弟会"毁灭军团"核心成员中的精英分子，即使按照巴东族的标准，这些人的生活也算不上轻松愉快有爱。

显然这些暴力大蜥蜴战士是在找东西。他们眼睛不眨一下地东张西望，四处寻找蛛丝马迹。他们分叉的舌头在不锈钢加固的利齿间不断吞吐。巴东队长始终紧握着他那支华丽的战争兄弟会等离子毁灭枪的宝石手柄。

火箭浣熊又盯着他的提摩太。

"别跟他们对视，兄弟。"他低声对格鲁特说，"我们不能卷入任何麻烦之中，我们最不需要的就是跟巴东打架。"

"我是格鲁特。"格鲁特表示同意。

"说得没错，兄弟。有麻烦的地方是我们眼下绝对不想去的。别管那些闹事的。"

"我是格鲁特。"

"对。哪怕是为了解决我们眼下的大麻烦，也绝对不能教训这些尖耳朵的下流蜥蜴混蛋。"

"打扰一下。"他们身后的巴东队长说。火箭浣熊全身都僵硬了。他回想着各种宁静舒缓的事情，然后和格鲁特一起，慢慢地把吧台椅转过去，面向那个巴东人。

"我是战争兄弟会指挥官卓奥克。"巴东队长这样介绍自己，"抱歉打扰二位，你们有没有见过一个参宿七记录仪？"

"参宿七记录仪？"火箭说，"我没见过。"

"我们有扫描图片。"队长的叉状舌头不停地伸缩晃动，"战士洛格，在你的战争兄弟会战术显示器上显示那张扫描图片。"

一个蜥蜴战士举着一块数据面板出列，数据面板上的图片基本上就是一个参宿七记录仪组件。

"肯定没见过。"火箭说。

"这个记录仪是个逃犯，"巴东队长说，"他带着敏感数据逃走了。

我们认为他来到这里寻找某个星际飞行员或自由贸易商,对方将协助他去往外围世界。你是星际飞行员或自由贸易商吗?"

"我说,我可以提供四十八吨物美价廉的鳟克,"火箭说,"但除此之外……"

巴东队长犹豫了一下,凑近了仔细打量火箭。通常,很难有谁会喜欢巴东人。他们暴躁、残忍、自私自利。在他们漫长而又血腥的历史中,巴东人曾征服并统治了大半个银河系。他们的文化从很早前就开始发展,社交礼仪、幽默感、耐心、同情心之类的特质就像他们的尾巴一样,先是从进化的角度来看显得有些多余,然后就开始退化,最后则彻底消失了。

但这还不足以解释火箭和卓奥克之间的相互嫌恶。这是一种原始的东西,始终存在并将永远存在于小型哺乳动物和大型蛇类之间的相互憎恶。这是一种本能,世代相传,是猫鼬与眼镜蛇之间的世仇。无论如何,他们两个就是互相看对方不顺眼。

巴东队长表现出极大的自制力。"抱歉打扰你了。"火箭也同样克制地回答:"没什么。"然后他继续看着自己的那杯提摩太。

"呼,"巴东队长走了之后,火箭对格鲁特说,"好险啊。"

就在这个时候,一个巴东战争兄弟会成员的战术扫描仪在乐池下面的空隙里检测到了参宿七记录仪。

"战争兄弟会指挥官!长官!我发现了!"那个战士大叫起来。巴东队长拿着他们兄弟会的激光干扰器和近战剑走过来。巴东人认为,银河系中的任何言辞,只要加上"战斗""兄弟会"这样的前缀就会更有深意。

那个倒霉的猎物,现在看来确确实实是个参宿七记录仪组件——由参宿七设计并量产的一种机器人设备,主要用于数据收集和星系测量。他正从乐池底下爬出来准备逃跑。

周围一片恐慌。巴东人冲向那个记录仪。记录仪在惊恐中发出尖锐的电流声。这种组件不是为了战斗和竞速设计的。莱瑞酒吧的大部分顾客都逃跑了，剩下的人在等着看巴东人的笑话。保镖进来了。讷什大喊："嗷！"同时用他那条斯库鲁胳膊指着墙上的牌子，牌子上写着："请勿拿出任何枪支或能量分解装置，肇事者将被斯库鲁人腰斩。"

火箭仍然盯着他那杯一口没动过的提摩太。

"我是格鲁特。"格鲁特说。

"对，我知道他们开始了。"火箭叹了口气。

"我是格鲁特。"

"是，我知道应该去帮助那个可怜的机器人，去支持他，打败巴东人。要是我们不去，还有谁会去呢？我们只是……不得不忽略这件事。我们要尽量避免麻烦，不是吗？"

"我是格鲁特。"

"对，我知道，邪恶获胜的唯一机会就是善良的人袖手旁观。"

他们身后的骚动愈发激烈。记录仪撞上了一个女招待，整整三个托盘的玻璃杯都掉到了地上。巴东队长握着他的战争兄弟会等离子毁灭枪。顾客们大呼小叫。记录仪一边爬起来，一边向女招待道歉。巴东队长开了一枪。战争兄弟会的扳机往下一扣，一团战争兄弟会的高能激光等离子束穿过酒吧。它会击穿并熔化记录仪的脊柱，一方面保留他记忆库中的数据，另一方面又能防止他继续逃跑。

巴东队长开枪了。

此时发生了一件怪事。这件事的重要性还要过好久才能显现出来。那是一层被推迟了的关系，是这件怪事与时空、命运、未来之间的松散关系。

此时此刻，简单来说就是一道明亮的传送能量束闪过，一个身披黑色战甲、形似戈拉多兰太空骑士的人出现在了莱瑞酒吧。事实上，他仿佛是在那把战争兄弟会等离子毁灭枪开火的瞬间，出现在巴东队长和跌倒的记录仪之间的。

太空骑士承受住了致命的一击，他的高阶虚化护盾吸收了大部分爆炸能量，其余能量则被反射掉了。但即便如此，强劲的冲击还是将这位战士冲到了酒吧的另一头，撞坏了乐池的下层围栏。

被反射的等离子束冲出去，它的大部分能量都被消耗了，一路穿过酒吧，没打中记录仪，却打中了餐巾纸上的酒杯，把酒杯彻彻底底地打碎了。

"这就不能忍了，"火箭浣熊跳起来，抓起他那把难以控制的爆破加农炮，"毁了我的酒！干死巴东人！关门，开火！"

3

扔下去

　　火箭浣熊现在用的这把难以控制的大枪是尼特罗武器系统 66 型 BPB（"爆破–便携"）型。它有好些便捷易上手的设置，包括符合人体工学的手柄（对特别像人类的手来说很实用）、自动反射瞄准系统、惯性缓冲稳定系统和一个获得专利权的后坐力衰减器。

　　而它最明显的特征则是在它射出蓝白色的致命射线时所发出的"咔滋哇咔"的声音。

　　"咔滋哇咔！"火箭浣熊的火爆大枪怒吼道。火箭站在吧台座位上开枪了，尽管有后坐力衰减器，这一枪还是害得他和座位一起足足转了三圈。

　　蓝白色的能量脉冲穿过莱瑞酒吧打在巴东队长的脸上。作为颇有地位的指挥官，巴东队长穿着全身自动护甲，这种个人能量护甲能提前检测到充能或开火的武器，并自动启动。这套护甲虽然救了巴东队长的命，但却没能挽救他的面子。它阻断了爆炸的伤害，但无法减弱那把大枪造成的压倒性的冲击。

　　卓奥克，了不起的战争兄弟会毁灭军团的战争兄弟会指挥官，他摔倒了，从酒吧大堂里消失了，从扇形舞台上消失了，头朝下栽倒在沙拉台上。

他手下的人过了片刻才反应过来。他们发出战争兄弟会的战斗嚎叫，冲向火箭和格鲁特所在的地方。然而就在几秒钟前，他们还在那边努力不去管闲事呢。第一个冲向他们的是一个强壮的巴东武士，他手握战争兄弟会的近战剑。

他挥剑砍向火箭。火箭大喊一声："嘿！"随即他俯身避开。那把由量子强化的莫迪安钢剑把火箭的椅子劈成两半。

格鲁特打飞了那个巴东武士。

那个武士摇摇晃晃地穿过酒吧，撞翻了一群克里商人。那帮人还指望着度过一个愉快的夜晚，不必为任何事情指责他人呢。那把剑从他毫无知觉的手里飞出去，在空中绕了两圈，扎进莱瑞酒吧铺着地毯的地上，剑身还抖个不停。

各种可以被称为"骚乱"的状况一下子全都爆发出来。酒吧本来就很挤，现在到处都是尖叫声和跑动的人。两把大型武器开火，吧台椅被劈成两半，外加一棵树揍人所造成的后果。

火箭浣熊是个战略奇才。你之所以会知道这种事，主要是因为他到处跟人家讲他遇到了些什么事。

但是，他的行踪记录自有一番光景。他确实保卫了银河系好多次，更不用说他还数次拯救了银河系。他看待打架的眼光和其他人大不相同，而且他的枪法准得不得了。

火箭充分利用了周围的混乱和自己的身高。他利用身边四散逃跑的客人们做掩护，巴东武士完全无法瞄准他，只能乱射一气。一个枝形吊灯爆炸了。舞女们尖叫着跑向更衣室，状如一团鸵鸟毛组成的云朵。

火箭躲进一排装饰用的盆栽植物中，他的尼特罗66再次开火了。

哈，那声"咔滋哇咔"真是带劲！

这一枪打中了一个巴东队员。和战争兄弟会的指挥官不同，这个巴东人的地位不够高，没资格穿全身自动护甲。他简短地思考了一下巴东管理层一直以来在福利方面的优待，又思考了一下为何从长远来看普通巴东战士总是在付出。然后他留恋地看了看本该待在躯体内部的一团雾气，最终倒地而亡。

本故事中要死很多人，忠实而温柔的读者们。我不否认此事。宇宙十分残酷，生命和死亡并肩而行。如果不是并肩而行，至少也是"捆绑销售"。就像《逃狱惊魂》里的托尼跑向更衣室的画面一样。火箭和格鲁特是战士。宇宙的命运关乎生死，很多时候它取决于扣下扳机的手指，也可能取决于大杀伤力枪支及其主人在使用它时的意志。值得一提的是，尼特罗武器系统66型BPB还有一个替用户着想的优点，就是它有个切换开关，使用者可以切换到非致命的下扳机模式。不过，火箭用了它八个月，结果还是格鲁特告诉他有这么个设定。而当格鲁特提起这件事的时候，火箭足足笑了九分钟，然后问：是格鲁特告诉他有这么个设定吗？

火箭浣熊赢下一局——正式的一局。他过界了。火箭把这条界线叫作"要命事件界线"。

现在不能回头了。

"格鲁特，兄弟，树兄！"他喊道，"我们超出要命事件界线了！手套扔出去了！"

格鲁特有些迷惑，因为他没戴手套。他向自己的哺乳类小朋友点点头，转身一记上勾拳把一个巴东武士揍得越过莱瑞酒吧，从天花板上的洞里飞了出去。那个地方先前还没有洞呢。

格鲁特是一株典型的珍稀大型植物，其原产地被称为 X 行星。他是一个非常复杂的个体，只在十分有必要的时候才揍人——因为他极其擅长揍人。

格鲁特被一股巨大的力量击中，跟跄了几步。是酒吧老板讷什从背后袭击了他。讷什挥舞着丑陋的赛博格大棒，这是他为了在打烊时分应付骚乱和麻烦的顾客而特别准备的。

"任何人都不准在我的酒吧里闹事！"他吼道。

"我是格鲁特！"格鲁特对他说。

讷什又揍了他一下。充满能量的赛博格大棒打掉了树皮，液体流了出来。

这下可惹恼了格鲁特。他狠狠地打了讷什，那个斯库鲁人不禁乒乒乓乓地滚过吧台，打翻了六个架子和上面的瓶子。

不过讷什雇用了好多厉害的保镖来保护他的财产。他们都是来自拉克苏斯战区的大型战斗赛博格机组。他们开启狂暴模式，逼近格鲁特，一个个都膨胀起来，身上裹着致密合金装甲，还装备了皮下力场。

第一个食人模式的赛博格机组上前殴打格鲁特。接着，第二个也来帮忙。格鲁特受伤了，晃了几下，然后把一个赛博格机组抽得越过吧台，另一个被抽得栽进了墙里。第三个和第四个也握着拳头冲了上来。

"我是格鲁特。"格鲁特下定决心。

与此同时，火箭成了巴东人的众矢之的。他们用战争兄弟会的激光枪向他开火，地上、墙上、酒吧舞台被炸出洞来，而且火箭那油光水滑的大尾巴也差点儿被烧焦。

火箭俯身一滚，开枪还击。一部分天花板爆炸后坍塌下来。巴东人分散躲避。其中一个巴东人觉得甜品推车后面勉强可以掩护自己，于是花了很长时间假装自己是三层点心盘。

火箭也忙着找掩护。他蹲到桌子下面，忽然听见一个声音说："谢谢你的帮助。"

他四处看了看，发现自己正面对着一个参宿七记录仪，那家伙也选了同一张桌子藏身。

"我是一个记录仪。"记录仪说，"我是记录仪 127 号，由参宿七殖民地制造，目的是前往时间尽头，观察并记录已知的宇宙。但是我担心自己遇上大麻烦了。"

"那群巴东人为什么这么急着抓你？"火箭问。

"我不清楚，先生。"他是一个光滑而又美观的人形机器人，身上涂着金色和绿色。他的脸上有些冷漠悲伤的神情。

"我有一部分被损坏了，"他说，"我收集的数据有所损失。我不清楚究竟发生了什么，但我确实希望什么都没发生过。"

"好吧，记录仪兄弟，"火箭说，"我们已经超出了'要命事件界线'。"

"质疑？意义何在？"

"意思就是，我今晚本不想惹是生非，但是就算对这件事视而不见，我也会因为别的事情惹上麻烦。"

"质疑？意义何在？"

"你希望不受那些巴东人的伤害，参宿七兄弟，你的愿望实现了。"

"十分感激。我无意拖累大家。"

火箭龇了龇牙。巴东人的激光火力从他们藏身的桌子上方擦过。他拿出新的能量夹给他的暴力大枪装上。

他看了看记录仪。

"我就问问，"他有些忧伤地问，"你该不会碰巧知道了某个鳟克贸易商想做买卖吧？"

"很抱歉，我不知道。"

火箭耸了耸肩。

"随便问问。好了，趴下，跟上我。"

火箭浣熊从桌子下面跳出去，用那支暴力大枪疯狂扫射。在我所见过的同巴东人的对抗中，火箭利用这种武器的二十秒是最野蛮且高效的二十秒。

温和而忠实的读者，这就是我们见面的经过。

我是一个记录仪。

我是参宿七泛星系观察记录仪 127 号。

4

撤退策略

他们准备逃跑了。应该说，我们准备逃跑了。讲述者的天性总是不时地冒出来。你，忠实的读者，你现在知道了我就是这场大破坏的三个肇事者之一。

"这边！"火箭浣熊大喊。

"我是格鲁特！"他勇敢的同伴回应道。

火箭浣熊犹豫了。他看到了被格鲁特激怒的那个狂暴模式的赛博格机组，而讷什正挪动着他的义肢，用他那支等离子短筒猎枪四处扫射。就算不是战略天才，火箭也该明白"这边"不是逃跑的路线。

我肯定也看出来了。

"那条路被至少七个危险的战士阻断了。"我特别说明一下，"那条路显然不应予以考虑，尤其是我们要重点关注健康、安全、成功、维系生命机能、减少人员损失……"

"你，废话少说！"火箭浣熊这样建议道。于是我暂停了讲述功能。

火箭浣熊一转身。

"这边！"他大喊。

很遗憾，"这边"依然没什么指望。虽然好几个巴东人都倒地不起，但是后援小队已经赶到了。他们拿起战争兄弟会的武器继续开火。半空中的激光和毁灭枪的子弹密集如暴雨一般。在沙拉台的后面，火箭刚才所指的那个方向，战争兄弟会的指挥官卓奥克正一边咒骂，一边发号施令。

"好了，好了！"火箭浣熊只能让步，"也不是这边！"

他又开了两枪，让那群巴东人好好蹲着，然后用他那支暴力的大枪指着地板。他基本就是漫无目的地开了一枪，酒吧地板被炸出一个大洞。洞口边缘熔化的红热金属不时掉落，散发出灼热的气息。

底下是一片空洞。

"格鲁特！"火箭高喊，"我们走这条路！掩护我的尾巴，兄弟！"

格鲁特和狂怒的狂暴模式赛博格机组激战。他的每一次击打都像音爆一样在空气中引起震荡。格鲁特抓起一个狂暴模式赛博格机组，将其塞进窗户里，然后又把另一个缠在它旁边——它的合金装甲凹下去，皮下力场护盾错乱，然后失效。但是狂暴模式赛博格机组实在是人多势众。格鲁特的小树枝被折断了，树皮也裂开了，液体流了出来。他就像职业拳击手在打一场特别艰难的总决赛一样。

"格鲁特！"火箭喊道。他用像极了人类的双手把自己的暴力大枪举过耳朵尖，扔过整个酒吧。格鲁特接住了枪。他先是像挥舞铲子一样掀翻了离自己最近的、威胁最大的一个狂暴模式赛博格机组，然后开始精准射击。尼特罗武器系统66型BPB在他的大手里看起来也不那么巨大了。事实上，它看起来像是玩具，像是卡宾枪或者其他小型枪械。他没有特定瞄准某个目标。他只是不停地揍人、快速射击。狂暴模式赛博格机组像保龄球瓶一样飞出去。讷什说了句很不像斯库鲁人的话，然后紧急躲避去了。

"我们走！我们走！"火箭大喊。他拿出备用武器——配有支架的长筒斯帕托伊尔激光手枪。他用那双酷似人类的双手握着这两支危险的手枪，伸直了胳膊挥舞着它们。忠实的读者，请参考你们的人类文化，会双手开枪的除了周润发，大概就是海盗了。

没错，基本上就是个海盗。现在只要再有一只鹦鹉或者一卷麻绳，火箭就像个真正的海盗了。

他向站在最前面的巴东人开枪：右、左、右、左——一支枪放下，另一支枪马上开火。三个战争兄弟会的武士中枪，撞在一起，滑倒在地，形成一个悲惨的巴东圆锥帐篷。

火箭浣熊还想更像海盗一些。

"格鲁特！我说我们要竖起尾巴了！"他提高嗓门盖过巨大的枪声喊道，"别玩了，干正事！拿出树的样子！"

"还要有叶子吗？"我制造出了片刻的沉默。我实在很喜欢讲夸张的冷笑话。

"不，"火箭厉声纠正我，"只管跳！"

说完，他就跳进刚才在地板上打出来的洞里。

我犹豫了。按理说，我应该践行这种轻率的行动，但是此刻事情摆在眼前，我发现自己犹豫了。

就在此时，我被那棵树抓起来夹在胳膊底下。然后那棵树帮我下定决心往下跳，而我只好从命。

砰！

我……晕了片刻。重启重组之后，我将自己的感知系统稳定下来。陀螺仪定位告诉我，我们大致下降了八米。格鲁特把我放下来。我发现自己站在某种灰蒙蒙的云母材质的沙石地面上。而且，我还注意到，地上有一些痕迹。

还有咆哮的声音。一种很兴奋且充满渴望的嚎叫声。

那个声音是从一群生物中传来的。那群生物似乎对我们的到来感到非常高兴。它们好像特别期待看到接下来的状况。

"莱瑞酒吧的建筑图纸表明，"我说，"这里很可能是角斗场，就在酒吧大堂的正下方。"

火箭浣熊慢慢转过身盯着我。我觉得他的意思是，我该早点说出这番话。比如，在跳下来之前就说。

竞技场区域很大，呈圆形。大呼小叫的观众们现在正一边毫无意义地挥舞拳头，一边飞快地交换赌资。他们坐满了竞技场外围到后面石墙的全部位置。在我们周围的沙地上，站着许多高大的斗剑士和格斗家。他们穿着满是尖刺的粗糙板甲，手握斧头、砍刀、长矛和三叉戟。他们带着一种十分专业的好奇心逼近我们。同样逼近的还有从萨卡阿尔特意进口的格斗野兽。它们呼噜呼噜地嘶叫着，口水从它们长满獠牙的巨口中流下来。

沙地上的痕迹，我的程序告诉我，是血……最乐观的情况下是血。

格鲁特若有所思地望着天花板上的洞。与从另一边看起来相比，现在这个洞更像是值得一试的逃生路线。但是，很显然，我们够不到。

"嗯，好。"火箭浣熊非常烦躁地嘀咕着，手枪在他那双特别像人类的手上狂妄地打转。他吼道："下注吧！"

5

游戏开始

一阵哨声宣布格斗开始，但这纯属多余。斗剑士已经向我们冲过来了。尖叫着的举牌女郎根本没时间带上各自的标志牌躲到围栏外面。

火箭将手枪瞄准了最近的一个斗剑士，那是个暴怒的萨乌里德人，戴着猎犬骷髅状的头盔。火箭开枪了。

什么都没发生。

火箭哇哇大叫："什么玩意儿？"然后他猛地一蹲，从对面敌人的两腿之间滑了过去。那个身穿盔甲的大块头斗剑士从他的头顶跑过，恰好正脸对上格鲁特的拳头。突然间，猎犬骷髅头盔就变成斗牛犬头盔了。

斗剑士一头栽倒。

"我的枪不管用了！"火箭高喊道，他又试了一次。格鲁特也尝试用尼特罗66射击，也没有成功。

"格斗区加装了阻碍力场，无法使用能量武器。"我解释道。

"为什么？"火箭边问边滚到一边躲避，桌子那么大的战斧呼啸而下。

"因为那样没有体育精神。"我回答。

"没有什么？"

"没有公平。这里的运动都是近战死斗，"我继续解释，"使用长射程的能量武器对斗剑士们不利。"

"对斗剑士不利？！"火箭朝我尖叫道。他正被一个巨大的赛博格生物追得满场子跑，对方的剑大如铁板。火箭说得对，不利的是我们这边。我们三个中，只有格鲁特在体格方面能与对方匹敌。他能把近旁的所有人打飞。火箭则全靠速度求生——跑、跳、冲刺、下蹲、跳跃。他很小，又很快，很难被打到。暂时是这样的。

而我得以存活的唯一原因在于，格鲁特很好心地不断把我从险境中抓起来，放到暂时不那么危险的地方。看上去就像他一边打架一边把我当成棋子一样走几步。我很担心，这大概坚持不了多久。

观众们都站起来大吼大叫。

火箭蹲在那个赛博格生物的剑下面，踩住另一个斗剑士的盾牌作为弹跳板跳起来，在半空中翻了个跟斗。然后，他落在一个希阿人肩上。他的肌肉经过了基因强化，肩部戴着大型钢质肩甲，头戴一顶遮住脸的铬黄色头盔，非常吓人。火箭把手枪插回枪套中，用他那双特别像人类的手抓住斗剑士头盔的边缘，把它狠狠扣在那个希阿人的耳朵上。那个希阿人狂怒地叫起来，他的砍刀和斧子从手中滑落，眼前一片黑暗，踉踉跄跄地想要把自己的头盔摘下来重新戴好。他花了好长时间才重新调整好头盔的透视缝。

火箭从他身上跳下来，回到沙地上，捡起他掉落的手斧。这东西在希阿人的手里显得很小，只是个辅助工具。但对火箭来说，这是把巨大的战斧，他必须把斧柄扛在肩上才能好好地握住它。

另一个角斗士冲向他。火箭挥舞着斧子，挡开了另一个角斗士的三叉戟。那个角斗士后退几步。火箭再次挥舞大斧，绕着那个角斗士的腹甲砍出一道凹痕。那个角斗士跪倒在地，火箭将斧子的背面砸向角斗士的后脑勺，把他打晕了。

"还有谁要来？"火箭冲上前去，看着四周吼道。一个陶立安斗剑士向我冲过来，火箭跳上他的后背用斧子打晕他，然后从他的肩上跳下来。那家伙四脚朝天地倒下了。

我有种特别明显的感觉，不管怎么说，火箭浣熊其实很享受。

那些斗剑士倒是还好，格斗场里的野兽就是另外一回事了。它们都是些怪物，忠实的读者们，它们是从疯狂的噩梦里诞生的怪物。每头野兽都和小型楼房一般大。它们本来生活在富饶的萨卡阿尔行星，那个地方如今只存在于记忆和数据库中（除了那些掌握时空技术的人）。但那颗行星上的骇人生物实在凶猛得令人印象深刻，所以它们之中的大部分依然生活在宇宙各大格斗场的兽笼里。

其中一个和我们共享一地的生物像是某种蜈蚣，长度堪比两三辆车首尾相连，那些尖尖的腿在它一节一节扭个不停的躯干两侧此起彼伏。而它剃刀般锋利的口器则噼里啪啦嚼个不停。

另一个生物像是巨大的长满脓包的蛤蟆，头却像深海鱼类。它长了张地包天的嘴和八排针一样的牙齿，任何一颗牙都足够给火箭浣熊当长矛了。它闪亮的肌肉几乎是半透明的，骨头和搏动的内脏都清晰可见。它的眼睛非常大，但却死气沉沉，像是浑浊的池塘。

还有一头巨熊似的四足兽，脖子周围长满尖刺。它的后背、侧腹和头部装备了锈迹斑斑的铁质盔甲。拴着它的长链看起来好像随时都会绷断。

从铁质头盔下面突出来的嘴大得可以塞下一辆小型私家车。它的牙就像削尖的墓碑一样。

这头熊咆哮着向前冲，踩伤了几个倒霉的斗剑士，还撞飞了几个人。格鲁特眼看它冲过来，立刻把我挪到旁边，但这样一来他就暴露在大蜈蚣面前了。那东西像一辆出轨的火车一样，无数条腿此起彼伏地冲向格鲁特。它浑身散发出氨水的气味。

格鲁特依然拿着那把尼特罗66。这是他手头唯一的武器。由于无法开火，他把枪塞进那个东西嘴里，以抵挡它噼啪作响的口器。

锋利的鄂片咬住枪。尽管竞技场的阻塞力场阻断了能量武器的射击系统，但它却无法阻止一个被咬成两半的能量块因制约装置失效而爆炸。

那支暴力大枪存储的全部能量都一次性被引爆了。

白热的光球形成的冲击将格鲁特掀翻了，那个节肢状怪物的头被彻底分解。黄色的浓液和硬壳的碎片洒得到处都是。由于神经系统受到余波刺激，那个一段一段的巨型无头躯干突然剧烈扭动起来。货运列车那么长的虫身极度绝望地抽搐扭摆，把沙子搅得到处都是。那些倒霉的角斗士被砸烂碾碎，抛向空中。接着，一切都结束了，它抽搐的身体和抖个不停的腿轰然倒向竞技场的围墙，砸进观众席。

一部分围墙被它压塌了。有毒的腿和它节肢状身体上仍在抖动的尖刺对座席上的广大观众造成了极大的伤害。

观众们不喊了，开始尖叫着涌向出口。突然间，角斗变得不那么适合晚间娱乐了。眼下的"血腥运动"显然不是观众们想看到的场面。

那只巨型蜈蚣花了很长时间才接受自己已经死亡的事实。它那胡乱扭摆的身体撞倒了更多围墙，压垮了四层座位，以及座位上的观众。竞技场管理员和司仪试图控制场面，但局面远不是他们所能掌控的。

那只半透明的蛤蟆兽闻到了血腥味，从围墙坍塌处跳了出去。也许它只是想越狱，也许它意识到观众们是一顿不错的美食，比平时那些穿盔甲会反击的斗剑士强多了。

再说，那群人已经嘲笑它很久了。

火箭浣熊目睹了这场惨剧。尽管"要命事件界线"在今晚早些时候已经被彻底越过了，但是眼下的这条界线他真的不知道应该算什么。

但是我意识到他已经彻底沉浸在阴谋诡计之中。对于他的重大发现，我感到很失望。

"我们必须出去。"他说。

"我是格鲁特。"格鲁特表示同意。显然，火箭的计划远超出我的理解。

火箭从他的子弹袋里掏出替换的能量块。他飞奔着远离我们。我看到他把制约装置拿掉了。

蜈蚣咬坏了尼特罗66，这反倒让他有了主意。

"拿上记录仪兄弟！"他回头喊道。格鲁特立刻把我拎起来，大步跨过沙地，跟上他的小个子朋友。

一开始，火箭仿佛是奔着那个巨大的闸门去的，那个闸门直接通往兽栏。但是，不，并非如此。

他是要去找那头巨熊。

片刻之前，那头熊才从我们身边呼啸而过，咬死了几个斗剑士以及不幸闯入它那张车库大嘴里的竞技场司仪。

火箭跳起来，奋力抓住它身后的一条铁链。他攀上链条，爬到巨熊一侧，然后跳上它装备盔甲的脊背。这一系列动作就像抓住缰绳爬上疾驰的马。火箭小巧又敏捷，他那双像极了人类的手非常适合抓握。

他爬到巨熊背上，站在肩甲之间，抓着它脖子上生锈的尖刺。我们只能看见他毛茸茸的大尾巴在巨熊头顶上晃来晃去。从我们的位置来看，忠实的读者们，那头熊就好像戴了一顶浣熊皮帽。

"悠着点，小牛！"他朝自己的坐骑喊道。但不管火箭怎么拉扯它脖子上的刺，巨熊始终都没有反应。于是，火箭只好用自己油光水滑的漂亮的大尾巴挠了挠巨熊的右耳。

这下有效果了。巨熊冲向左边，直奔兽栏的大门。

火箭大喊："哇啊啊啊啊——哈啊啊啊啊啊！"

他站在熊背上，举起能量块。

能量块中储存了巨大的能量，那个没头的蜈蚣显然已经证明了这一点。本来能量块被设计为密闭型且非常稳定，绝不会一次性释放所有能量，能够应付最严峻、最混乱的太空战斗。

除非密闭装置被故意移除。一个理智的人只会在把能量块装入武器的接收槽里时才这么做。

那两个不稳定的能量块从半空中飞过。就像被巨蜈蚣一口咬烂的那个能量块一样，它们不受竞技场阻塞力场的影响。

能量块撞上闸门的栏杆，爆炸了。

闸门被炸开。周围的通道颤抖着变成飞散的火焰云，然后碎石如雪崩一样落下。这下子又有一大片依靠通道建立的围墙和座位（以及大量狂热的格斗爱好者）倒塌了。更大的动乱接踵而至。

中止讲述模式

——在我讲述的过程中，"动乱"这个词的上限应当有所提升，且应当被重新定义。我认为早在前三次使用的时候我就该这么做了，所以，说真的，我为什么现在才想到呢？

恢复讲述模式

火箭从熊背上跳下来。巨熊还在全速狂奔，它穿过被炸毁的大门，把能量块爆炸后尚有残余的东西全部捣毁了。

格鲁特仍然拎着我，跟着火箭穿过大门废墟。他们在冒着烟的石块和扭曲的金属碎片中穿行。前方还能听见那头横冲直撞的巨熊造成的恐怖声响。

"必须找到出口，"火箭说，"载货码头之类的。"

几个竞技场工作人员跑过去，压根儿没理我们。空气中满是烟雾，碎石从天花板上掉下来。一个身影忽然从黑暗中浮现，是那个头戴铬黄色头盔的希阿斗剑士。

火箭拔出手枪，但那个希阿人看着我们摇头。

"我不想打，"他大声说道，"我签的合同里没有这部分。我只是在找出口。"

"出口在哪儿？"火箭举起手向对方示意自己手中没有武器。

"我打算去下层地窖，"那个希阿人回答，"据说那里有出去的路，可以通往深潜镇地下城，就是岩石柱那一层。也许从那边可以到达垃圾处理场。谁知道呢？"

"祝你好运。"火箭浣熊说。

"祝你自己好运吧。"希阿斗剑士阴沉地回答，"乱七八糟的东西都下来了。警察也来了。诺瓦军团。我甚至听说卢米纳协议被激活了。"

"是夏斯的高层？"火箭问。

"我并不想弄清楚。"希阿斗剑士说，"我要从后门出去。你们有计划吗？"

"当然有。"火箭回答。

希阿人转身要走，但他又停下来了。

"你们是什么人？"他问道。

"火箭和格鲁特。"火箭回答。

"没听说过你们。"希阿斗剑士说。

"正常，正常。"火箭叹了口气。

那个希阿人摇着头消失在烟雾中。

"我是格鲁特。"格鲁特说。

"地下城？"火箭问，"不，不去那边。火烧眉毛也不去。我们必须赶紧想好撤退策略。我们去着陆塔。"

于是，我们爬过各种残骸继续前进。火箭找到了一个破损的安全出口，出去之后是个潮湿的楼梯井。爆炸声、尖叫声、各种经过重新定义的动乱声响在水泥通道中回荡。

楼梯井入口处有个人靠在墙上。那是个身穿商人长袍的夏斯人。他好像刚被什么东西踩伤了，很可能就是那头巨熊。火箭停下来看他能不能帮帮这个倒霉蛋。但很显然，巨熊的脚印可不是什么人都能轻易处理的伤口。

"只……只不过是想来安静地坐坐……"那个人痛苦地低声说，"喝点儿酒……做点儿小生意……"

"你是做什么生意的？"火箭试图让那个人不要老想着自己致命的伤口。

"鳟……鳟克……"那个人说，"我倒卖鳟克。我……我就想做点儿小生意……不是现在这样。就做点儿小生意，人见人爱的那种。大……

大概就是介于四十七至四十九吨之间那么多鳟克。不……不用太多，对不对？"

"不，"火箭说，"我跟你说……"

但是那个人已经死了。

火箭抬头看着格鲁特。

"你知道现在是什么情况吗？"他问。

"我是格鲁特。"

"没错，真是黑色幽默。"

我们花了十五分钟才爬上楼梯井，登上着陆塔。大家都很小心。烟雾和动乱的声响还飘在空气中，此外还有很多警报声。外面传来诺瓦军团的汽车和应急飞船喇叭的独特声音。我们又遇到了几个人，但谁也不理会我们。所有人都一心想离开要命的莱瑞酒吧，或者也可能是想离开要命的夏斯。

火箭试着打开着陆码头的门，但是安全协议把门都锁死了。他掏出一个小型音速开锁装置外加几个精致的不锈钢探针去撬锁。这些东西拿在他那双特别像人类的手中看起来仿佛是外科手术工具。

门开了。冰冷的夜风吹了进来。这片着陆码头是莱瑞酒吧上方几个有铁塔支撑的大型平台之一，只供客人停泊。出去之后，我们就看见开阔的城市夜景，霓虹灯和摩天大楼的灯光交织成脏兮兮的薄雾。浓浓的烟雾从我们脚下的建筑物里翻腾扩散。高层城市繁忙的空中交通被诺瓦军团的悬浮式执勤车阻断了：诺瓦军团是克桑达最精锐的治安部队，是银河系的警察。现在天上全是闪烁不停的警灯——蓝红和亮黄。起重机械响个不停。

"走，"火箭说，"插上翅膀走吧。"

一架超小型跃迁式货运飞船正停在平台边缘处的制动垫板上，火箭走过去。依我所见，那艘飞船不是特别值得信赖，保养得也不是特别好。我不认为这艘飞船有必要从鼻子到排气管都画上火焰花纹，也不觉得它的保险杠上有必要贴张纸条，上面写着"超过光速就按喇叭呀"。

"等一下，"战争兄弟会的指挥官卓奥克在我们身后说，"你们拿了我的东西。"

我们慢慢转过身。

"嘿，你好啊。"火箭说。卓奥克带了几个人。他们身上脏兮兮的，还有血，他们的战争兄弟会战斗裤上还有新鲜的抓痕，所有人似乎都没有从刚才的事件中体验到任何乐趣。

"我说，你拿了我的东西。"卓奥克嘶嘶地说。

"我不是任何人的东西，我是参宿七殖民集体……"我刚说了个开头，火箭就打断了我。他直视卓奥克的眼睛。

"你的东西？"他问，"可能我是拿了。"

着陆平台和竞技场不同，这里没有阻塞力场。火箭拔出手枪，以快得令人难以置信的速度开火了。我觉得，在人类文明的参考资料里，这算是"功夫"吧。

巴东人分散隐蔽——主要是没有当场死亡的那些人。卓奥克受到自动全身护盾的保护，依然坚守阵地，一边愤怒地叫喊，一边予以还击。

格鲁特打开跃迁式货运飞船的侧边舱门，能量束打在他附近的船身上，他把我抓到飞船上。火箭紧跟着我们，一边射击，一边后退。

"走走走！马上走！"他喊道。

跃迁式货运飞船的内部又挤又黑，还很旧。格鲁特把我扔在加速沙发上，周围堆满了快餐盒和读了一半的全息杂志，他自己则坐到驾驶座上，还没系安全带就按下了"发射模式／启动引擎"按钮。

火箭也跳上飞船。随着夹杂着咒骂声的引擎冷启动的声音，飞船升空了。不过它的侧边舱门还依然开着。能量束打在船舱外壳上，飞船往左一偏，有些不稳定。火箭穿过倾斜的甲板，险些从舱门掉出去。

"上升！上升！"他抓着舱门喊道，"直线上升，然后右转！"

飞船稳定下来，然后开始爬升。它头朝下掠过平台边缘，起落架都没收起来。巴东的炮火紧追着它。

"我是格鲁特！"格鲁特吼道。

火箭紧紧抓着舱门口的架子往外看。卓奥克和其他巴东人正忙着登上他们的飞行器，那是一艘看似表面光滑实则全副武装的战争兄弟会强袭飞船。

"该死！"他低声说着，用力关上舱门，冲到驾驶座上，坐在格鲁特旁边。

"我们起飞，走！"他下达命令，"火力全开！"

"我是格鲁特！"

"好好好，我能听到！"火箭回答。我也听到了。通信器材突然发出很大的声响。

"这里是诺瓦军团！跃迁式货运飞船，关闭你们的引擎，马上着陆！再说一遍，关闭你们的引擎，马上着陆！你们没有经轨道离开的许可。"

我们听到了喇叭声。闪烁的警灯布满天空，照亮了云层。

但是我们没有停下来，还在继续爬升。格鲁特把亚光速节流阀的档杆拉到最后一档。

战争兄弟会的强袭飞船呼啸着升空，逼近我们。他们并没有理会诺瓦军团的命令，几艘军团的警用飞行器急速转弯，避免与正在加速的巴东飞船相撞。巴东飞船的前炮台打开，数个炮塔伸出来，就好像光滑的船壳上长出了恶心的水泡。

我们这艘小飞船的驾驶座位上发出尖锐的警报声。"锁定多个目标。""锁定多个目标。""锁定多个目标。"

火箭看了看他的朋友。

"只有一个办法。"他说，"我们需要更多助推力，还需要诱饵。"

"我是格鲁特。"

"说得没错！"

火箭俯身拉动一个很大的操控杆。这个操控杆是控制飞船后面的货舱门的。

飞船瞬间轻了差不多四十八吨，并且急速前冲。

"至少这不是特别失败的投资。"火箭浣熊说。

这很可能是宇宙有史以来第一次，一艘巴东战争兄弟会的强袭飞船被四十八吨熟透的鳟克浇了个透。那些货物四散翻滚、不断爆裂着，像一大坨鸟屎一样击中了飞船，堵塞了飞船的进气口和炮口，流进热交换器里。

战争兄弟会的强袭飞船摇摇晃晃，最终在一场豪华坠机中解体，留下火焰的轨迹、破烂的发动机和乱七八糟的残骸。任何控制方向舵和拉下制动阀的努力，任何惊恐尖叫和暴跳如雷都无法阻止它划出一道弧线坠落在深潜镇郊区。短暂而明亮的爆炸和冲击波标记出坠毁的地点——只是大体上的坠毁地点，因为有一个政府设立的污水处理厂幸免于难。

诺瓦军团的飞船保持速度，紧追跃迁式货运飞船不放。他们要求飞船停下来的命令也越来越尖锐，越来越愤怒，但火箭和格鲁特还是没有停下。

他们根本不管什么法律规定。

"打它！"火箭喊道。

"我是格鲁特！"

"是，我知道我们还在大气层里面！打它！"

格鲁特伸出长满木节的大手按下一个红色的大按钮，开启飞船的超光速模式。一阵剧烈的风暴在大气层上层陡然爆发，飞船立即加速到光速。但由于大气循环受损，接下来不合季节的暴雨、狂风、闪电、降雪在深潜镇地区将持续一个星期左右。

而在船上的我们几个则立刻被超光速飞行过程中美好、宁静而又缥缈的星光所包围。窗外是霜雪一般柔和的银色光芒。船舱内，我们的脸上映着操作板上五颜六色的光芒。夏斯，夏斯人星系，已经成了我们身后遥远的记忆。飞船颤抖着发出嗡嗡声，船舱里残留着一些熟透的鳟克的味道。

火箭从驾驶员座位上扭头看我。

"我想，现在该认真研究一下你了。"他说。

"我认为这个主意不错。"我表示同意，"毕竟，我本人也很想知道。"

火箭浣熊长长地叹了口气，靠在椅子上。

"我得喝杯提摩太。"他说道。

与此同时，四十三分钟前，半人马座阿尔法星上……

6

与此同时

（四十三分钟前，半人马座阿尔法星上……）

时简股份有限公司总部行政办公室的每一扇窗户都有一平方公里大小，窗外是一幅壮美的景色，由冰雕大师雕刻成冈-科特冰川形状的王朝宫殿。那是一片纯粹而又震撼人心的蓝白色盛景。

这幅景色的不同寻常之处还在于，时简股份有限公司总部建在半人马座阿尔法星大陆上，而冈-科特冰川则位于克里本土的哈拉行星的南极点。

"我们能改改风景设定吗？"高级执行副总裁【特别项目】奥杜思·汉克斯查普坐在行政办公室的桌边问道，"今天的议程还可以搭配其他主题，这景色看得我发冷。"

巨大的执行会议室桌边坐着一百多位执行官、部门领导、副总裁和高级部门副手，大家纷纷点头做出发抖的样子，还把笔挺的细条纹西装领子竖起来，表示自己也觉得很冷。其实他们并不冷，只不过每个人都想和高级执行副总裁【特别项目】奥杜思·汉克斯查普保持一致。

"你觉得怎么样，曼特里斯蒂克夫人？"汉克斯查普问。

"当然冷，先生。"曼特里斯蒂克夫人回答，她是汉克斯查普的首席资深私人助理。她扶了一下角质边框眼镜，以便更清楚地看到自己的传动手杖，然后朝窗户挥舞了一下。冈–科特冰川闪了一秒钟，随即变成像素漩涡消失了。接下来的一秒钟，窗外呈现出单调的土褐色半人马座阿尔法星的景色。然后他们就沐浴在温暖的金色光芒中，窗户变成斯帕塔克斯五号卫星上令人窒息的沙漠风景，卡洛夫克苏斯的俗世陵墓——那些半风化的建筑比时间还要古老两倍，古老恒星不祥的红色光芒笼罩着它。

"好多了，"汉克斯查普说，"好，第一百六十二号议题：'产品发展更新，热饮杯。'格伦特格里尔，进行到什么程度了？"

"研发部门已经做了大量的工作，先生，"卡里卡拉奇星出身的研发部高级副总裁阿诺克·格伦特格里尔回答道。他俯身拿起自己的传动手杖，隔着桌子敲了敲悬挂式全息图。"如各位所知，时简公司致力于创新发展，令一切产品变得完美，以此达到市场认同的最大化。这是我们的核心理念。我们希望重塑顾客们的生活，以协同解决之道重组他们日常存在体验中的问题区域。"

"听听，听听。"几个副执行官说。

"从这个图表上可以看出，"格伦特格里尔说，"市场调研锁定了热饮杯的一个关键难题。"

"说重点，格伦特格里尔，"汉克斯查普有些不耐烦，"我们都坐了三个小时了。"

"好的，先生。"格伦特格里尔笑了笑。那是紧张而奉承的笑，讨好老板的笑。他的触须正紧张地抖动着，他正了正领结，强忍着没发出卡里卡拉奇人特有的那种"嘀嗒"声。他知道那个样子很烦人，于是他在语言治疗方面花了很多钱让自己改掉这个习惯。但每次他觉得紧张时，这个习惯还是会冒出来。

"详尽的市场调查表明，一般来说，热饮都热得很尴尬。"他说。

"热得很尴尬？"

"是的，先生。"

"什么意思？"

"热饮本来就很烫。"

"你确定吗？"汉克斯查普问。

格伦特格里尔自信地笑了。

"十九年的受众研究，横跨十二象限的研究，多达八十二万亿的客户，"他骄傲地说，"先生，我们非常肯定。"

汉克斯查普点点头。

"好的，我明白了，"汉克斯查普说，"热饮很烫。因此热饮杯也很烫？"

"正是如此，先生。"

"于是就热得很尴尬了？"

"一语中的，先生。"

"然后呢？"

"然后就产生了不舒适的手部体验，"格伦特格里尔庄严地说，"还有烫伤、袖口受损，以及——在某些情况下——切实的饮料溢出。"

桌边的很多与会者都咂舌摇头。热饮杯项目的人要被收拾了，他们很庆幸自己不在其中。

"好吧，格伦特格里尔，"汉克斯查普说，"你描绘出了很丑陋的现状。我想你可能有一些好消息，给我一个解决方案。来吧！"

格伦特格里尔无声地露出胜利的微笑。

"研发部门为这个小东西操劳了十年，先生。"他很自豪地说，"我们认为它无比美好。请您亲自过目。"

他点开一幅新的全息图。那是一张设计图。

"这是什么鬼东西？"汉克斯查普问。

"市场部还没能取好名字，先生，"格伦特格里尔愉快地说，"我们暂时将其称为'体力易化曲线'。"

"解释一下，格伦特格里尔。"

"如您所见，先生，该曲线将直接安置在热饮杯的一侧。足趾、手指、伪足都能轻易握住该曲线。如此一来，热饮杯就可以被轻易地端起或放下，不影响手部的舒适感受，也绝无烫伤之虞。"

接下来是一阵漫长的停顿。

"这简直是个天才的设计，"汉克斯查普说，"纯粹的天才！"

格伦特格里尔的脸涨绿了。

"恭喜研发部门的成员，格伦特格里尔，带他们来见我。"

"我会的，先生。"

汉克斯查普想了一会儿。

"等等……我想到一个问题。成本是多少，可以实际执行吗？"

"先生，这是最美好的部分，"格伦特格里尔说，"市场调查表明，该项目的成本少于六万亿，研发估算不会高于八万亿。我们另留十六万亿来升级热饮杯生产线，市场宣传至多需要一百八十万亿。坦白说，这个项目远低于预算，几乎令人害怕。"

汉克斯查普坐回到椅子上。

"我喜欢它，"他说，"我都想跟它结婚生孩子了。这才是真正的协同解决方案，是那种可以让时简公司统领银河系的项目。"

他环顾执行会议室的会议桌，每个人都意识到现在是"哎呀"和"啊"的时候了。

"加油啊，各位，"汉克斯查普说，"拿出好点子。意见？创意？你们怎么看？"

"如您所说，这的确是天才之举，先生。"布林特·韦弗尔斯说道，他是法务部的主管。

"极简设计是我钟爱它的原因。"斯勒德利·拉纳克说，他是负责合作设计宣传册的斯库鲁人。"我看着它就觉得，为什么过去从未有人想到过这个想法呢？"

"我真是无以言表。"帕玛·哈农说。她是个暴躁的蓝皮肤克里人，也是特别项目的首席财务官。"我是说，它的预算如此之低，简直让我起鸡皮疙瘩，但却创意十足。我们发现了使用体验中的漏洞，我们消灭了这个混蛋漏洞。"

"我刚才认真想了一下，老板。"副高级责任初级执行官霍姆斯·斯塔普勒布恩特说，"万一……万一……"

"说出来，斯塔普勒布恩特，"汉克斯查普说，"你又不结巴。"

"呃，万一我们的目标客户群想从另一侧端起热饮杯呢？"

"你想说什么？"汉克斯查普俯身向前。

"嗯，好吧。"斯塔普勒布恩特说，"各位，请考虑一下我的意见，从图纸上来看，体力易化曲线是在热饮杯的右边？"

"这只是个模型。"格伦特格里尔说。

"很好，很好。"斯塔普勒布恩特坚持自己的论点，"但是我想，万一你想要左手的体验该怎么办？我是说，那又该怎么处理？体力易化曲线不在左边。"

"该死。"汉克斯查普叹了口气，发现了盲点。

"我们早有先见之明，孩子。"格伦特格里尔瞄了斯塔普勒布恩特一眼。他挥舞着自己的传动手杖，展示图纸慢慢旋转起来。"你说的确实是个难题，但是我们早就收到了这个反馈。看见了吗？把热饮杯转过来。"

"天哪，真是了不起！"拉纳克大声说道。

"转过来？"斯塔普勒布恩特不解。这位尊达迈特人转动大脑袋去看那幅全息图。"我认为你可以……是否……我只是说说我的想法……是否可以在两边都加上体力易化曲线？"

"那样就会——铛铛铛！——成本加倍。"格伦特格里尔用尖细的声音不耐烦地说道。

"绝对不能增加成本，"汉克斯查普说，"只需要一个体力易化曲线。或许我们可以给每个热饮杯配一份绘图说明书，演示'转动杯子'是怎么回事。"

会议桌边的每个人都点头同意。

"很好，"汉克斯查普说，"就这么定了。曼特里斯蒂克太太，你记下来了吗？"

资深私人助理看了看记录。

"记下了，先生，"她说，"我看看……发明把手……是的，我记下了。"

"完美。"汉克斯查普说，"很好，下一个议题。最后一个。嗯，对，

616项目。好了，各位，这个项目仅限高级特别项目成员参与，所以你们中的大部分都可以休息了。散会，谢谢各位。"

一百多位行政官员中的绝大部分都收拾文件低声表示感谢，然后离开会议室。一些远程与会者伴随着闪光消失了。还有几位与会者通过即时传送离开了。

"现在就剩我们几个了，先生。"曼特里斯蒂克太太说。

除了她和汉克斯查普，会议室里只剩下六位官员：拉纳克、帕玛·哈农、格伦特格里尔、韦弗尔斯、柯索博·柯索布克斯——负责【特别项目】安全工作的暴躁的泽·诺克斯，还有阿兰德拉·梅拉纳提，一位很高贵的希阿贵族女性，她负责领导行政执行部门。

"请开启私密力场。"汉克斯查普说。曼特里斯蒂克太太照办了。她的手杖指令借由时简公司总部地下室里的微型黑洞围绕行政办公室产生出一个精密的锥形无声带。房间外面的一切人和物都看不到他们，听不到他们说话，也不可能参与到正在进行的会议中来。

汉克斯查普从他的座位上站起来，看着卡洛夫克苏斯的俗世陵墓。

"616号，"他说，"大项目，我们的大宝贝。616。其他一切都无所谓。616才是摇钱树，各位。唯有这个项目能保证时简公司的财力，可以保证一百万年以后，绝对的市场稳定，绝对的持久不变。我们正站在新时代的大门口，伟大的帝国和文明会毁灭、会被遗忘。只有超级企业永远存在。它们主宰一切。这是属于超级企业的未来，我的朋友们，与个体生物相比，企业更强大、更稳定、更有弹性。而时简公司将会以最大的市场份额领导一切。"

他转身看着其他人。

"这将是一件非常、非常美好的事情。"他悲伤地说，一片阴云掠过他的脸庞。"但是请原谅我，它需要的时间比克里−斯库鲁之战还要长。我无意冒犯。"

"没关系。"拉纳克说。

"我也就是这么一听。"帕玛·哈农说。

"数据核，"汉克斯查普说，"我们进行到什么程度了？"

"八十七个百分点。"梅拉纳提平静地回答，"数据图完成了百分之八十七，也就是说，我们已经掌握了一切存在之真实的百分之八十七。"

"别老说'真实'，女士。"汉克斯查普不太满意，"你这么说，听起来就好像是宇宙真实教会里那些福音派的傻帽。"

"很抱歉，先生。"梅拉纳提回答，她优雅的羽冠微微皱起。

"百分之八十七够了吗？"汉克斯查普问。

格伦特格里尔摇了摇头。

"百分之百似乎不太可能，"他说，"但我们认为至少要达到百分之九十六以上才行。"

"为什么需要这么长时间？"汉克斯查普问道，"我以为参宿七团队可以加快速度。"

"确实，确实加速了。"梅拉纳提说，"616 项目原本计划花费三个千禧年完成。交给参宿七团队之后，时间缩短到六年。这是个不错的结果，我认为。"

汉克斯查普点了点头。

"但我们还是没有完成？"他问道。

"有一个最基本的问题，"柯索博·柯索布克斯回答，"有一个记录仪没有上传。它携带着我们需要的那部分数据。"

"它失踪了？"

"它逃跑了，先生。"

汉克斯查普皱起眉头。

"另找一个记录仪来代替它。"

"没这么简单，先生。"柯索博·柯索布克斯说，"逃跑的那个记录仪在重装程序的时候浏览过整个数据核。它知晓一切。它的所知比它自己想象的还要多。它太有价值了，绝对不能任由它逃跑。从本质上来说，它就是我们数据核的更完美版本。我们必须把它抓回来，用它独有的那部分数据来补全616项目。我们绝不允许它落入他人之手。"

"我们不能毁掉它吗？"汉克斯查普叹了口气。

"它太有价值了。"梅拉纳提回答。

"给我解决了它，马上！"汉克斯查普命令道。

柯索博·柯索布克斯轻轻咳嗽了一声。

"我认为此事不能遵循常理，先生。"他的声音低得变成了吼叫，"时间紧迫，但危机重重。我需要得到许可来调动私人保安。那个人虽不好对付，但却值得信赖。他有头脑。他能完成这项工作，回收逃跑的记录仪。但是此事不能算在预算内。我们必须把它算在后备预算里，不然股东们会疯掉的。"

"没问题。"帕玛·哈农保证道。

"好，就这么办。我们说的那人是谁？"汉克斯查普问。

柯索博·柯索布克斯站起来，打开通往旁边房间的门。一个高大的身影走出来，站在他们面前。所有人都认出了戈拉多兰太空骑士那副光亮的复合型盔甲。

但是他的盔甲和传说中太空骑士闪亮的铬黄色盔甲大相径庭。他的盔甲是哑光黑色的，布满了战斗留下的痕迹。他的腰带上挂着一支重型爆破枪，一把环形阔剑，一支虚化枪。他是个坏蛋，甚至可以说他是个恶棍。所有人都感到一阵寒意，就连沙漠景色的热辐射都无法将其驱散。

"这位是游侠，"柯索博·柯索布克斯说，"他曾经是一位戈拉多兰战士。"

"现在不是戈拉多兰战士了？"汉克斯查普问。

"我一生中的大部分时间都为了光明而战，"那位太空骑士说，他的声音透过蒙面头盔，显得低沉而又模糊，"为了戈拉多兰而战，为了正义而战。我对抗亡魂和其他一切邪恶。"

"然后呢？"

"我很痛苦。我失去了重要的东西，失去了自己的信仰。"

"如何失去的？"汉克斯查普问道。

"我不想说。"那位黑暗的太空骑士说。

"嘿，兄弟，"汉克斯查普用两只触手比画了一下，"私密力场？艺术境界？没人能听见你？"

"你能听见我。"太空骑士说。

"游侠证照齐全，"柯索博·柯索布克斯说，"干活干净利落。他的过去是他自己的事，我们不深究。他是个武士、浪人、侠士，是一位无人能出其右的勇士。他在宇宙中游荡，为出价最高的买家提供他精湛的军事技艺。我认为我们可以借助他找到那个失踪的记录仪。"

"他真的能够做到吗？"帕玛·哈农问。

"我有我的办法。"游侠低沉地回答。

"让他们看看，"柯索博·柯索布克斯说，"他们会大开眼界的。"

游侠慢慢转过身，露出固定在他黑色盔甲背上的一个小型设备。那个设备的外壳上打着时简公司的标志。

"嘿！"格伦特格里尔说，"你为什么会有那个？那是修正插件！现在还在测试中！还没有实际使用过！"

"但是有实际需求。"柯索博·柯索布克斯的回答毫无幽默感。

"这东西有什么用？"韦弗尔斯问道。

"从本质上来说，它就是个传送装置。"格伦特格里尔回答，"但是它不需要依靠超光速粒子态瞬时能量来运转。它包括一个多相位定数发生器，完全是试验性的。它一旦启动，便会校准现实因果律，识别宇宙中满足戏剧化进程的路径，然后把使用者送到……"

"送到哪儿？"汉克斯查普问。

"呃，先生，"格伦特格里尔回答，"理论上来说，它会把使用者准确地送到能够引发最大变数的时空。它将宇宙生命作为故事进行评估，至少预期是这样的。娱乐部门正在完善该设备，但是他们发现这个东西会在电影和电子游戏问世前就把它们都抹杀掉，于是这个计划就被搁置了。所以它从来没有经历过实地测试。它很可能会彻底破坏现实因果张力，导致其崩溃。它非常——嘀嗒！——危险。"

"我不怕。"游侠重新面对他。

"这个小东西会把他带到记录仪所在的任何地方，就因为记录仪引起了动乱？"汉克斯查普问。

"应该是这样的，先生。"格伦特格里尔回答，"理论上来说，它能够驾驭叙事的能量，把宇宙作为一个连续体来读取其数据，并把用户直接投放到发生巨变的那一刻。在实际运用时——嘀嗒！——它能在因果–机能的层面上影响整个宇宙。"

汉克斯查普仔细思考了一下。

"动手吧。"他说。

太空骑士微微点头。

"批准他的费用，不管是什么费用。"汉克斯查普对哈农说，"就这么办，把那个记录仪带回来。"

太空骑士再次点头。他启动了那个装置，周围出现了一片噼啪作响的闪电。行政办公室立刻出现一种情节大逆转的震惊氛围，外加事件结束时的余波。

太空骑士消失了。

"很好，很好。干得好，各位。"汉克斯查普再次坐下。他转动椅子面向窗户，面带微笑。

"是错觉吗，我觉得屋里突然热起来了？"他问道。

7

重启讲述模式

我喜欢太空，深深的太空。我一生的大部分时间都在太空里，代替参宿七殖民者从一处航行到另一处。那些人制造了我，为我编写了程序。当然了，忠实的读者，我一生中也有很长的时间待在原地不动，记录周围地区的数据，但每次记录之间的经历总让我感到非常满足。

那些在旅行中度过的时间，在黑暗中度过的时间，在旋转着的巨大星系的星光中度过的时间，我一直独自航行着，有时候会一连航行数十年。我一直安静地航行，四周一片死寂，只有中微子束穿过我的运行轨迹时会发出嗡嗡声。在移动的过程中，我几乎无事可做，只能记录星图和航标，观察年轻恒星和年老恒星的颜色变化——但是我还能思考。自己思考。我经历过冥想和自我发现的时期。

现在我又置身于太空中了。我登上了一艘小型跃迁式货运飞船，这艘飞船属于火箭浣熊和格鲁特，我们正沿着超光速高速通道逃离夏斯三号行星上乱作一团的复杂状况。我的问题暂时以超过光速的速度离我而去了。

周围很安静，只有甲板下面的引擎在不断震动。船舱外的景色一片惨白，冰冷的恒星远远地发出光芒。此刻我是冷静而与世隔绝的。现在是暂时休息的时间。我花了一些时间检索了自己的存储记录和经验数据日志，希望发现导致此事发生的线索。我发现我有很多空白，以及很多缺损的部分。我大约使用了百分之八十三的数据存储空间，其中的大部分都很容易读取。比如，我能详细解释克鲁尔行星黑社会的阶级结构。我能告诉你三星五金公司自创建以来生产了哪些产品（顺便说一下，那是一张表，其中包括我们如今使用的所有跃迁式货运飞船）。我还能告诉你为什么"三角骨"誓约只在一个星系流行，别处都没有。我可以事无巨细地描述昌地拉尔星上的日出，以及一年中不同时间的天气状况。我能说出阿卓纳克斯上日落的那种特殊视觉特性。我可以背诵并对比一千八百种文明的法律条文，包括特别复杂的《法典之法典》，这部法律由克桑达的诺瓦军团严格执行。我能告诉你如何饲养凯美利安的跳鼠。我还能提醒你如何用超能力对抗库特·肯。我能告诉你怎么用柯达巴克语说"干杯"。

总体来说，我的大脑存储了海量的数据，相当于无数百科全书，涵盖所有主题：既有常识，也有专业数据。我想，你们对你们的"维基百科"肯定十分引以为豪。你们用它写作业，写演讲稿，查资料。你们依赖它。对于前星际时代的物种来说，这也挺不错了。

想象一下，如果你可以……虽然实际上不可以……总之就是想象一下，浏览包含九十六种文明的维基百科——其中有些数据连拥有那些文明的人自己都不知道，只有我满怀热忱地记录下来。想象一下，所有这些数据都在你的脑子里，可以随时读取（没有网络问题，没有……你们把那个叫什么来着？带宽问题）。想象一下，这就是你的头。想象一下，你知道所有这一切的每一个细节。

你在想了吗？在吗？

嗯，你尽力了。

现在，想象在这一切数据中间有一些空白，有一些你不知道的事情。你知道你应该知道，但是你却不知道。想象一下你知道万事万物的来龙去脉，但是你不知道自己为什么知道这些东西。

想一想缺口。

我很害怕缺口。我害怕未知。我害怕迷惑，害怕死循环，害怕我机械化的整体记忆里出现断层，因为这意味着我本该知道某些连接物，但其实我没能得知。

我知道，我肯定知道一些我不能读取或无法理解的东西。我知道，我肯定知道一些我无法记忆的东西。亲爱的读者们，我的新朋友，这种感觉就像某种可怕的重量。这是一种负担。

我不知道为什么有人要抓捕我。我不知道为什么那些巴东人要追我。我不知道那个太空骑士是从哪儿来的。我不知道为什么大家都觉得我很有价值，虽然我作为数据库显然是有点儿贵的。

而且，我不知道为什么一个经过基因改造的浣熊半机器人和一个不怎么会说话的 X 行星树形生物要对我这么好。他们使我免于灭顶之灾。

我怀疑其中的动机并非完全的利他主义，不过我还没有证据来证明这一切。

我认为他们可能只是觉得我很值钱。

"我们得搞清楚你是怎么回事。"火箭说。飞船现在正自动航行，它自己飞着，火箭拿出他所谓的"冷饮"，坐到驾驶座后面、我旁边的长凳上。他靠着椅背，用那双锐利的眼睛好奇地看着我。他那双像极了人类的手握着冰镇啤酒瓶子。

"那些巴东人真的很想抓到你，"他说，"为什么？"

"我不知道。"我回答。

"哎呀，得了吧，参宿七深空探测记录仪 127 号，"他咧嘴笑道，"你肯定知道。你是个让人印象深刻的组件，并且夹杂着完美的技术。一个会走路、会说话的多功能百科全书。但是巴东人派了一支战争兄弟会的小队来追捕你——他们明知道自己是在一个高度文明的星球上，明知道自己要和诺瓦军团、鲁米纳协议，甚至更麻烦的对手交火，但还是要抓住你。"

"我向你保证，"我对浣熊说，"我不知道。我只知道我不知道，这一点我很确定。我的数据中本该存储某些事项的地方有一片特别标注的缺损。那部分空白。"

"嗯……"火箭说。

格鲁特给自动航行模式做了个环境检查，随后也加入到我们的谈话中。他拿了一瓶冷饮，又拿了一副牌放在桌子上。

"现在不是玩斯库鲁抓人牌的时候。"火箭说。但格鲁特却继续洗牌。他的树突状手指非常灵巧，而且一点也不像人类的手。

我突然意识到，他们两个就是这样在超光速旅行中打发时间的。坐在凳子上，围着小桌子打牌，喝点儿啤酒。虽然我说是啤酒，但其实他们两个喝的都不是啤酒。

"我是格鲁特。"格鲁特洗完牌说道。

"没错，"我说，"缺损很麻烦。"

格鲁特点了点他的木头大脑袋，火箭往前靠了靠。

"等一下，"他用爪子背擦了擦鼻尖，"等一下。我突然想到一些很要命的事情。你……你知道他在说什么。"

"当然啊。"我回答。

"你一直都懂。"火箭若有所思地说。

"是啊。"我回答。

他皱起眉头。皱眉这个动作不太适合浣熊机器人。

"但是……我说的重点是,"火箭说,"大部分人都觉得我的老朋友格鲁特永远只会说一句话。"

"我是格鲁特。"格鲁特点了点头。

"千真万确。"火箭说。

"嗯,他们肯定会这么觉得。"我说,"从听觉上来说,他确实只说了一句话。他发出的确实是那样的声音。但是在这不断重复的发音之下,有着丰富的呼吸。就像微风在树枝间发出哨音,听起来似乎只有一种声音,但只要你仔细听,就能分辨出无数细节。"

"呃……"火箭陷入沉思之中。

"你能理解他。"我试探着说。

他点头。"但是再没有其他人能听懂他了,除了……"

"谁?"

"上次说能理解格鲁特的人是神经病马克西姆。"他回答。

"有点儿麻烦。"我表示同意。

"我是格鲁特。"格鲁特说。

"别担心那种事,真的。"我和火箭同时说道。

我们互相看了看。

"你很聪明,记录仪,"他说,"不然就是疯子。不管哪边我都接受。

好了，记录仪兄弟，我们把这堆破事理清楚。你知道些什么？"

"说出来能吓你一跳。"我回答。

"那就吓我一跳吧。"

"你希望我从哪里说起？说个数据指令吧。"

"嗯……好吧……我们现在在哪儿？"

"我们在一艘三星五金公司产的跃迁式货运飞船上，紧凑型——'快速跳跃'版，第二代，配有可由用户调整的切换驾驶模式。"

他点头。又喝了点儿啤酒。

"继续……"

"它上次保养是在十九个星期以前。发动机的磁流管上有一处碰伤，你得检查一下。格鲁特做了几次外部设备检查，所以引擎检视窗口处有一片残留的树皮。螺丝头很光亮，说明它们最近被取下来替换过。"

"他很厉害啊。"火箭对格鲁特说。

"我是格鲁特。"格鲁特回答。

"我们正以不超过光速百分之三十的速度舒适地飞行。"我继续说，"船舱的室温是十九摄氏度，地球单位。甲板格窗下面有三十八个被丢弃的热饮杯到处乱滚。"

"是我扔的，我老是被烫伤。"火箭说。

"你曾经把这艘飞船正式命名为'白条'，因为这个名字很符合你的特征——比如说尾巴上的条纹——但这同时也厚脸皮地说明飞船的运行速度太快，星星成了白色条纹。"

"你是怎么知道的？"他问道。

"这个名字用圆珠笔写在主导航控制台驾驶座的左手边。"

"好吧，好吧，还有呢？"

"我们对面的柜子下面有一堆相当惊人的《花花生物》拷贝本。"

"那可不是我的！"火箭高喊道。

"书上全是你那些和人类惊人相似的指纹。"我说。

"兄弟，我只是读上面的文章。"

"我是格鲁特。"格鲁特笑了。

"确实。"我继续说，"这些牌的样式很新奇，上面画的是流行的树木图案，是阿波鲁斯出产的。红桃皇后是非常漂亮的山毛榉树，也是你最喜欢的，不过方片九是大型桦树，也很好看。"

"我是格鲁特。"格鲁特说。

"你不喜欢也不要抱怨嘛，小树苗。"火箭笑了。

"你喝的是零度啤酒，你喜欢这种饮料，仅次于提摩太，但任何脑子正常的人都不会在密封的太空飞船里调配提摩太。格鲁特喝的是含漱树汁，每当他想平静下来的时候就会喝这种饮料。"

"我是格鲁特。"

"完全没错。是那种回味的口感吧，我懂。"

"你……你这么快就把我们都看透了？"火箭问道。

"我的程序使然。我是个记录仪。"

"那……那你不知道的部分……是很大一部分？"

"是的。"

火箭叹了口气。他看了看格鲁特。

"好吧，兄弟，坐到驾驶座上，给我们设置个去往虚无知之地的程序。"

"我是格鲁特。"

"没问题，我知道我在干什么。如果真的发生那种事，要忍受那些要命的苏维埃拉布拉多犬的话，我还要笑呢。我们的新朋友头脑充实，甚至包括一些他不知道自己知道的东西。虚无知地的自由技术大师是全银河系里唯一可能修复他记忆力的人了。"

格鲁特站起来走到驾驶座旁。

火箭看着我。

"我们要跃迁去虚无知地，"他对我说，"我在那儿有些关系，是可以解决眼下麻烦事的关系，可以彻底解答我们的疑惑。"

"你有预约吗？"我问道。

他点了点头。

"我有啊。我们这是在逃亡，宇宙警察在追我们。我们必须赶在被抓捕之前到达自由联邦虚无知地。"

格鲁特设定好程序。跃迁式货运飞船"白条号"轰隆作响，光速引擎启动了。

二十七秒后，宇宙警察出现在我们的视野中。

诺瓦军团。警灯闪耀。飞船疾驰而过。

符合一切定义，法律上也是全方位无死角的麻烦。

"该死该死该死！"火箭浣熊说。

8

进入正题

诺瓦百夫长格勒坎·亚尔坐在 X 级警用飞船紧绷绷的重力调整驾驶座位里，他对操控杆做了微调。那艘灵巧的超高科技高速飞船打了个呵欠，乖乖地加速了。

亚尔百夫长极为高大，他是个克比奈特男人，有着壮实的肌肉和橙色的皮肤。八十个地球年之前，世界精神招募他进入克桑达的诺瓦军团，原因是他意志坚定，道德水准极高，非常重视公平正义。

自那天起，他一直竭力维护《克桑达法典》。从结果上来说，这部法典是银河系中最完善的刑事犯罪法律系统。

他同步了自己的通信线路。

"我是亚尔百夫长。目标飞船在我的识别系统里被标注为红色。全速追捕。"

"队员斯塔克罗斯，收到！"

"队员瓦利斯，确认！"

"我听到了，队员们。"亚尔回答，"这不是飞行训练，跟上我。"

三艘诺瓦军团追捕船组成队列。亚尔打头，紧追那艘跃迁式货运飞船。当三艘 X 级追捕船加速到八十八重力量时，它们打开了尖锐的星际护盾。这种护盾可以通过拓宽重力量引擎的尾波达到超光速状态下的最大速度，还能让飞船看起来就像百夫长头盔檐上那种独特的星爆标志一样——宇宙中法律与秩序的标志。

三艘飞船开始亮起警示灯，发出亚空间警报声。

亚尔再次皱眉。要看清他皱眉的全貌很不容易，因为他戴着金色的护面式诺瓦军团头盔。头盔光滑闪亮，遮住了他的整张脸，只露出嘴和下巴。他强壮的身体上覆盖着深蓝色的盔甲，护手是光彩夺目的条纹状金色金属，这是军团的制服。在他胸前，代表他军阶的三个圆圈闪耀着权力的光辉。

"世界精神？"他说，"我是亚尔，编号 19944-56712。我正在追捕一艘可疑的飞船。我的坐标已经告知你。现在发送更多细节。"

克桑达世界精神那庄严的脸庞以幽灵般的全息图像形式出现在亚尔的前方。

"收到，亚尔，"从他的声音里听不出实际年龄，"分析中。可疑飞船为三星五金公司生产的跃迁式货运飞船，紧凑型，'快速跳跃'版，第二代，配有可由用户调整的切换驾驶模式。它不可能比你更快。它之前在没有许可的情况下擅自离开夏斯三号行星。主要罪名如下：未经批准以超光速潜逃，有走私嫌疑，有暴力行为嫌疑，有敲诈勒索嫌疑，有盗窃嫌疑，非法持有武器，谋杀，蓄意谋杀，以大杀伤力枪械谋杀，破坏和平，在公共场合破坏和平，扰乱大气，未经授权超光速飞行，拒不合作，拒绝执行来自诺瓦军团的直接命令，恶意损坏军团成员或军团飞行器，饮用提摩太……"

"我明白了，世界精神，"亚尔回答，"他们是坏蛋。请直接在飞船里显示。"

"百夫长亚尔，"世界精神说，"我不理解你为什么要让新人队员斯塔克罗斯和瓦利斯跟你一起参与此次行动。"

"他们需要学习，世界精神。"

世界精神沉默了片刻。

"百夫长亚尔，不可以。这两位队员还很年轻，刚刚毕业，不适合执行这样危险的任务。我要求你变更计划。"

"是啊，但是我们已经在这里了。"亚尔朝全息图像挥手，"世界精神，这是现实。"

他将通信线路转为公开。

"可疑飞船，可疑飞船，这里是诺瓦军团。你们是夏斯三号行星事件中的嫌疑人。关闭驾驶模式，减速到亚光速。我们将同步飞行。准备登陆和检查。"

他等着。

他又重复了命令。

没有回应。

"可疑飞船，可疑飞船，我认为不回答就是拒绝。我给过你们机会。我们现在要靠近你们，我们不会伤害你们。请服从。"

亚尔调转方向。

"各位，我们要去收拾那帮兔崽子了。你们知道应该怎么做。你们就是为此接受训练的。保持速度跟上，除非你有特殊状况。"

"我知道了，百夫长。"斯塔克罗斯通过通信线路回答。她是个年轻的克桑达人，十分沉着但经验不足。她很想抓住这次机会证明自己的价值，并且提高在军团的地位。

"确认，百、百夫长！"瓦利斯回答。他是个年轻的凯美利安人，神经质且难以预料。亚尔知道自己必须盯住他，因为瓦利斯说不定什么时候就飞错了。

该死，他必须盯住这两个人。他得对他们负责。

而且，他必须抓住那艘装满了人渣败类的船。事情可能会变得很混乱，也可能会得到冷静解决。总之今晚会很忙，会有很多专业级的风险。

话说回来，这样的夜晚总是接连不断。

"可疑飞船，可疑飞船，这是最后一次警告……"

他只说了几句话，十字瞄准线上的那艘跃迁式飞船就突然开始加速，然后做出一个惊人的转向俯冲。

"怎么回事儿？"亚尔低声说着，追了上去。重力狠狠地拍在他的身上。"哪个狗东西在驾驶那玩意儿？该死，真是个高手……"

"再说一遍，百夫长。"斯塔克罗斯回应。

"我说，跟上他们！"亚尔吼道。

他加快速度，这令他的身体紧贴在座位上。星星形成了一条光带。亚尔热爱速度。诺瓦军团的重力量使他爱上了速度。

但是现在也太快了。

"跟上！"他对实习生说。他们没有放松，依然保持追捕的队形，虽然瓦利斯险些掉队。

"他们没有发现我。"亚尔对两个学生说，"向他们船头下方开一枪，以示警告。"

"明白。"

"收到。"

亚尔稳稳地握住发射开关，透过驾驶座的显示器确定目标，然后开火——一、二、三，追捕飞船的重力量炮台发射了。

他没有刻意瞄准，但是宇宙中没有任何人想被如此强烈的能量击中。这种警告通常都能让嫌疑人在惊恐之余乖乖停下。

但很显然，并不包括那群傻瓜。

他们正加大马力全速前进。

亚尔骂人了。

"我不想杀了他们，是他们找死……"

跃迁式货运飞船在此急转弯，干净利落地转向左舷。

"他是怎么做到的？"亚尔很想知道。

"他俯冲——"瓦利斯回应。

"小行星带！小行星带！"斯塔克罗斯发出警告。

亚尔的学生们稍微散开，亚尔依然保持完美的速度和灵活性。他过于关注目标飞船，因此并没有看着导航投影仪，自然也看不到前方的危险。

前方确实是小行星带，而且很大。小行星带上满是懒洋洋翻滚着的石头——有些只是鹅卵石大小，有些则有小型卫星那么大。这片小行星带的密度也很大。只有疯子才会驾驶飞船闯进这么大一片密集的岩石群。

以超光速驾驶飞船闯进那里简直就是找死。

可是目标飞船居然这么做了，想借小行星带甩掉他们。

"亚光速！亚光速！"亚尔通过通信线路高喊道。全队的三艘追捕飞船都强行关闭超光速驾驶模式，重力量引擎高声抗议。相比之前，减速之后的三艘追捕飞船仿佛完全静止，虽然它们依然在以每单位时间几千单位距离的速度前进。

　　亚尔依然盯着前方的屏幕，希望看到目标飞船来个大撞击，擦出强光和火焰。那些激情过头的飙车族全都是这个下场。亚尔在军团干了这么久，见过无数和他飙车的速度狂，总想跑赢高速警用飞船，最终失去控制，冲出道路——大概可以这么说。

　　但是这个疯子太厉害了。

　　"混蛋，这个疯子真厉害。"亚尔低声说。

　　"他关闭超光速驾驶了！"斯塔克罗斯通过通信线路大声喊道。

　　他当然要关闭。在最后一微秒，逃亡的跃迁式货运飞船——自杀似的强行俯冲到小行星带边缘——陡然关闭了跃迁驱动器，其方式非常暴力，驱动器今后大概再也不会工作了。但是那艘飞船瞬间降至远低于光速的速度，优雅地从两座山一样大的岩石之间穿了过去。

　　"斯塔克罗斯！瓦利斯！保持队形！我去追他！"亚尔怒吼道。

　　"我们和你一起，长官！"斯塔克罗斯急切地回答。

　　"绝对不可以，队员，留在原地，保持队形。目前的状况对你们这些新人来说太危险了。明白吗？"

　　"队员斯塔克罗斯……好的。"

　　她似乎很失望。亚尔笑了。他佩服她的冲劲儿。

　　"队员瓦利斯，确认。"

　　瓦利斯像是松了口气。亚尔继续笑着。这孩子面对危险任务时保有的健康心态也很好。

　　"保持通信，"他拉起操控杆，"与最近的军团重型战舰联系，把我们的路线详细地告知对方。等我抓住这个疯子，我要把他直接送回克桑达！"

"明白，长官。"瓦利斯回复道。

"祝你好运！"斯塔克罗斯说。

"队员们，这与运气无关，"亚尔说，"不过还是谢谢你。"

他以亚光速状态开始了追捕。他局部锁定了目标飞船的尾部，但是那些小行星移动得太快了，有些完全是在毫无规律地转动。情况变得十分棘手。

他深吸了一口气，虽然有些蠢，但还是感觉好多了。

他关闭了飞船的星际护盾，缩小横向轮廓，然后沿着侧面飞行穿过两块岩石。整个飞行空间真的很窄。他几乎可以坐在驾驶座上采集小行星表面的样本了。

几乎就在下一个瞬间，他奋力爬升，躲开一块冲向他的石头，接着左右躲闪，避开从四面八方袭来的小石块。

嫌疑人在哪里？该死的嫌疑人在哪里？

他的防御屏幕上一片繁忙。超过九千颗小行星被同时标记追踪，而这些只是他所处的整个小行星带中的瞬时量。他必须全力翻滚，冲到岩石下面，然后以重力加速度极速转弯，躲避另一块岩石。他周围的小行星——尤其是小的那些——运动轨迹变得越来越难以预测。重力量引擎逆流造成了纹波，岩石被飞船尾迹推动着旋转起来，有些互相撞击、碎裂，迸发出一大片残骸。

两块大型岩石狠狠相撞，仿佛湮灭一般，发出闪亮的光芒。

"太近了。"亚尔低声说。

"长官？长官？你还好吗？"斯塔克罗斯试图与他联系，她似乎有些害怕。"长官，我们看到那个方向有亮光。你……"

"我好得很。保持队形。重型战舰那边有什么消息？"

"——滋滋——已经入境——滋滋——在二十——滋滋——"

这下好了。亚尔知道自己已经到达小行星带深处，原因在于由大量重金属组成的太空岩石屏蔽了信号。那些露在表面的金属矿藏扰乱了他的追踪投影系统。除了惰性超高密度岩石外，他什么都看不清。这要怎么追踪那艘要命的可疑飞船？这种情况简直就像是在暴风雪中寻找一束火苗。

亚尔很冷静。他的心率非同寻常地低。亚尔的训练发挥作用了，他的头脑很清醒。

他不需要探测到目标飞船。他可以检测它曾经在什么位置。

和他的重力量引擎一样，跃迁式飞船亚光速引擎的逆流也会在岩石群中造成一定模式的串联状波动。

亚尔关闭了投影屏幕，用肉眼观察。他的精神和视觉都经过了强化，正在观察这些不断进行复杂运动的小行星，寻找能够说明问题的线索。

那里！

一片翻滚的岩石醒目地旋转着，整个小行星带像潮汐般退去。那就是逆流。他全力加速。那个狡猾的家伙居然原路折返。亚尔修正了路线，岩石不断向他冲过来，他把速度加到最大。岩石不断飞过：上下左右都是，有些近得几乎划伤了他金色的船壳。他的手以超乎寻常的速度操作控制杆——拉、扭、推、狠推。只有诺瓦百夫长才有这种级别的反射神经和手眼协调能力。

呃，好吧，应该说是诺瓦百夫长和跃迁式飞船里的一个混蛋疯子。

亚尔现在进入对方的逆流中，小行星被扰动得太严重，以至于根本无法预测出其准确的位置。一块大岩石旋转着飞速冲向他，他翻滚了一下躲开了。随后，另一块大岩石接踵而至，直扑面门。

躲不开了。躲不开了……

亚尔咬咬牙,按下操控杆上的射击按钮,用重力量加农炮将石头分解掉。

石头分崩离析。亚尔的追捕飞船在爆炸中心受到大量残骸的冲击。拳头大小的石块撞上他的前防护罩后再次被炸开。它们有些穿过防护罩撞上船体,留下凹痕。即使灰尘大小的微粒在这样快的速度下也有致命危险。亚尔知道他漂亮的追捕飞船的金色外壳看起来像是经过了喷砂处理。

控制台上的一连串红灯闪个不停,是破损传感器。损坏的都是小东西,不过有一个矢量推进器偏移了,飞船的机动性会受到影响。

没关系。他刚刚以高难度动作躲过了那块大石头。

他继续奋勇前进,不断开火,仿佛是在一片极不稳定的场地上进行障碍滑雪。

"到底在哪里,你这个混蛋……"

就在那一瞬间,他看到自己正前方的无数岩石之间,亚光速加力燃烧室闪耀着黄热的光芒。于是他立即追上去。

他飞得太快,转弯转得太急。一颗克桑达审判大厅那么大的小行星划过他的右舷,刮掉了他星际护盾的尖端。追捕船狠狠一晃,亚尔竭力控制住飞船。操控杆震动起来,引擎尖声呼啸,整个船身都颤抖不已。

他及时稳定下来,避免正面撞上一块比他的飞船大九十倍的岩石。

他再次看到了亮光,于是锁定目标。

"抓住你了,混蛋。"他深呼吸。这是他长久以来第一次深呼吸。

目标飞船看到他之后再次加速。真是愚蠢的行为。亚尔看出来了,在匆忙逃跑的过程中,它的船体上已经有好些凹痕和划痕了。他唯一能做的就是加速。

嫌犯已经深感绝望了，真正的绝望。

亚尔躲过一片飞速旋转的小行星群，逐渐接近目标。对方差不多已经在追捕船的重力量牵引光束的射程之内，他可以套住那个混蛋了。再近一些，一点点就好……

跃迁式飞船试图迅速离开。它不得不急转弯，以避免撞击。接着，他翻转一圈，撞上一块小岩石。一阵闪光、火花，以及被撕裂的船体碎片扑向亚尔。

跃迁式飞船趁机稳住机身，再次加速。但是它受到了损伤，似乎正从燃料罐的破损处流出燃料。液体燃料像雨滴落在挡风玻璃上一样洒在亚尔的护盾上。

他抓住他了。他抓住那个脑子不正常的混蛋了。

他再次开火。

跃迁式飞船仿佛害怕了，它向前一冲。飞船躲过一块岩石，从另外两块岩石之间穿过，然后发疯似的从一块甜甜圈形状的小行星正中间穿过。那个洞几乎容不下它，跃迁式飞船的船体好几次刮过石壁，冒出大片火星。

亚尔紧追不舍。他也从小行星的洞里穿过，又损失了两个星际护盾的尖角。

测距仪突然发出声响，在狭小的驾驶座里响起一串突如其来的声响。

进入牵引光束射程之内。

亚尔狠狠按下光束发生器。在捉住逃逸飞船的瞬间，他感到一阵拉力。他抓住嫌疑人了，抓得牢牢的，他们之间仿佛有绳索相连，紧绷但牢不可破。

但是嫌疑人的引擎还在工作。他其实正拖着亚尔负隅顽抗。

"该死！"亚尔吼道，"还不认输！"

他们被绑在一起了。该死，他们被绑在一起了。亚尔不能关闭牵引光束自行飞行，倘若他放了嫌疑人，他就完蛋了。

他用戴着手套的手划过触控面板。他关闭了自己的引擎——现在不需要动力了，那艘跃迁式飞船会搞定一切——把所有重力量能量都集中到牵引光束上。现在他成了牢牢拴住那艘跃迁式货运飞船的镣铐。接着，他不断增加自己的重力量，让追捕飞船变得越来越重。

跃迁式货运飞船迅速减速，加力燃烧室的光变得白热，它的引擎在全速运转。它想逃脱。

"这就对了，蠢货，"亚尔说，"赶紧把你们该死的燃料耗尽。"

接着，这艘疯狂飞行的跃迁式货运飞船干了一件更加疯狂的事情，即便是和之前它自己的疯狂举动相比也是无比疯狂。

它陡然刹车，然后极速右转。几乎——几乎而已——迎头撞上了一块巨石，但最终还是躲开了。

亚尔惊呼起来。他的引擎已经关闭了，他的追捕飞船实际上就是一个被飞船拖着的笨重物品。宇宙中的一切物理定律都在和他作对。跃迁式货运飞船的急转弯把他像个拴在绳子上的重物一样甩了出去。转向动力迫使他向左猛冲，然后被拖拽着晃个不停。

撞击警报响个不停。一块石头朝他的飞船左舷飞来。他能从左边的舷窗看到它。他的飞船笔直地撞向那颗小行星。

躲不开了！躲不开了！绝对躲不开了！

"弹射！弹射！"亚尔尖叫道。

但是太晚了。实在——

亚尔金色的追捕飞船从侧面撞上了小行星，整个船身碎裂，爆发出一片刺眼且灼热的强光，并且伴随着碎片和能量。

彻底毁灭。

9

剩下一片寂静

黑暗。

更多的黑暗。

再多一点儿黑暗。

然后出现一点儿亮光。

亚尔醒过来。他在零重力环境下慢慢旋转，四周一片死寂，追捕飞船的碎片像落叶一样飘散在他的周围。

他的脑子一片混乱。

想想，快想想。

他准备弹射来着。确实。在最后关头，他弹射成功了。现在，他像个海面浮尸一样，在空虚和寂静中漂浮着。

但是格勒坎·亚尔是个诺瓦百夫长。虽然克桑达的诺瓦军团为了方便起见使用追捕船和星际巡洋舰，但事实上，每个军团成员本人都是一艘飞船。亚尔的蓝金色盔甲制服和他使用诺瓦力量的高级权限使他无异于一架人形火箭。

亚尔接通了诺瓦启动，启动他的超凡动力。他像从高处跳下的潜水员一样不断挥舞双手，胸前的圆环发出明亮的光。他加速前进，身后留下一串闪亮的重力量能量轨迹。

小行星从他的身边飞过。亚尔就像一枚导弹，虽然不如他那艘损毁的悲惨追捕飞船快，但机动性更强。透过头盔的面甲，他可以追踪到数千颗小行星的轨迹，并计算出自己的路径，同时观察目标飞船的逆流。

目标飞船慢吞吞地漂在他的前方。

它以为甩掉了追捕，于是速度骤降。它近在眼前，正拐弯下行，准备离开小行星带，开始跃迁。

世界精神在亚尔的脑海里说话了。

"百夫长亚尔，遥测系统记录到你的飞船坠毁了。你受伤了吗？"

"没有。"亚尔回答。

"你依然在追捕嫌疑人吗？"

"是的。"亚尔回答。

"百夫长亚尔，我正在读取你的生命体征信号。你的心率升高，肾上腺素加速分泌。你在出汗。你调动了大量的诺瓦力量。你还好吗？"

"我好极了。"亚尔回答。

那艘跃迁式货运飞船就在眼前，飞得东倒西歪的，在石头之间左摇右晃，试图找路出去。他觉得说不定自己已经被它的传感器检测出了某些状况，如果它还有传感器的话。

亚尔继续靠近，几乎触手可及。他通过有金色尖刺的手甲引导诺瓦部队成员。从他手部发出的光束击中了跃迁式货运飞船，彻底阻断了它的航程。

它滚了几下，一动不动了。

亚尔扑过去，抓住船体。诺瓦军团赋予他强大的力量，他拖着货运飞船返回。

"我抓住你了，混蛋。"他低声说。

他穿过小行星带，并且一路拖着那艘飞船。

到了开阔的空间，他喘了口气。开阔、深邃、无垠的太空包围着他。他喜欢这样：自由——可以自由飞行，独处，甚至连自己的飞船都没有了。

那条小行星带——上百万颗旋转闪亮的岩石——消失在他身后星系的光芒中。

两艘诺瓦军团追捕飞船停在他的前方，星际护盾打开，危险的警报灯闪烁着。

"百夫长？长官？"瓦利斯试图和他进行联系。

"我抓住他了，瓦利斯。"亚尔回答。

"我们……我们以为你死了，长官。"斯塔克罗斯和他通话。亚尔听得出她带有哭腔。这孩子有胆量，但是太情绪化。

"我没事，斯塔克罗斯。严肃点儿。事实上，我感觉好极了。丢了飞船，抓住了坏蛋。对于军团来说，今天是个好日子。"

"是的，长官。"

"斯塔克罗斯？瓦利斯？你们干得很好，我为你们感到骄傲。"

"队员斯塔克罗斯，收到。"

"队员瓦利斯，确认。"

亚尔拖着熄火的飞船，露出笑容。这两个孩子都很出色。真的很棒。总有一天他们会成为了不起的百夫长。

将来他们会记起暴躁的老克比奈特给他们讲规则，并且遥敬他一杯合成醇。

因为那时候格勒坎·亚尔早就已经死了，如果他还要坚持追捕这些不要命的疯子的话。

诺瓦军团的重型巡洋舰就停在那两艘追捕飞船后面，它实在太大了，几乎无法令人视而不见。它就像星空里的一个影子，极为稀薄的棕色阴影。

"你好，重型战舰，你好，重型战机。"亚尔呼叫对方。

巡洋舰的灯亮了，它看起来就像一座夜晚的城市。探照灯照着亚尔和他身后的飞船。

"你好，亚尔。"一个开朗热情的女声回应道，"你又'发疯'了？"

"百夫长克劳蒂，是你吗？"亚尔问道。

"只能是我，格勒坎。每次都等你……冒险归来。你带什么东西回来了？"

克劳蒂是个漂亮的小个子提塞拉尼人，也是一位出类拔萃的百夫长。她在学校的时候和亚尔是同学。他们彼此都很中意，但始终没什么发展。

亚尔叹了口气。

"我抓到一艘潜逃的跃迁式货运飞船，罗利特，登记在册的。看资料就知道，他们可不简单。打开你的机库门，我把它拖进去。"

"哎呀，你是在开玩笑吧，傻瓜。好，打开机库门。"

重型巡洋舰下部的舱门打开了，光芒倾泻而出。这感觉就像是回家。

亚尔进去之后，将跃迁式货运飞船放在甲板上。追捕飞船跟着他，机舱门在他们身后关闭。

亚尔站在机库栅格状的甲板上，绕着破损冒烟的跃迁式货运飞船来回走动。船体彻底损毁。汲取教训吧，亚尔心想。

空气和重力都恢复了，光照也开始回升。亚尔解除了自己的诺瓦力量，只留下手甲中的部分力量以防万一。

斯塔克罗斯和瓦利斯从座舱里跳出来，跑到亚尔身边。斯塔克罗斯摘下金色的头盔，亚尔看得出这孩子哭了，但是她在努力掩饰。她真的很漂亮，哭得能令无数人心碎。

"太厉害了，百夫长。"她说，"我的意思是……我们以为……我们以为……"

"我知道你以为什么，队员，"亚尔轻轻拍拍她的脸，"谢谢。"

瓦利斯仍然戴着头盔，他把马似的口鼻位置对着高出一大截的亚尔。

"那样做是违规的，长官。"他说。

"没错。"

"我得写份报告才行。"

"写吧。"

"我不写，"瓦利斯说，"我的意思是——"

"不，你应该写份报告。只是别把我写得太疯狂。"

瓦利斯伸出手，亚尔握了握他的手。

"很荣幸能接受您的指导，长官。"他说。

"哦，不要跟他说这种话。他的脑子并不清醒，下次他又该不要命了。"

百夫长罗利特·克劳蒂穿过机库甲板来到他们旁边。她面带微笑，金色的头盔夹在胳膊底下。她朝亚尔皱了皱眉，大家都看得清清楚楚。六十个装备重力量警棍和防暴盾牌的诺瓦防暴警察跟着她。全员配备重型重力量加农炮的重装部队排成三角队形填装能量盒，环绕跃迁式货运飞船进行瞄准。

"对方是什么人，格勒坎？"克劳蒂问亚尔。

"不知道，罗利特，是从夏斯三号行星上逃跑的家伙。你看到资料了，至少也是高度危险的罪犯。这确实是个坏消息。不管从这艘破飞船里出来的是什么，我们都必须全副武装，做好准备。"

"哦，我准备好了。"克劳蒂笑着回答说。

她挥手让防暴警察小队上前。那些人都装备着火焰截割器和突击撞锤。

"把这玩意儿打开，小子们。"克劳蒂下令，"其他人，一旦听到枪声就把他们全部打死。"

防暴警察小队整装待命，随时准备把那艘跃迁式货运飞船炸飞。

他们等待着。

登陆跳板被放下来了，然后主舱门也慢慢打开。

"冷静，小子们。"克劳蒂举起双手，诺瓦力量在她的手甲上闪耀着。

舱门打开了，臭烘烘的空气扑面而来。

一个身影出现了。

很小，很矮，比克劳蒂、亚尔等人上学时整天嘲笑的诺瓦军团学员夏斯人库尔吉德还要矮。

他跳下着陆跳板，眼睛明亮，毛皮光滑，尾巴蓬松。到了跳板尽头，他停下来，对周围那群防暴警察和排成三角队形的武装人员露出胜利的微笑。防暴小队呆住了，他们整齐划一地竖起盾牌，举起充能警棍，端起枪支，拉开保险栓，随时准备开火。

一阵停顿。一阵恐怖紧张的气氛。一阵僵持。

"晚上好，警官们。"火箭浣熊说，"这是怎么回事？"

10

克桑达

我应该是在所谓的审讯室里。在我旁边，破烂的桌子旁坐着火箭浣熊和格鲁特。

房间里什么都没有，四四方方的。房间四壁经过喷砂处理，天花板上有一层声学网。房子的另一边是一扇平淡无奇的窗户，我确信那是一面单向的观察窗。

我们在克桑达，在审判大厅的中心处。在进行了七个小时的跃迁旅行之后，诺瓦军团的重型巡洋舰把我们带到了这样一个地方。

我不紧张，亲爱的读者，因为我没有神经系统。但我还是对当前的情况感到十分不安。

眼下的情况显然对任何身在其中的人来说都很不好。

"我们说说话吧。"火箭浣熊提议，他的语气就好像说话真的是个好主意似的。

门开了。两个人走进来，他们都是全副武装的诺瓦百夫长。门又关上了。

他们在我们对面坐下。

他们把平面触控板放在自己面前的桌子上，然后靠在椅子上，摘下头盔，将其放在桌子上。其中一个百夫长是个肌肉发达的克比奈特男性。他眯起眼睛盯着我们。

另一个百夫长则是个身材窈窕的矮个子提塞拉尼女性。

"开始记录，"她说，"记录百夫长罗利特·克劳蒂的审问过程。"

"百夫长格勒坎·亚尔参与审问。"那个男人说。

"你们是什么人？"克劳蒂问我们。

"火箭浣熊，我已经告诉过你了。"火箭说。他的眼睛看着下面，正在玩桌子边上一块变形的地方，大概之前某个受审的人砸到了那里，也可能是咬到了那里。无论是哪种状况，我都无法判断自己当时的动作是主动的还是被动的。

"我是一个记录仪，"我回答，"我是参宿七泛星系观察记录仪127号。"

"我是格鲁特。"格鲁特说。

"好。出生地？"那位男性百夫长问。

"半世界。"火箭回答。

"从本质上来说，是参宿七。"我回答。

"我是格鲁特。"格鲁特说。

说到这里，我觉得肯定要出问题了。

"出生地？"那位克比奈特百夫长厉声问道。

"我是格鲁特。"

"这么回答可不对，兄弟。"克比奈特百夫长说。

"X行星。"火箭赶紧回答，"他是从X行星来的。"

克比奈特百夫长叹了口气。

"解释一下你们在夏斯三号行星上的行为。"那位女性百夫长说。

"我们只是去做生意。"火箭回答。

"做什么生意？"克比奈特追问。

"你知道……就是这样那样都做一点儿。"火箭浣熊回答。

"我不知道。"那位男性百夫长粗暴地说。

"呃，你……或许应该知道鳟克交易吧？"

"鳟克交易？"那位女士问。

"对，这种生意很不好做。真的不容易，市场很不景气。我们也不知道怎么回事，就卷进去了。"

"所以你们就逃跑了？"男性百夫长问。

"对，显然如此。"火箭浣熊回答。

克比奈特百夫长看着我。

"是这样吗？"他问。

"就是这样，"我回答道，"而且和你所知的细节完全一致。"

"你呢？"男性百夫长问格鲁特，"你又是怎么回事？"

"我是格鲁特。"格鲁特说。

"你，木头脸，我真的要没耐心了。"男性百夫长吼道，"如果你不合作，至少要说一句'我拒绝回答'，懂吗？"

"冷静，格勒坎。"那位女性百夫长轻声说道。

"合作，明白吗？"男性百夫长警告格鲁特。

"我是格鲁特。"格鲁特很认真地回答道。

男性百夫长愤恨地用拳头砸向桌子边缘。我忽然察觉到了这张桌子表面的凹痕和变形部分的来源。

"你是想试探我吗，小子？"男性百夫长问。

"我是格鲁特。"格鲁特慌忙地回答。

"混蛋！"那位百夫长破口而出。

"冷静！"女性百夫长小声说道。

"这小子必须知道他对面坐的是谁。"男性百夫长对他的搭档说，"光是罗列的罪名，就足够把他关进凯恩监狱，让他在那儿长出自己都数不清的年轮。再加上在常规审问中不合作……"

"会怎么样？"火箭问。他用那双像极了人类的手捋捋胡须，表现出一副对答案毫不在意的样子。"你说什么，傻大个？你总有办法让我们开口？"

"闭嘴！"男性百夫长对火箭说，"我们是有办法。要是你的同伴再说那句话，我就去拿链锯和碎木机。"

"格勒坎！"女性百夫长警告他。

"再给你最后一次机会。"男性百夫长对格鲁特说，"你在夏斯三号行星上做什么，你为什么要匆忙逃跑？"

一阵停顿之后，格鲁特犹豫了，他俯身向前，越过我悲伤地看着火箭。

"跟他们说实话就好，兄弟。"火箭说。

"我是格鲁特。"格鲁特迟疑地轻声说道。

"你这个大傻子！"男性百夫长大吼起来。

中止解说协议

忠实而善良的读者，在这个时刻，我认为应该采取行动。这样做并不是因为在当前环境下受到了严重威胁，而是因为我同情格鲁特。我感受到了他的痛苦和无助。我想起，他和火箭在我急需帮助的时刻救了我。事实上，他们在好几个我急需帮助的时刻都救了我。我想要报答他们。

恢复叙事模式

"对被扣押者实施语言暴力。"我说。

"嗯？"男性百夫长愤怒地看着我。

"对被扣押者实施语言暴力。"我再次说道，"诺瓦军团指导条例，第171777454项。在审问和扣押过程中，不得对被扣押者实施语言和肢体上的暴力。违反该项条例的诺瓦警官将被处以包括剥夺特权、警告、严重警告、停职、降职，以及——在极端情况下——开除的处罚。"

"哈！"男性百夫长靠在椅子上打量着我。他依然很自信，他是这个房间里的老大。"居然有个聪明人。"

"呃，他说得对。"女性百夫长低声说道。

"不要插嘴，罗利特。"男性百夫长呵斥道，"你也看到档案了，你知道这些人都干了些什么。"

"即便如此……"女性百夫长说。

"我们不知道人家说我们干了什么，"我说，"根据《克桑达刑法》，第1112（a）条，iii子项，必须对所有被扣押者说明他们的权利，并在审问之前说明对他们的指控。这是很明确的。"

男性百夫长瞪着我。

"你这个——"

"对被扣押者实施语言暴力。"我说，"诺瓦军团指导条例，第171777454项。"

"我该把你打得满地找牙……"

"对被扣押者进行肢体或人身方面的威胁。"我说，"指导条例，第

876888 项。"

"是吗？是吗？这可是个隔音的房间，你这个死脑筋！"男性百夫长站起来怒吼道。我感到他手甲上的诺瓦力量在嘶嘶作响。"说不定你是在反抗的时候自己摔倒了，谁知道呢？"

"本次审问已经被记录，"我说，"你自己说的。"

"我……"

"而且她肯定会知道的。"我看着那位女性百夫长补充道，"据我观察，她对你的审问内容很不满意。她不赞同你的方式。她对你的看法有所改变。"

男性百夫长不说话了，他看了看那位女士。

"罗利特……"

"冷静，格勒坎。求你了。我们知道这几个都是坏蛋。我们知道他们想杀了你。"

"打断一下。"火箭浣熊说。

那位女士拍了拍男性百夫长的胳膊，催促他坐下。于是他终于坐下了。

"格勒坎在逮捕你们的过程中险些丧命，你们毁了他的飞船。"她说，"这也是其中一条罪行。"

"我们依然没有看到自己有哪些罪行，"我指出这个问题，"《克桑达刑法》，第1112（a）条，iii子项，必须对所有被扣押者说明他们的权利，并在审问之前说明对他们的指控。"

两位百夫长看了看对方。那位女士把她的平面触控板转过来推到桌子这边。火箭浣熊想要拿起来，但却被我抢先一步拿到。

我看了一遍。

"真不少。"我边说边继续看。

"你知道问题的严重性吗？"男性百夫长说，"怎么，你想说你有权请律师？你需要律师吗？"

"嗯，权衡之下，这个建议很不错。"火箭说。

"不需要。"我说。

"为什么？"女性百夫长问。

"律师知道的东西我都知道，"我回应道，"开始吧。"

"嗯，那我就开始了。好，"男性百夫长说，"首先，拒捕……"

"这个不是'首先'。"我说。

"什么？"

"《克桑达刑法》将过程与条例奉为圭臬，它奉行流程超过其他一切。不管是什么罪名，只要案件违反流程，都要被克桑达高等内阁驳回。"

"你在说什么？"男性百夫长问。

"必须对嫌疑人说明他们的权利，并在审问之前说明对他们的指控。"我说，"《克桑达刑法》，第1112（a）条，iii子项及后续内容……我们现在只看到了自己面临的指控，而且是在审问正式开始之后。"

"所以呢？"

"违背流程。案件会被驳回。"

"胡说！"

"也许吧，"我说，"鉴于此处罗列的罪名多且重大，法庭可能会忽略程序上的疏漏来处理这个重大案件。当下的焦点嘛……"

"没错。"男性百夫长说。

"但还有其他问题。对嫌疑飞船的正式身份确认工作必须在指控之前进行。《克桑达刑法》，第82（a）条，iv子项。"

"你们当时处于被监视状态之中，被禁止离开夏斯！"男性百夫长很愤怒。

"不对。"我告诉他，"当天晚上有很多艘飞船离开夏斯三号行星。其中很多和我们的飞船同型号、同级别。你通过军团的'红旗'系统来识别我们，该系统通常很准确，但仍需分别确认。但你并没有进行此类确认。罪行清单上也是这么写的。你怀疑我们是被监视的那艘飞船，但是并没有进行确认。违背流程。案件驳回。"

"我们可以对比序列号……"女性百夫长说。

"没错，但是你们还没有对比。"我回应道，"我还没说完。在审问开始前必须正式确认嫌疑人的身份。《克桑达刑法》，第6768（a）条，i子项。"

"如果你愿意的话，可以排队去等确认身份。"那位男性说。

"在哪里排队？谁来确认我们的身份？光是在银河系的这一个区域内就有八十八万亿种有感知的生物。我们将通过哪种正式的身份确认工作来确认身份？"

"一个参宿七的记录仪，一棵会走路的……树，一个天知道是什么种类的毛球！"那位男性百夫长吼道，"还能是什么？"

"够了！"我说，"我是很多很多个记录仪组件之一。浣熊机器人和巨大人形植物个体只是粗略的说法。"

"粗略说法？"

"在这个广阔的宇宙中，这种说法非常粗略。如果不经过正式的身份确认，将造成数量可观的疑点。疑点等同于违背流程。案件驳回。"

忠实而又温柔的读者，我之前就说过，我非常乐意在本故事中援引恰当的人类文化的例子。所以，在这个过程中，我觉得我就像《十二怒汉》里的亨利·方达，或者《杀死一只知更鸟》里的格利高里·派克。或者更准确地说，我就像那个超级帅的马修·麦康纳，就是那部根据约翰·格里森姆系列小说改编的电影的主角。

"我们可以提取你们的指纹。"那位男性百夫长说，"我们可以提取你们的指纹、毛发残渣、DNA、树皮样本——任何样本都可以。我们可以这样来确认你们的身份。"他打了个响指。

"没错，确实可以。"我表示同意，"但是你还没有确认。把样本赶紧从夏斯三号行星送出去。如果你愿意的话，可以远程传送。通过快速通道送到实验室。但是已经太晚了。你应该在正式审问开始之前就这么做。《克桑达刑法》，第 45 段，第 23 条。违背流程，格勒坎·亚尔百夫长。案件驳回。"

"我应付过你这样狡猾的律师。"亚尔大吼道。

"特别说明两点：第一，我不是律师。我是参宿七泛星系观察记录仪127 号。我只知道自己该知道的东西，并在需要的时候使用这些数据。第二，你没应付过律师。"

"但是你们拒捕……"

"未经证实。违背流程。案件驳回。"

"但我们已经提出指控……"

"所有指控均无事实依据。违背流程。案件驳回。"

"闭嘴！你们想杀了我，还……"

"没有任何证据。我们只是试图穿过一片危险的小行星带，而你则驾驶高速飞行器主动涉险。指控不成立。违背流程。案件驳回。"

"我……"

"而且，"我补充道，"自被拘禁之后，没有人给我们提供任何食物或饮料……"

"我真的很需要饮料。"火箭浣熊说，"但是，你知道，最好是一边有小把手的那种杯子，我讨厌把饮料洒出来。"

"自被拘禁之后，没有人给我们提供任何食物或饮料。"我继续说，"诺瓦军团指导条例，第 1770134 项。根据宇宙感官福祉条例，第 2 章，第 12345671111 段，应当在审问前主动以正常频次给予被扣押者食物及饮料。违背流程。案件驳回。你应该主动向我们提供饮料，亚尔百夫长。你应该给我们拿些饮料。"

亚尔不说话了，他好像惊呆了。

"我去和世界精神确定一下。"克劳蒂百夫长说，"该死，该死。这个机器人说的每一句话……都没错。每一处引用都没错。他难倒我们了。"

他们惊讶地看着我们。

"那我们就走了。"我说。

"我是格鲁特。"格鲁特说。

"我觉得喝些饮料也不错。"火箭说。

"别得寸进尺，"我告诉他，"差不多就行了。"

"我们可以把飞船拿回来吧？"火箭问亚尔，"最好是已经修好并保养过的飞船。"

"别得寸进尺。"亚尔平静地说。

"我们会把飞船从羁押处取回来，"我对火箭说，"不过我们要自己修理。是我们自己造成的损伤。你买保险了吧？"

火箭嘀咕了一声。

我看着两位百夫长，他们都有些……沮丧。

"打搅二位了。"我对他们说。

要是我有个袋子，或者盒子，或者档案袋就好了，可以在走之前放在桌面上整理一下，然后拿绳子一绕。要是有文件夹就更好了。

我希望自己看起来有点像马修·麦康纳。

与此同时，十天前的负空间……

11

与此同时

（十天前的负空间……）

　　她讨厌负空间。它和她全身每一根纤维作对，是彻头彻尾的异次元。

　　而且，这里比布鲁德人的胳肢窝还臭。

　　四周荒芜的地面上夹杂着不少通风口，蒸汽从里头嘶嘶地冒出来。她现在所在的这颗人造行星正以极快的速度绕着那两颗负向太阳旋转。它们散发出丑陋的光线，每隔几秒就昼夜交替。

　　她本该拒绝这份工作才对。但她自己心里明白，这不是钱的问题。负空间让她觉得恶心。她是正向宇宙的生物，正向宇宙才是她该去的地方。

　　臭味堵在她的鼻子里。她慢慢往前走，手里握着沉甸甸的刀。到现在为止她消灭多少个了？

　　她没数。

　　在她身后，在反复不断的日出日落中，借着不断变幻的阴影，又有两个生物发动了攻击。

　　这两个生物是哇哇乱叫的战士，都全副武装，挥舞着长刀和砍刀。她往下一蹲，利用一条大长腿把其中一个踢飞，右手的利刃从另一人身上划过。三条断肢伴随着一阵脓水飞出去，然后那个东西的头也掉了。

另一个生物再次又劈又砍地扑向她。

她跪下来，举起左手的长刀，那个东西把自己钉在了刀刃上。它抖个不停，将全部重量压在她身上，还慢慢爬了几步。脓液顺着刀刃流到她的胳膊和腿上。

她站起来，厌恶地把那个生物从她的刀上甩下去，然后在空中挥了几下，把蓝色的组织液甩掉。

"真是够了！"她大喊道。

"确实是够了。"湮灭回答。

它站到重力平台上，出现在她的视野里。那是一个干瘪驼背且矮小的昆虫机器人，穿着半封闭的紫色生物组织盔甲。在它的下巴下面，那个宇宙控制杆跳动闪耀着足以改变宇宙的巨大黄色能量。她站在湮灭的对面一动不动。她非常清楚，这个重力平台上的昆虫机器人在任何宇宙中都是最强大的存在。

它慢慢停下来，悬浮在她面前。它身后跟着一群战士，黑压压的阵势如同成群的蝗虫。

"你表现得很好。"它嘶嘶的声音好像是在撕纸。

"我损失了二十八个最好的战士。"负空间的统治者湮灭说，"了不起的测试结果，你果然是这个宇宙最危险的女人。"

"某个宇宙的，"她冷笑道，"不是这一个。说重点。"

湮灭笑了起来，那声音就像是狗在呕吐。

"616 项目。"

"我不知道这个东西。"她回答。

"哼。"它说。

"我要做些什么？"她问。

"有个目标。"湮灭用那种撕纸似的声音回答。它动的时候，几丁质的外壳也在吱嘎作响。"我要你拿到那个东西，把它交给我。"

"寻物的费用按事先说好的计算？"

"不，"它说，"双倍。不管事先说的是多少。"

"我喜欢你说的话。"

"很好。"

"但我不喜欢你。"

"很少有人喜欢我，"湮灭回答，"这是我的声望所在。"

"你为什么不自己去做这些肮脏的事？"她问，"你有人手，为什么还雇用代理人？"

"我的手下在正向宇宙不能完全发挥作用，也很容易被发现。"湮灭说，"我们很可能过早地暴露目标。而你，你就是正向宇宙的生物，你的行动不会引人注意。完成这项工作，我给你报酬，多得你做梦都不敢想。"

"目标是什么？"她问。

湮灭的士兵迅速上前交给她一个数据模块。

她迅速看了一遍。

"这个？你就想要这个？"她问。

"这就是我想要的。"湮灭回答，"你能完成吗？"

她点头。

"可以，没问题。安排传送我去正向宇宙，我马上就开始工作。"

"同意，马上就安排。"湮灭说，"最后一件事……"

三个战士冲向她。她砍掉第一个的头，把第二个劈成两半，刺穿了第三个。

"你不需要再这么做了，"她说，"测试结束了。我接受这项工作。"

"这不是测试，"湮灭说，"这是个预告。若你没能把东西拿回来，就是这个下场。"

湮灭身后的昆虫大军起伏涌动，抖动着它们的翅膀。即使她这样强的人也明白，自己敌不过这支军队。湮灭就像神一样强大。

"我从不失手。"她说。

"很好。"

"而且我向来期待提升酬金。"

"那肯定了。"

"我要走了。"她转过身，但又停下来。

她回头看了看湮灭

"顺便说一句，不要再威胁我了。绝对不要。"卡魔拉说。

12

我们来当艾尔·卡彭

　　看见没有？善良又慷慨的读者，我再次引用了人类文化中的主题来帮你理解这个故事。

　　哦，我意识到我留下了一个伏笔。不过，我很讨厌这样。从现在起，我马上改正。

　　但还是要解释一下，阿尔·卡彭是一个臭名昭著的罪犯，生活在你们地球人的二十世纪时期。尽管他犯下多项重罪，但最终却因为逃税这种相对较轻的罪名而入狱。我反复看了凯文·科斯特纳那部激动人心的电影，那部电影里还有肖恩·康纳利不带口音说话的样子。亲爱的读者，那就是"芝加哥派头"。

　　我们在克桑达诺瓦军团总部被扣押飞船停靠的码头仔细检查我们飞船的受损状况，飞船的名字叫"白条"。

　　火箭浣熊不停地拍着我的肩膀，格鲁特也是，不过他拍得很疼。

　　"简直太厉害了，记录仪，好兄弟，好哥们儿！"火箭看起来对我感激涕零。

"我是格鲁特。"格鲁特说。

"我知道，我知道……有多难以置信？"火箭表示同意。他看着我说："你好好教育了他们一次。你吃透了他们克桑达的那套规矩，然后用他们的规矩狠狠打了他们的脸，这一段、那一项什么的。我想了无数办法逃出诺瓦军团，唯独没有想到用他们自己的法律打败他们。这办法简直赏心悦目。绝对赏心悦目！"

"这不难。"我说。

"不难吗？"

"我恰好知道这些东西。我就是为此而造的。我唯一要做的就是把脑子里的知识运用起来。"

"嗯，兄弟，你用得太好了。"火箭说。

"我是格鲁特。"格鲁特表示同意。他一边说着，一边再次拍了拍我的肩膀。

我重新站好，然后我们一起检查那艘飞船。

白条号似乎不太好。

"超光速驱动？"火箭问道。

"我是格鲁特。"

"亚光速呢？"

"我是格鲁特。"

"该死的……环境？"

"我是格鲁特。"

"护盾？"

"我是格鲁特。"

火箭看着我。

"恐怕要等一阵子了,"他说,"有很多地方需要维修。我们需要零件和备用物资,大概还需要一个好的机械师。"

被扣押的飞船停靠的码头看起来很不友好。一条潮湿的混凝土通道直通天空,到处都是冰冷的探照灯。墙的最上方排列了一圈防御火炮和牵引光束,这就算是装饰了。白条号旁边的空地上还停着两艘飞船:一艘是被击中的克赛罗尼安翘曲式太空梭,用扣押夹锁起来,船身画上了证物标志;另一艘是等待修理的 K 级诺瓦军团搜寻舰。诺瓦军团的技术人员在一旁边干活边聊天,根本没理我们。

"我们必须尽快修理,"我说,"然后去你们说的那个地方。虚无知地。"

"我是格鲁特。"格鲁特提出意见。

"我听到了。"火箭叹着气回答,"我们也许有很棒的修理技术,但是目前遥不可及。"

"我可以运用知识。"我说,"我不是机械师,但我可以运用知识。给我找一本操作手册。"

他们找到了,是一个平板设备,我擦掉了上面的饮料痕迹和洋葱味玉米脆片渣。

过了半个小时,在我的指导下,亚光速引擎可以工作了。

"现在是超光速部分,"我翻到第一千零八页,"这里说,把一个齿轮驱动器放在 viii 管道处,移除顶盖,露出外部翘曲点火回路。然后……嗯。"

"然后什么?"火箭把风镜推到额头上问道。他现在全身都是机油。

"没什么,"我回答,"只是这部分需要经过认证的翘曲技术工程师来完成，以避免混合反物质内核触发链式反应，引爆其他星球。"

"哦，那个啊。"火箭用他那双像极了人类的双手漫不经心地挥了挥，"说明书总会这么写。继续。"

"我是格鲁特。"格鲁特说。

我们抬起头。格鲁特说得对。诺瓦百夫长格勒坎·亚尔穿过码头径直向我走来。他看起来对自己无比满意。

"怎么又是他，"火箭说，"他想干什么？"

"各位，"亚尔停下脚步看着我们，"有个小问题。"

"什么？"火箭说。

"你们高谈阔论一番，然后就给自己彻底开脱了。我很佩服。相信我，我真的很佩服。但是总有一件小事会绊住你，不是吗？一件小事？"

"继续。"火箭谨慎地说，他生怕这件小事指的是他。

"我查过了，这艘飞船没有保险。在任何地方、任何系统里都没有保险。"

火箭耸了耸肩。

"我买不起保险。怎么了？经过了这一堆破事，你要为保险罚我们的款？"

亚尔想了想。

"是的。"他很开心地说，"是的，就是这样。一千信用点或者拘禁两天。看到我的流程了吗？我正式地解释了各位的罪名和惩罚措施，像条文要求的一样，现在我要宣读你们的权利。在审问前，各位需要热饮吗？"

"来杯摩卡。"火箭说。

"别说话，"我站起来面向百夫长，"我看到你的流程了，格勒坎·亚尔。你完全照章程行事，因此我们可以被捕并接受审问，没有技术问题。一旦被捕，我们可以重新检查档案中罗列的全部指控。你依照技术流程重新开启调查，然后就可以用更严重的罪名指控我们。"

"对。这很聪明，对吧？"

"非常聪明。"

"有什么厉害的法律条文和引用条例可以用来阻止我吗？"亚尔问。

我想了想。没有。

"没有。"我说。

"很好，"亚尔说，"那么你们想怎么办呢？私了，还是走流程？快点儿，小子们，让我开心开心。拒捕吧。"

"不要拒捕，"我对朋友们说，"我们会想出办法的。"

亚尔难过地摇摇头。

"你真是扫兴。好吧，127号记录仪，火箭浣熊，还有格鲁特，我以'驾驶跃迁式飞行器但未购买保险'的罪名逮捕你们。你们可以不说话，你们说的每一句话都将用于呈堂证供。跟我来。"

他又停下了。

"哦，"他说，"那个尾灯是坏的吧？再加五十信用点，马上处罚。"

"你不是认真的吧。"火箭说。

我确信亚尔是认真的，但是我们无法求证。这时候发生了一件很奇怪的事。

我在一秒钟以前预感到了，这就像某种戏剧性的伏笔。我感觉到了命运中那一点点歪曲的气息和反转的蛛丝马迹。

在被扣押飞船停靠的码头，在我们和亚尔之间，一阵噼啪作响的光亮突然出现。整个现实世界膨胀、弯曲、冒泡——仿佛一卷旧电影胶片被卡在放映机里，被灯光烤得熔化了。

现实像水泡一样破裂。突然间，那个身穿黑色盔甲的太空骑士出现了。

"你又是什么人？"亚尔气愤地问道。他高举手甲走上前来。

太空骑士立即拿出虚化枪。那个方形箱子似的武器骤然开火，射出一束能量。这股能量束将亚尔送到码头围墙的另一边。

诺瓦技师慌忙躲避。警报器大响。

太空骑士转向我们。他的面甲背后闪着邪恶的红光，好像燃烧的碳一样。

"你们知道吗？"火箭浣熊说，"我觉得还是那一个更好对付。"

13

突如其来的大反转

当时——

哎呀！对不起啊，善良又宽容的读者之光，好像燃烧的碳一样。能量束带来了命运中那一点点歪曲的气息和反转的蛛丝马迹。全部指控。你依照技术流程，随随便便就把结局说出来了。把这一章叫作"哎呀！对不起啊，这其实已经剧透了本章有反转、有意外，不是吗？我现在意识到了，如果对你的阅读乐趣造成任何损害，我深表歉意。也许我该另起一章。我想我确实需要这么做。第十三章，十三这个数字在两千七百个文明中都被视为不祥之兆，所以也许我应该直接开始第十四章，顺便把第十三章这件事彻底忘记。好不好？好的。就这么办。

重启——

等一下，请原谅我。我有没有同步《地球人术语大全》呢？我有点儿担心啊。我希望你能理解这些东西，善良而且越来越耐心的读者。所以也许我应该直接开始第十四章，顺便落实"指控投影剧场"。善良而温柔的读者，我希望你能理好笔记，然后尽快再去一趟地球重新同步资料。拜托，如果我用了过时的或者已经被废弃的词，请一定要告诉我。

重启——

多观众厅电影院！多观众厅电影院！我想说的就是这个词！总之……

14

重启——

　　身穿黑色盔甲的太空骑士慢慢走向我们。他头盔护目镜后面那恶毒的红色光芒闪了几下，熄灭了。

　　"你好。"在警报器的轰鸣中，我试探着打招呼。

　　"别说'你好'，锁定目标'警戒'！"火箭大声说。他从白条号的秘密仓库里摸出一支大规模杀伤性武器。

　　"我觉得对这家伙开火不会有效果。"我说。但是火箭扣下扳机的手指压倒性地战胜了我的意见。与此同时，我的声音被等离子武器公司的能量轰击枪的呼啸声淹没了。

　　太空骑士被一阵恐怖的狂轰滥炸打得后退了几步，但是他的虚化力场吸收了绝大部分能量。

　　"错误举动。"他低声说。

　　"如我刚才所说的一样。"我补充道。

　　他抬起覆盖盔甲的手指指向我。

　　"我要他，那个记录仪。"他说。

"呃，可不能把他给你啊，大哥！"火箭浣熊坚决反对。

"说个不给的理由。"太空骑士说。

格鲁特也反对。他一记上勾拳狠狠地打在太空骑士的脸上，把他打得进入近地轨道飞行。

"厉害。"火箭浣熊吹了声口哨。

我觉得那完全是"哇，你看见了没？"的意思。但是这也没能解决我们的问题。在克桑达阴沉的天空中，太空骑士停止了上升的趋势，他转身朝我们骤然俯冲下来。我们可以听见他盔甲上的推进系统在嗖嗖作响。

"我认为我们应该——"我只说了个开头。

"隐蔽！"火箭大喊道。

第一波轰炸从天而降，太空骑士的重型轰炸武器在俯冲过程中爆发出耀眼且致命的橙色量子激光束。

光束落在我们周围——码头的混凝土地面被炸出无数弹坑，爆炸引起火焰中无数的碎石沙砾被抛出来。我们屡次试图逃跑，但激光束总是准确地打在我们面前。

我觉得他是想困住我们，活捉我们。

围墙顶上的六门自动防御火炮感应到空中的威胁，于是便被激活了。它们的双门气垫炮筒喷出重力量能量，看起来如同大片的曳光弹一样。地对空防御系统锁定了目标，六道独立脉冲光束交织成三角形，包围了正在俯冲的太空骑士。他的速度很快，立即转向追踪而来的炮火，但是他的虚化力场受损了。

他没有减速，而是在校准目标之后进行了六次完美的射击，将六门防御火炮全部摧毁。围墙上的炮台纷纷爆炸，落下大量残骸和火焰，导致码头上的探照灯阵列也全部变换转向。

这位太空骑士是个可怕的神枪手。从他先前的攻击中，我已经确信他是要活捉我们。如果他要杀死我们，他早就不费吹灰之力一枪解决问题了。

我突然想到另外一点。他只想抓住我，只有我是他想要活捉的目标。目前看来，他对火箭和格鲁特还很克制，但如果他没有特别的理由保持克制呢？如果他认定他们有威胁，或者只是觉得他们碍事，那又会怎么样呢？

事实上，火箭确实既有威胁又碍事。他拿着那把能量轰击枪疯狂而漫无目的地往天上喷出致命的红色光束。

他说不定还带了个霓虹灯公告牌，上面写着"向我开火"。

太空骑士就照办了。

这只是我生命中的一纳秒，但是由于参宿七开拓者为我装备了流体识别微过程处理系统，我可以全高清观察并记录每一个细节。

那个太空骑士向火箭浣熊射击。橙色的量子激光束朝他呼啸而下。我的微过程处理系统的前瞻性子程序预计自己将记录到那个小小的浣熊机器人会在一片炽热、亮光和毛发中彻底爆炸，连它也畏惧起来。

然而，这一切并没有发生。

就在距离火箭浣熊机器人一个臂长的位置上，光束似乎被什么东西阻挡了，变成了一片分散而明亮的能量。

火箭睁开一只眼睛。

"我死了吗？"他问，"这是来世吗？如果是的话，它也太像日常生活了，真令人失望。"

太空骑士降落在码头上，站稳之后重新跑向我们。他再次把暴击枪对准火箭，然后开火了。

但就像上次一样，光束又神秘地停了下来。

"没用的。"百夫长格勒坎·亚尔说。他右手手甲的重力量暴击枪把太空骑士轰飞了。

我意识到亚尔是在用重力量力场保护我们，诺瓦力量的用途果然很多。

太空骑士飞回到亚尔面前，而百夫长已经严阵以待了。亚尔一拳打碎了太空骑士头盔的侧面，然后一个敏捷的重力量脉冲将暴击枪从他手里打掉再碾碎。太空骑士一拳打在亚尔下巴上，打得他龇牙咧嘴，摇晃了几步。接着，亚尔用前臂挡住了一拳，又直拳打中了太空骑士的护目镜。太空骑士还以颜色。亚尔蹲下闪避，然后竭尽全力狠狠地一拳打在太空骑士的腹部上。太空骑士回给他一个毁灭性的回旋踢，亚尔踉跄了几步。

然后他们就你一拳我一脚地打斗起来。

我们几个趁着他们决斗的工夫找地方躲避去了。

"为什么我还活着？"火箭问。

"我是格鲁特。"格鲁特说。

"格鲁特说得没错，"我表示赞同，"那个诺瓦百夫长用他的重力量力场保护了我们。"

"好吧，好吧。"火箭说，"那为什么我还活着？那个诺瓦老哥到底抽什么风，为什么要保护我们？一秒钟前，他还高高兴兴地盘算着送我们去凯恩监狱做二十倍的终生苦役并绝不允许假释呢！"

"这是他的良知所在。"我回答，"每一个诺瓦警官都立誓要保护所有个体不受他人侵害。不仅如此，诺瓦指导条例第 1246613 项也要求他们保护任何个体以及在他们羁押之下的个体的福祉。亚尔逮捕了我们，所以他必须在我们被逮捕期间尽一切努力保护我们。"

"我们的麻烦就成了他的麻烦？"火箭问。我感觉他有点儿太过开心了。

"是的。"我回答。我本来还想补充几句适用于全体诺瓦军团的法律条文——我们被诺瓦军团抓捕，并不是被单个警官抓捕，因此所有诺瓦警官都要对我们的安全负责——但事实本身已经足以说明问题了。

八个诺瓦军团警官，包括百夫长克劳蒂，全部火速赶来援助亚尔。警报还在响个不停，似乎整个克桑达审判大厅都高度警戒起来了。被扣押的飞船停靠的码头作为西边空间终端建筑群的一部分被封锁起来，以控制事态。码头出口处沉重的防爆门关闭了（反正我们也到不了出口处，这边的打斗太激烈了）。很快，更多警官赶来，他们带来了防暴小队和重装小队。但与此同时，我们也和众位勇士们一起被困在这个码头里了。这是蓄意破坏。参考前文的定义，此处为引用。

一架靠在墙边的吊运车成了我们不错的掩护，但格鲁特却无法藏身。

我们沿着墙边移动，躲避爆炸的能量冲击波以及偶尔摔过来的诺瓦队员。那个身穿黑色盔甲的太空骑士单挑他们所有人，而且一副游刃有余的样子。我不知道他打算怎么对付包围上来的克桑达人，不过我觉得他对把自己传送过来的那个古怪的装置很有信心，坚信它能把自己再送回去。

诺瓦警官们从四面八方进攻，试图控制他。他狠狠地一拳把一个防暴警察打晕，然后用自己的虚化枪将一个女性队员撞飞到码头围墙上，在混凝土墙上留下了一个女性队员形状的洞。另外两个人冲向他，其中一个被他用拳头击倒，另一个被虚化子弹击中，翻滚着摔了出去。

亚尔再次冲向他，血从他的嘴角流下来。他的制服有多处破损。

"停止攻击！"他高喊，"停止攻击，马上投降！这是命令！"

亚尔冲向他。太空骑士奋力反手一击，抵挡住了他的攻击，空气都动荡起来。亚尔向后飞出去，撞上了白条号。

这对于白条号的适航性没有任何帮助。

"我的船！"火箭无力地尖叫。

亚尔干净利落地从被毁的跃迁式货运飞船上滚下来，摇头甩掉碎片，然后站起来。他抓起白条号，残骸不断从船体上掉下来，亚尔把飞船举过头顶，砸向太空骑士。

"嘿！"火箭在愤怒中发出了只有犬科动物才能听见的高音。

跃迁式货运飞船砸中了太空骑士。它的太空飞船生涯结束了，变成了戈拉多兰游侠头上的一堆扭曲破损的金属。

诺瓦军团警官们冲上去，空中力量也都降落下来。他们的手甲上充满了能量，随时准备开火。百夫长克劳蒂在我们面前坐下。

"别动，"她严肃地对我们说，"你们现在受我们的保护。"

她背对着我们，掩护我们。

"这下你完了吧？"亚尔对着那堆残骸说。

但太空骑士还在继续打斗。他手握环形大剑，尖叫着劈开损毁的白条号，自己也从下面出来了。

他弯着腰从残骸下面出来，全身发着光，一手握剑，一手握着虚化枪。

"抓住他！"亚尔大喊。

他们努力去抓捕他。即使最低等级的队员也配备了强力装备，两个百夫长更是有着致命的全副武装。我怀疑太空骑士并不比他们强，而且他的黑色盔甲也不比他们的重力量护盾更坚固——但是他有某种东西。我猜想应该是某种实战技能。纯粹是战斗经验。诺瓦军团训练有素，绝不会退缩，但是他们只是维护治安的警官。太空骑士却是铁石心肠的战士。他毫不动摇地面对他们，对自己的能力拥有十足的信心。当他战斗的时候，冷酷且致命，完全偏离常理——但又有细微的差别。他一度擅长挑起战争，精通各种武艺，但全都是不择手段的那种。他现在全都使出来了。

一旦有队员靠近他，他就拳打脚踢用头撞，时不时还用上他的虚化枪。那把尖啸的环形大剑几乎砍掉了克劳蒂的脑袋，她躲过这一击，近乎绝望地用超高级别的重力量打落了太空骑士手中的剑。那把剑变得非常重，他根本握不住。

战斗还在继续。

"现在是个好机会！"火箭说。

"格，鲁，特！"

格鲁特说得对。那艘被扣押的克赛罗尼安太空梭是我们最好的选择。我们躲过了一支从我们面前滚过的诺瓦重装部队，然后冲向那艘太空梭。

"我应该可以短路点火，"火箭边跑边说。

我有点儿怀疑。他可能抓不住这次机会。百夫长亚尔此时总算是报了摔进白条号的一拳之仇，他伺机用手甲的重力量击中了太空骑士。太空骑士被扔过整个码头，摔下来砸烂了那艘克赛罗尼安飞梭的驾驶舱。

历史再次重演，只是角色反过来了。

太空骑士站起来，抓住那艘太空梭，并把它扔向百夫长。碎片、线缆、传动环等纷纷落下，被毁的太空梭最后一次飞越了码头——然而却并非凭借自己的动力。

克劳蒂、亚尔、一个防暴警察，还有一个队员反应很快——就像装配了机动诺瓦力量的生物那么快。太空梭还来不及落地压伤众人就被他们在半空中打烂了。他们从手甲上发射出密集交错的冲击能力，将飞船彻底击碎。残骸如暴雨一样落下。数千个碎片——扭曲的金属片，电镀层碎片，线缆，窗户碎片——全部落在码头的地面上，或者乒乒乓乓地打在围墙上。诺瓦警官们纷纷躲起来，避开这场金属暴雨。

太空骑士再次冲向他们。这场残酷的肉搏仍在继续。

"好吧，好了，"火箭说，"再也不用太空梭了。"

我们转身冲往另一个方向，直奔那艘 K 级诺瓦军团搜寻舰。

那艘船十分光滑，船体是闪亮无比的金色，船首装饰着红色的星星。它的设计初衷是为了搭载四到六人的小队，船上还预留了押运犯人的空间。登机坡道放了下来。

我们上了船。船舱内部也非常光滑，装饰着各种经典的诺瓦军团元素——跟他们的制服、标准画像、建筑物和星际飞船上的元素一模一样。只要看一下挡风玻璃上的雨刮器和重力量座位的掸子就能知道，它绝不仅仅是快。

火箭爬上驾驶座位。我坐在他旁边的副驾驶座位上。格鲁特坐在我们后面。

中止讲述协议

——我要指出的是，尽管危机重重，这艘飞船还是令人兴奋不已。我从来都没坐过高速跃迁式飞船的前座，也从没有竭尽全力逃离某种……呃，如果不能被称为死亡的话，那就名曰某种绝对不愉快的境地吧。

重启叙事模式

火箭欣喜若狂地看着光滑的触摸式控制台。

"不知道能不能短路点火，"他念叨着，"我是说，船上全都是触摸式的。可能需要掌纹进行 ID 认证。该死，这是诺瓦的追捕船，它绝对不会被毛贼们轻易偷走！"

"格，鲁，特！"格鲁特警告他。

"好了，我只是随便按一下！"火箭吼回去。

他伸出一只像极了人类的手指，戳了一下面前的控制台。蓝色的全息影像闪烁起来。一个硕大的红色 X 出现在显示器上。

"禁止。"系统声音说道。

火箭又戳了一下控制台表面。红色 X 增加了。

"禁止。功能无法启动。"

火箭非常生气，继续戳着控制台表面。巨大的红色 X 再次出现，仿佛是故意在惹他生气。

"禁止。本飞船仅供诺瓦军团使用。本飞船无法识别你的掌纹，虽然你的手很像人类，但任何需要授权用户以 ID 登录的诺瓦军团数据库都无法识别控制台表面。你没有得到使用这艘飞船的许可。"

火箭又戳了一下。还是红色 X。

"拒绝，"系统声音很冷静，也很坚决，"你不是授权用户。你不是诺瓦军团成员。拒绝。请不要离开飞船，等待飞船通知诺瓦军团前来提供帮助。"

"该死！"火箭边说边按了另一个东西。

"拒绝。本飞船无法建立你的 ID。本飞船认为你是试图偷走飞船的逃犯或者犯罪分子。如果你再按下触摸式控制面板，系统将封锁所有舱室，并释放麻醉气体。不要动，也不要离开飞船，等待飞船通知诺瓦军团前来提供帮助。"

火箭还想乱按，格鲁特赶忙阻止了他。

"好好好！"火箭边说边甩开了格鲁特的手。他俯下身，看着那个硕大的红色 X。

"麻烦你，"他说，"我们遇到麻烦了，我们真的需要离开这个地方。拜托了。"

我觉得他甚至还眨了眨眼睛。

"禁止。无法识别你的身份。你不是诺瓦军团成员。"

火箭飙出一长串西部臂旋流行的脏话。

我示意他住嘴。

"飞船，"我轻声说，"我们不是诺瓦军团成员。我们没有被授权。"

"那么你们为什么一直试图控制这艘飞船？"系统声音问。

"我们遭遇了危机，"我回答，"我们被诺瓦百夫长格勒坎·亚尔逮捕并羁押。"

"该身份已确认。因此，你们承认自己是罪犯，你们的确试图偷走这艘飞船。"

"我们没有承认任何事！"火箭抱着胳膊，气哼哼地说。

"我们只是被羁押的嫌疑人，"我声明，"现在发生了严重的危机，威胁到了我们的人身安全，以及整个码头的安全。请用你的外部传感器确认此事。"

一阵停顿。"确认此情况。"

"诺瓦军团指导条例，1246613 项表明，"我说，"'诺瓦军团有义务确保任何个体的福祉，包括被逮捕和被拘留个体的福祉。'亚尔逮捕了我们，因此他和克桑达诺瓦军团全体成员必须尽一切努力确保我们在被逮捕期间的安全。"

又一阵停顿。

"因此，这艘飞船作为诺瓦军团的一个功能性个体，有必要将你们带到一定距离之外，并在此期间保证你们的安全。"

"没错。"我说。

"多远的距离可被视作适当的安全。"

"轨道上，"火箭说，"肯定是在轨道上。"

"考虑到当前事件的规模和激烈程度，"我建议，"轨道上算是适当的安全位置。"

"你知道的，另一个星系更好。"火箭说。

"一次解决一件事。"我告诉他。我又看了看显示器。"飞船？现在你知道了此次事件的严重性，及其所适用的法律条文。你的程序做何判断？"

硕大的红色 X 闪了一下，两下。然后消失了。

"飞船建议你们系好安全带。"它回答。

我们没时间了。舱门全部关闭，搜寻舰起飞了，就像其他诺瓦军团的装备一样，搜寻舰的速度极快，如火箭一般。我们像一颗金色的子弹一样离开码头，冲上云霄。火箭和我向后一仰，倒在了座位上。格鲁特消失在我们身后的舱室里，他含糊地说了一句"格，鲁，特！"然后四脚朝天地撞在了押运嫌犯笼子的栏杆上。

在我们下方很远的地方，克桑达壮美的景色和审判大厅在明亮的阳光中不断后退。光芒通过舷窗折射出来。在羁押码头，太空骑士将亚尔狠狠地甩到了一边，并抬头看着我们离开。他启动了自己的推进系统追逐我们。他跟在我们的身后飞翔，试图努力赶上搜寻舰的速度。亚尔、克劳蒂和两百多个诺瓦警官都纷纷起飞加入追逐之中，军团的追捕船、逮捕飞行器也加入其中。在天空高处，重型巡洋舰和质量加速器进入轨道进行拦截。

"被确认的危机正在追赶本飞船，"系统声音告诉我们，"本飞船将尝试达到适当的安全距离。"

搜寻舰加速了。急剧加速。

我们感受到极度的重力推力，压力让我们的脸都变平了。我的脸倒是没问题，温柔的读者，因为我的脸是由合成高分子合金做成的。但是火箭看上去就像一条在风洞里得了偏头痛，同时还在做鬼脸的狗。

我们身后的那个太空骑士已经知道自己的努力白费了。他追不上我们。而且，近地轨道上重型巡洋舰的主炮台已经将他锁定为目标——那些主炮台足以把任何东西烧成灰烬，即使对方是坚定无畏的戈拉多兰武士。

他启动了之前把他传送过来的那个古怪设备，消失在了被撕裂的现实世界中。

搜寻舰立即减速。此时，我们离克桑达已有八千万单位距离了。

重力消失了，火箭往前一摔。我们身后传来了格鲁特的哼哼声。

"你怎么慢下来了？"火箭问控制台。"喂，喂！继续走啊！"

"危机已经结束，"系统声音回答，"本飞船将返回克桑达，继续交由格勒坎·亚尔收押。"

"不，不，不！"火箭大喊。他气得捶了一下控制台。

硕大的红色 X 出现了，而且数量不断增加。

"禁止。你的权限无法被识别。不要逼迫本飞船使用麻醉气体。"

"抱歉，抱歉，"火箭连声说，"我错了。很抱歉。但是，我们之前不是挺好的吗？你，我们，大家一起去未知的地方冒险。在我看来，那是一件很有趣的事情，不是吗？"

"危机已经结束，"系统声音重复道，"飞船将返回克桑达，继续交由格勒坎·亚尔收押。"

"那么，冒险呢？趣味呢？"火箭失望地轻声说道。

"危机已经结束，"系统声音重复着那句话，"飞船将返回克桑达，继续交由格勒坎·亚尔收押。"

火箭转身看着我叹了口气。

"好吧！"他说。

当然了，温柔又慷慨的读者，一个人不会总是没事儿就去冒险的。有时候，是冒险主动来找你的。不过，这种冒险一般都不太好。

一股力量抓住了搜寻舰。警报响起，但是飞船无法反抗那股牵引光束。

"怎么回事？"火箭抓住机会问道。

我们瞥见外面一艘巨大的战舰解除了伪装，接着物质转化成光束将我们和搜寻舰一起分解了……

……然后又在巨型战舰的机腹货舱里重组了。这个空间很大，它的内部看起来就像一座极简主义艺术家设计的神庙。

"不要惊慌，嫌犯们，"系统声音冷静地说，"危机已经得到缓解，本飞船将尽自己所能保护你们。"

"我们很难不惊慌啊，"火箭说，"看一下到底有多恐怖。"

舱门从外部被打开，几组士兵冲到舱底包围了我们。他们白绿相间的盔甲非常有特点。

"克里？"火箭惊呼。"真是倒霉透了！居然是克里？"

一个高大的身影从队伍后方走了过来。她穿着动力外骨骼，披着一袭醒目的制服长袍。袍子是翠绿色的，外骨骼盔甲则是黑色的。她的左手拿着一把华丽的能量锤。

"你们在船内！"她的声音十分洪亮，足以吓退一支斯库鲁舰队。"听着！我是指控者莎娜尔！我作为高阶指控者负责管理和决断职责，掌控并仲裁克里星际帝国的一切法律。基于超级智能永恒有效的法令，我肩负如上责任！你们出来，在我面前跪下！马上！"

"真是要命。"火箭说。

"本飞船不确定自己对于当前危机能做些什么。"系统声音说。

"格，鲁，特，"格鲁特说。

我也不知道。我们突然发现自己成了已知宇宙中最强大的军事文明的俘虏，但却完全不知个中缘由。这可真是命运的大转折。完全不可预见。

这就是那个突如其来的大反转，亲爱的读者。

你们都没料到吧？果然没有吧？

15

本章中，我们受到指控
（伪装模式失效）

我们非常小心地从搜寻舰里出来。第一梯队的克里士兵看着我们，他们头戴顶部饰有雕刻的头盔，身穿白绿相间的制服，令人心生敬畏。当他们用光束武器瞄准我们的时候，看起来无比自豪，而且也更令人畏惧了。

网状的甲板下方冒出蒸汽，搜寻舰内部的空气喷出，我们周围的蒸汽像薄雾一样被吹散了。四周一片寂静，搜寻舰的引擎冷却不时轻轻地咔嗒作响，克里士兵头盔的对讲机里传来了沉闷的噼啪声，从巨大战舰的其他地方传来远得几不可闻的通知声。由于克里人的生理机能不同，战舰空气中的氮含量有所增加。

身材高大的指控者冷漠地看着我们。与她身边的战士们不同，她的皮肤是蓝色的，也就是说，她是少数"纯血"种族。从进化上来说，蓝色皮肤的精英——被认为是该种族最古老、最原始的形态——比占大多数的粉色皮肤个体更纤细，也不那么粗鲁。但是，对于指控者莎娜尔来说，也许根本就不存在"纤细"这种东西。我怀疑她的高大体型是大幅采用基因工程技术，很可能还有赛博格生物技术的结果。

她看了我们好一会儿，然后对身边的克里军官说："勇度队长，通知舵手重新启动负向光环，将哈拉加速到最大值。"

"遵命，指控者。"

"我们现在深入克桑达的领域，而且没有管辖权。一旦我们解除隐形就会被克桑达的世界精神监测到。如果我们留在这里，它就会挑衅我们，甚至会认为我们出现在这里是一种入侵行为。"

"遵命，指控者。"

"还有，和哈拉建立奥米波链接。通知星际司令，我们捉住了参宿七的记录仪。"

队长敬礼后转身通过头盔上的通信工具执行命令去了。

指控者再次冷冷地盯着我们。

"这看起来很普通，"她低声说，"希望我们的努力没有白费。但是，如果此事关系我们种族的存亡，以及我们在银河系中统治权的存续……"

"这个我们回答不了啊。"火箭说。

她盯着火箭。

"不管怎么说，这样挺好的。"火箭继续说着，随后转身仰望我们周围的巨大空间。"我喜欢你们在这里的这些东西。还有那个，哇，哈拉，是吧？"

他转身看着指控者。

"免费去哈拉旅游，参观克里的发源地。多好啊！我从来都没有去过哈拉。和我说说，是不是有人曾经混合过更强劲的提摩太？就在拉－勒克斯的享乐宫？你知道吧，在南部海岸。它们至今也……"

"不要说话，"指控者厉声说，"除非你是要回答一个明确的问题。明白了吗？"

火箭犹豫了一下。

"你明白了没有？"

"哦，"火箭说，"那是一个明确的问题吗？"

"是的。"

她在等待火箭回答。

"回答！"

"抱歉，"火箭说，"我有点儿迷糊。你看，'是的'不是一个明确的问题，'回答'也不是。所以我现在真的不能说话。问题是什么来着？"

"你明白了没有？"

"应该是明白了。"火箭说。

"带下去！"指控者对手下的士兵说道。我们被带走了。离开这个大厅的时候，我们被整整一个方队神情凝重、手持重武器的克里士兵包围着，并且听到了飞船微弱的系统声音在身后飘荡。

它说："本飞船将停留在此并耐心等待，好吗？再见了，犯罪分子们，本飞船猜测……"

我们被押着走了很久。穿过明亮华丽的大厅和排满战舰的走廊。甲板轻微地晃动着，我意识到我们正在进行高翘曲度航行。

我们经过了巨大的驾驶室，各驾驶室之间间隔了巨大的空间，由细长的天桥从高处连接起来。我们脚下是无比庞大的驾驶设备——每个模块都有一个社区那么大——当它们产生负向能量驱动这艘飞船的同时也在由内而外地发出光芒。维护设备运行的克里工程师远远地看起来就像细小的尘土。我没时间观察并记录这一切，因为我们被一群人押着。而且，这个天桥没有护栏，我感到一阵眩晕。

最终我们又穿过了一条长长的走廊，走廊两侧的墙、高高的天花板以及地板都光滑得像镜子一样。趾高气扬的指控者莎娜尔走在最前面。她的手下分列在我们两侧大步前进，制服整齐，步伐一致，如同机器人一般。在走廊的尽头是一扇巨大的防爆门，由一个高大的哨兵把守，那是克里星际帝国坚韧不拔的人形战争机器人之一。它比格鲁特高得多，比推土机还要大上许多。它虽然高得惊人，但看起来却十分"矮壮"。它的全身覆盖着复杂的盔甲，苍蓝和紫色的亮光闪个不停。

指控者莎娜尔在它面前停下。

"哨兵＃212。"她说。

它以低沉的电子音作答。

"看住这三个囚犯。把他们的身份信息储存在你的数据库里。"

它又发出一阵低沉的电子音。

"听我指令，哨兵＃212，"指控者说，"没有我的授权，这三个囚犯不得离开飞船。如果他们试图逃跑，你必须抓住他们。你可以杀死那一个——"

她指了指火箭。

"——和那一个。"

她又指了指格鲁特。

"这一个，"她指着我说，"必须修复所有损伤，然后完好无损地带到我面前。听明白了吗？"

一阵低沉的电子音表示确认。

"开门，"她说，"士兵？带他们进去。"

那扇舱门就像银行的金库门一样，呼呼作响地开了。哨兵站在一旁让我们进去。

在我们最后进去的时候，我注意到舱门上方有个标志牌，上面写着"高级别–哈蓝，检查室"。

我们走进一个巨大的圆形舱室。室内的正中间有个平台，冰冷的蓝色光线照在平台上。房间边缘处正对平台的地方有个半圆形的巨大王座。

舱门在我们身后关闭。勇度队长做了个简单的手势示意我们登上短程飞行板到平台那里去。指控者莎娜尔坐在那个王座上，手握成拳头、撑着下巴仔细打量我们。随后，随行的士兵离开了这个舱室。

我们在耀眼的蓝光中尴尬地站了一阵子。

"告诉我 616 项目的事。"指控者说。

我们支支吾吾了一会儿。

"说！"

"这……这又是一个明确的问题吗？"火箭问。

莎娜尔怒视着我们，伸手摸了摸王座扶手上的一个触控装置。我们周围的蓝光抖动起来，变得更加强烈了。我们感到一阵神经方面的不适——连我都感觉到了。作为有机生物，火箭和格鲁特更是难受。

"哇！"火箭吸了口气。

光线渐渐弱下去，不适感消失了。

"每当你想要逃跑，或隐瞒，或掩盖真相，或玩文字游戏，或拒绝回答的时候，我就会启动精神重创机。"莎娜尔说。

她再次启动了那个装置。蓝色的光芒渐渐增强。这次的不适感更加强烈了。

"疼疼疼疼疼！"火箭大喊道。

"每一次，我都会增强精神重创机的功率，"待疼痛感减弱后，莎娜尔说道，"你们明白了吗？"

"明白了。"火箭马上回答。

"很好。告诉我 616 项目的事。"

"我不知道那是什么。"火箭坦白道。

又是一阵疼痛，比之前的更加严重。

"我真的不知道！"火箭尖叫道。

"那你呢？"莎娜尔问格鲁特。

"格，鲁，特。"

疼痛更加严重了。几乎无法忍受。

"我没有耐心了，"莎娜尔看着我们颤抖着爬起来，"我再问一次，告诉我 616 项目的事。"

这一次，她是在直接问我。

在这种情况下，如果我有喉结，你们一定能看出我正在紧张地吞口水。我知道这是怎么一回事，但是我却无能为力。

"我想我不知道那是什么。"我回答。

16

与此同时

（二十分钟前，半人马座阿尔法星……）

如果没有预约的话，基本无法进入高级执行副总裁【特别项目】奥杜思·汉克斯查普的外部办公室。但即使有预约，你也只能在门口见面。

没有例外。

汉克斯查普冷冰冰的私人助理曼特里斯蒂克夫人坐在她的桌子后面，透过角质边框的眼镜以某种嫌弃的神情看着现实在她眼前像折纸被拆开一样不断变化——那个身穿黑色盔甲的太空骑士突然冒了出来。他单膝着地，手撑着地板，低着头。烟雾和水蒸气从他盔甲的划伤和凹陷处溢出。他弄脏了脚下的地毯。

他慢慢抬起头，护目镜里恶毒的光芒与她冰冷的目光相遇。她连眼皮都不眨一下。

"汉克斯查普。"他说。

曼特里斯蒂克夫人十分耐心地假装收起日程本。

"我认为你没有预约，游侠先生，"她回答道，"高级执行副总裁【特别项目】奥杜思·汉克斯查普现在正在开会。"

他站起来。

"汉克斯查普！"他吼道。

她挑起一边的眉毛。

"先生，他正在开会。"

太空骑士身后的门打开了，两名时简公司的保安以十分传统的方式进入办公室中。他们拔出时简公司的亚正电气自动相位手枪，以十分专业的双手握枪姿势瞄准了太空骑士。片刻之后，公司的保安部负责人泽·诺克斯和柯索博·柯索布克斯冲了进来。

"干什么！"他慌忙大喊，随后又看了看那两名保安。"把枪放下，小子们，"他命令道，"凡事好商量。我保证很快就调解好眼下的纠纷。"

保安向后退去。柯索布克斯靠近冒着烟的太空骑士。

"游侠，"他说，"到底发生什么了？你不能直接从这里冒出来——"

"去叫汉克斯查普，"太空骑士回答道，"马上。"

柯索布克斯焦急地看了看曼特里斯蒂克夫人，尽管她连眉头都没有皱一下。不过，此时的她已经开始打电话了。

她轻声说了几句，放下听筒看着游侠。

"你可以进去。"她说。

内部办公室的门打开了，游侠进去了，柯索布克斯紧随其后。

高级执行副总裁【特别项目】奥杜思·汉克斯查普的内部办公室很豪华，装修也很时尚。它位于时简公司总部大厦的第八万零一层，可以俯瞰半人马座阿尔法星险峻的城市美景。不过，今天窗户上显示的是位于壮美的拐杖糖螺旋位置、环绕小犬座阿尔法星黑洞事件视界的一道被湮灭行星物质形成的彩虹。

"嘿，太空骑士！"汉克斯查普根本就没有站起来。"这可不在计划中啊，不过管他呢！我们刚开完了高级特殊项目会议，所以你来得正好。"

房间里还有其他人：研发部高级副总裁阿诺克·格伦特格里尔，法务部负责人蒙'那达维安、布林特·韦弗尔斯，负责编写宣传册的斯库鲁人斯勒德利·拉纳克，首席财务官克里人帕玛·哈农，以及来自希阿的行政执行部负责人阿兰德拉·梅拉纳提。所有人都警惕地看着太空骑士。

汉克斯查普打开了内部对讲机。

"请打开私密力场，曼特里斯蒂克夫人。"汉克斯查普说。

"好的，先生。"对方干脆地回答道。

汉克斯查普愉快地转向太空骑士。

"那么，兄弟，可有什么好消息能让我在这个白天高兴一下？"他问道。"说说看，那件事你解决了吗？达成我的要求了吗？告诉我你办好了！"

"我……什么？"游侠问。

"你有没有找到那个参宿七的记录仪？"汉克斯查普不耐烦地问。他不停地敲触手尖。"拿到那个程序没有，兄弟！"

他的众多触手一起敲着太空骑士的黑色盔甲，仿佛像在敲门一样。

"你在家吗，小子？你看起来好像去参加了一场战争！"

"是有一些冲突，"游侠回答，"有一些无法避免的冲突。"

"哎，我不喜欢听这个，"韦弗尔斯说，"冲突？难不成要追究到我们头上？容我问一句，我们是在讨论法人责任的问题吗？还是在讨论集体诉讼？"

"我想我们根本不必投诉。"拉纳克说。

"我真的听说了。"帕玛·哈农说。

"不会有你们所谓的'投诉'的,"游侠回答,"不会有'法人责任'。只是意外事故,暴力级别的,不过不会追查到贵公司。"

"噗!"汉克斯查普说。其他人也都松了一口气,笑了起来。

"好消息,"韦弗尔斯说,"我刚才已经把理赔员的电话放在快捷拨号里了。"

"那么……记录仪呢?"阿兰德拉·梅拉纳提轻声问。

"尚未发现,"游侠回答,"我还在努力寻找。但是有其他势力妨碍了我。其他同样对此感兴趣的势力。"

"其他同样对此感兴趣的势力?"汉克斯查普问。

"我并非唯一一个在寻找记录仪的人。"游侠说。

"不可能有其他人知道这件事!"拉纳克高声说道。

"的确不可能。"帕玛·哈农表示同意。

"你们去跟巴东战争兄弟会的人说吧。"游侠回答。

"那个——滴答!——巴东人?"格伦特格里尔慌了。"这下问题严重了。"

"而且,还有诺瓦军团。"游侠说。

"那帮警察?那帮太空警察也凑热闹来了?"汉克斯查普惊呆了。

"我怀疑还有其他势力,"游侠说,"但我无法确定。"

"这个消息究竟是怎么泄露的?"汉克斯查普问,"我是说,为什么会有外人知道高级特别项目的事情?"

此时,所有人都望着柯索博·柯索布克斯。

"先生,我怀疑有人泄密。"公司的保安部负责人说。

"泄密？"

"商业间谍。说不定他／她就在这个房间里。"

一阵尴尬的沉默。主管们面面相觑。梅拉纳提的羽冠竖了起来。格伦特格里尔用力吞口水，尽可能不发出"滴答！"声。韦弗尔斯不停地咂嘴摇头。帕玛·哈农紧张地抓着她的钱包，摸出那支极其昂贵的唇彩，开始补妆。斯勒德利·拉纳克似乎想用一整箱宣传册去砸人。

此时，汉克斯查普没有任何表示。

"别担心，先生，"柯索布克斯说，"我来处理这件事。进行全面的安全检查和整顿。如果有间谍的话，我一定会找到他／她，并且严加审问，然后把他／她发射到附近的超新星里去。当然，我也不会忘记取消其停车位和退休金。"

"去处理吧！"汉克斯查普说。他看着太空骑士。

"那么，它在哪里？"汉克斯查普问，"那个记录仪。"

"我正准备追踪它，"游侠回答，"那个记录仪似乎和两个麻烦的低等生物一起行动了。我认为那两个生物大概也对记录仪的价值很感兴趣。"

"是哪两个？"柯索布克斯问。

"一个是经过基因改造的浣熊机器人，来自半世界，名叫火箭；另一个是 X 行星的巨型植物种族，名叫格鲁特。"

"两个都没听说过。"汉克斯查普说。

"他们只是些小角色。我会收拾他们的。"游侠说。

"那你为什么不马上收拾他们？"汉克斯查普问。

太空骑士指指自己盔甲上的那个插入式设备。

"我是因为这东西才回来的，"他说，"它两次将我直接带到他们身边，但是每一次似乎……似乎都选择了最不方便的时机。每次都是他们正在打斗的时候。在战斗环境下很难带走目标。"

"我告诉过你，这件事很——滴答！——危险！"格伦特格里尔大声说道。"绝不可能轻易完成。"

"能不能调整一下这东西？"游侠问，"能不能……进行微调？"

"格伦特格里尔？"汉克斯查普问，"你比其他人更了解这个设备。"

"我觉得不能，先生，"这个卡里卡拉奇星人紧张地说，"我是说，从本质上讲，它的作用就是把使用者带去宇宙叙事过程中发生剧变的时机。它的逻辑要求就是找到最戏剧性的时刻，也就是说，嗯，戏剧性。还有危机。还有其他一些我不知道是什么的状况。"

他看着那位相当吓人的太空骑士说道。

"这个插入装置不是直接带你——滴答！——找到目标。"他说，"它是要带你去最剧烈变化之中的时刻，这才是它的目的。"

"变化成什么？"游侠问道。"那两次我似乎都彻底改变了当时的状况。那两次，记录仪及其伙伴都受到了威胁。我的出现反而帮助他们逃跑了，虽然并非直接的帮助。"

"没能在逃跑之前抓住他们，真是太遗憾了。"汉克斯查普感到十分不快。

"如果你的参与影响了事件的正常发展，"格伦特格里尔似乎很感兴趣，"我想……嗯，那就是它成为发生戏剧性变化瞬间的原因。你成了突然出现的意外转折。"

"能不能调整一下？"游侠问。

"我觉得——滴答！——不行。"

"非常好，"游侠说，"那我就当再一次突然出现意外转折的情况好了。这一次，我要按自己的方法扭转事件的发展。我不相信命运或者定数，也不相信任何'普通叙事'。我只相信钢铁和能量武器。我要——"

"啊啊啊，"汉克斯查普高喊道，"突然就很有气势了！我刚才非常严肃地反思了一下最可行的解决方案。其实算是反思的反思了。"

"我和您一样，也对此深表怀疑，先生。"帕玛·哈农对此表示同意。

"真的是最佳方案吗？"拉纳克问。

"没错，"汉克斯查普说，"真的是最佳方案吗？事实上，我们真的有方案吗？梅拉纳提，那个数据核心今天怎么样了？呈上升态势吗？请务必告诉我有上升的信号。告诉我目前的数据就可以使用，不用再去管剩下那个倒霉的记录仪了。"

"我必须要说，依然维持在百分之八十七，先生，"梅拉纳提满怀歉意地回答道，"数据地图完全卡在了百分之八十七的位置。我们所知的真理远远不够。"

"我警告你不要用那个词，女士，"汉克斯查普厉声说道，"公司里不允许任何人用这种宇宙教派宗教狂一样的口气说话。"

"那么，我再次道歉，先生。"梅拉纳提回答道。她的羽冠垂了下去。

"那么……百分之八十七还不够，对吗？"汉克斯查普愁眉苦脸地说。

梅拉纳提摇了摇头。

"倘若想要项目取得成功，我们至少需要百分之九十六。"她回答。

"不达到这个最低限度，616项目就只是一个白日梦。"格伦特格里尔说。

"你们就是想说我们别无选择了？"汉克斯查普问，"记录仪是我们一切行动的基础？我们需要这个记录仪，我们绝对需要这个记录仪，否则我们最最重要的项目还来不及离开图纸就要结束？"

没有人愿意承认这一点。但是必须有人承认，最终格伦特格里尔非常小声地说："是的。"

"总有一天……"汉克斯查普低声抱怨道。

"我会继续执行任务的。"游侠说。

"你去吧。"汉克斯查普说。

"我决不会第三次也以失败告终的。"

"这话你去跟银行说吧！"汉克斯查普怒吼道，"快去！搞定它！马上搞定！"

"我会的。"太空骑士说。

"柯索布克斯？你马上给我把那个该死的内鬼揪出来！"汉克斯查普气得嗷嗷大叫。

"好的，先生。"柯索布克斯说。

"会议结束，各位。"汉克斯查普气愤至极，抱着触手靠在椅子上。

"曼特里斯蒂克夫人，给我一杯热饮。"他低声说。

每个人都迅速地从房间里消失。只有游侠一个人很传统地从门口出去了。房间里留下了一股命运突变的气息。

离开外部办公室之后，行政主管们都十分沮丧且无比担忧公司的未来发展。

"我从没开过如此糟糕的会议，"拉纳克说，"太糟糕了。"

"我深表同意。"帕玛·哈农说。

"我不知道他为什么总是针对我，"梅拉纳提抱怨道，"我们做了那么多工作。"

"老板嘛——滴答！——你懂的！"虽然格伦特格里尔边笑边说，但他却掩盖不住自己紧张的情绪。

"我只是希望我们能严格保密，企业责任什么的。"韦弗尔斯说。

"别担心，"柯索布克斯说，"我会抓住那个内奸的。但是，这恐怕就意味着，我必须要找你们每个人以及你们的部门领导单独问话。可能还要搜查你们的办公室。"

"随便你，柯索博，"拉纳克说，"我没有任何隐瞒。"

"没错，没错，"韦弗尔斯说，"我就整天捣鼓幻灯片。我完全忠于时简公司及其理念，全心投入公司的持续繁荣和市场增长工作之中！"

"就照你说的办，"格伦特格里尔说，"把我切成两半，你们会看到时简公司的标志就印在我的心里。"

"我真想切开看看。"柯索博沉下脸。

"——滴答！——"

"哎呀，天哪！"帕玛·哈农大喊起来。

"怎么了？"梅拉纳提问。

帕玛·哈农捏着那支小巧精贵的唇彩。"你知道的，我每次一紧张就需要涂唇彩。这大概是下意识的习惯。这段时间我真是太紧张了，把奥特克罗黑色唇彩都用完了。"

"真遗憾，那个颜色很适合你。"梅拉纳提说。

"谢谢，阿兰德拉。"帕玛·哈农笑了。随后，她转身问道："曼特里斯蒂克夫人，能不能帮我把这个扔了？"

曼特里斯蒂克夫人很想解释一下自己作为私人助理和清洁工之间的区

别。但她最终只是毫无诚意地笑了一下，接过那支很贵的唇彩，把它扔进了自己桌子后面的废物处理单元里。

"谢谢！"帕玛·哈农轻轻笑了笑，与其他行政主管们一起出去了。

在时简公司的废物处理单元内部，小型反物质池吞没了那支唇彩，它被永远地消灭了。

包括唇彩本身，以及隐藏在其中的克里技术奥米波监听通信设备。

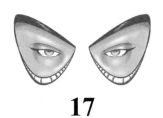

17

与此同时的同时

（五天前，卡纳西亚……）

神圣神谕者的命令其实已经不算是命令了。因为现在就只剩下他一个人了。

蓝色皮肤、带有褶皱的古老尖耳朵，这是因特戴特种族的典型特征，他无疑是该组织的最后一名幸存者。

因特戴特一度是非常强大且先进的种族，然而他们被巴东人征服，随后分崩离析。为了保证类似的事件不再发生，流离失所的因特戴特族人像隐士或逃亡者一样生活，他们发展出了隐秘的超能力，转向神秘主义，最终个个都成了天赋异禀的先知。

当他的六位神谕者同胞在八十年前死去时，这个因特戴特人选择了独自将神谕者的理念传承下去。于是，他在一处狂风呼啸的山区过着孤独的隐居生活。那片山区位于卡纳西亚行星上，如同脊柱一样贯穿了行星的主大陆。其他世界的人们纷纷造访他，那些人不顾险阻在群山间跋涉，最终来到了他的洞穴。他们渴望通过他所拥有的那种超能力看到某种既定的未来——或者，不如说是神圣神谕者所拥有的那种超能力。

他们往往带着问题、苦恼、忧愁、疑虑、恐惧而来。他则给予他们答案。

他总能知道这些人什么时候来，当然，这也使得他能够在洞里的火堆上煮一点热乎乎的东西招待他们。

这一次，他炖了一碗肉。之前的那一次，他则煮了一壶尊达迈特茶，那都已经是一年多以前的事情了。当时，一个斯鲁赛特的贵族向他询问，富有的未婚妻是否会忠诚于自己。那位斯鲁赛特贵族很快就离开了，走的时候面露愠色，他根本就没碰那壶茶。

这是很大的一碗炖肉。非常大。但是，对于他预见到即将到来的那位客人而言，准备工作并未完全到位。

雨水狠狠抽打着山体，无情的风沿着甬道呼啸。天还没有黑透，外面的世界仿佛像被打翻的墨水一样黑暗。这个因特戴特人打开洞穴四壁的辐射量子灯，室内顿时充满了温暖的黄色光芒。然后，他枯瘦的身体在火边坐下，腿架起来，拨弄着炖肉。

访客来了。他不看也知道——然而周围并没有任何响动，没有吱嘎声，外面也没有松动的石头滑落的声音。因特戴特人通常在很远的地方就能听见访客的声响，因为那条狭窄陡峭的山路实在太危险了。

他抬起头，火光投下的阴影更加凸显出他尖锐下巴上深深的线条。他的眼睛很大，满是忧伤的眼珠之所见远远大于整个大千世界。他满是皱纹的眉头皱得更深了。

她异常得令人印象深刻。

"来烤烤火吧。"他请她坐下。

她依然站在洞口，她的斗篷滴着水。她把兜帽掀开。

"我不会停留很久的，"卡魔拉说，"我来是为了——"

"答案。我知道。"

"你当然知道。"

"是一个特定的答案。"因特戴特人说。

"很好。你居然连这个也知道。告诉我，然后你继续享受平静的生活吧。"

"我预见到了这一刻，"因特戴特人说，"平静这个词不适合用在此刻。"

"为什么？"卡魔拉问。她向前走了一步。

"因为即将发生的事情。"

"即将发生的事情是什么？"

因特戴特人叹了口气。

"我不能告诉你答案。"他回答。

她顿了一下。

"为什么不能？"

"很多事情正在紧要关头。很多很多事情。事关这个宇宙和其他宇宙的命运。牵涉的事情太多了，我不能把那个答案告诉你。"

"你能想到办法的。"卡魔拉说。

"我希望我能，"因特戴特人回答，"但我们只是命运的细枝末节。现在命运摇摇欲坠。有很多强大的势力参与了这件事，即使是我这样的人也很难看清它的结果。未来很不稳定。最终的结局从我眼前隐去了，只剩下一片空洞。"

"你这样的人都爱说这种话。"她说。

"无论如何……"

"我怎样才能知道你真的理解了我的问题？"

因特戴特人再度开口。

"你的问题是：参宿七记录仪 127 号现在在哪里？"

卡魔拉撇了撇嘴。

"答案呢？"

"我不能说，这是为了宇宙的安危。"他回答。"我只能告诉你一点。记录仪非常有价值。有些人已经为了它打起来了。鲜血四溅且不会停歇。大家都是为了拿到记录仪，然后将银河系从一切智慧生物的手中偷走，并按自己的意愿改造它。它太贵重了，无比珍贵。记录仪有可能落入坏人手中，因此我不能提供答案。"

他看着她。

"你肯定算是坏人之一。"

"为什么？"

"因为我知道你在为谁工作。我知道你要把记录仪交给他。"

"真的吗？"

"负空间的主宰实在是过于邪恶的力量，他不该拿到记录仪。"

卡魔拉又朝前走了一步。

"我大老远赶过来不是为了听你说这些废话的，"她说，"你浪费了我的时间。告诉我答案。告诉我地点。"

"我不会说的。"

"我也能预见未来，你知道吗？"她对他说。"如果你再不说，我就能预见到你的悲惨结局了。"

他笑了。

"我知道。你是银河系中最危险的女人，而我只是个年老体衰的预言家。我的确不敌你。"

"但你却执意要拒绝我。为什么？你知道我要做什么。"

年迈的因特戴特人耸了耸肩。他用那双巨大的、忧伤的眼睛望着她。

"为什么？因为，你别忘了，我早就知道你会来。"

他的眼睛又大又黑，好像一面黑曜石镜子。卡魔拉在他漫长的凝视中看到自己的影子，也看到了身后的动静。

随后，她也像隐士一样清楚地看到了那个东西。

罗克莱特体型庞大。它是一种野生人形生物，皮肤呈暗褐色，眼睛很大但却没有瞳孔。罗克莱特以力大无比、凶猛残暴著称。

即使按照罗克莱特的标准来看，这一只野生人形生物也十分庞大。它虬结的肌肉和巨大的体格足以令德拉克斯相形见绌。

它挥起巨大的拳头，其力量十分惊人。它毛茸茸的胳膊和身体更像是猿类的上臂，仅靠第一击就能轻易地将她打死。

不过，她看到了这一击，而且她的动作很快。

她向下一蹲，像猫一样敏捷地滚入洞内。

这一拳没有击中目标，不料却砸在了洞壁上，岩石随即碎裂。

罗克莱特张开血盆大口向她咆哮，唾沫飞溅。它的脖子如树干一样粗，脖子上的肌肉紧绷着鼓了起来。

它紧跟着她冲进洞内。

卡魔拉翻身跳起，直面罗克莱特。

"你宁可雇这个东西来杀我也不想说出答案？"她扭头冲着因特戴特人怒吼道。

"这就是提前思考的坏处。"他回答。

罗克莱特吼叫着冲过来。卡魔拉跳到一旁躲避，罗克莱特想要停下来转身，但却笨重地滑倒了，几乎撞翻了炖肉的锅。年迈的隐士小声惊呼着，靠着洞壁慌忙地躲了起来。

她的对手体型庞大，头脑简单却四肢发达，动作缓慢且十分笨拙。相比之下，卡魔拉则进化得比较完善。

它再次冲向她。她躲开了。南瓜一般大的拳头在她脑袋旁边的洞壁上砸出了一个坑。接着，另一只拳头也招呼上来，不过也只击中了空气和洞壁而已。她蹲下躲过了这一招，并且跳开了。

它追上去。卡魔拉继续躲闪。这并非是在闹着玩。她拔出剑。

罗克莱特再次扑上来，它想抓住她，然后把她的手脚一只一只扯掉。卡魔拉出击了——她一把剑挥向了左上方，另一把剑则劈向了右下方。

罗克莱特号叫着跪下。它的手指和脚趾像雪茄的烟头一样被切掉了，散落在洞里。

"还有谁？"她冲着眼前的因特戴特人大喊道，"你知道我是谁吗？就凭一个罗克莱特就能将我打败？"

洞穴深处的阴影里，两只罗克莱特突然从两个方向呼啸着冲出来。

一个看起来矮小、恶毒的射手座人出现在了洞口。他昂贵的长袍和打了蜡的小胡子都在滴水。他拿着一把莫比安切割枪瞄准了卡魔拉。

"想必锅里定是美味吧。"射手座人说。

"是的，"因特戴特人回答道，"它值得你这番劳累……同样值得的还有下周天津四星大乐透的中奖号码。"

"杀了她！"射手座人对手下的罗克莱特打手说。

它们正打算这么做。卡魔拉躲过了第二只罗克莱特，并在第三只罗克莱特的侧腹上留下了深深的伤痕，它不得不向后退去。但第二只又扑了上来，她不得不从那只趴在地上哼哼唧唧的罗克莱特身上跳过去。

当她跳上去的时候，那只罗克莱特试图抓住她，但它没了手指，什么也抓不住。

她现在到了射手座人的位置。那个人咒骂了一句，然后拿出切割枪。手枪噗的一声，射出一组锋利的倒钩。其中的两把倒钩穿透了她的长斗篷。另外两把倒钩打在了洞壁上。还有一把则擦伤了她的脸，血四溅而出。

太近了。

他再次开火，卡魔拉捡起剑飞速转身。她出剑的速度很快，肉眼几乎看不见。那些危险的倒钩被劈开，尖锐的金属碎片从她的身边四散而去。

但射手座人还有多余的倒钩。

卡魔拉无法挡开所有倒钩。当他第三次开枪时，卡魔拉将右手的剑抛了出去。它呼啸着、旋转着穿过山洞，最终插进了射手座人的胸膛。

他惊讶地嘟哝了一句，看着刺穿自己胸膛的那把剑，然后脸朝下倒地不起。

卡魔拉知道射手座人拖延了很长时间，这给罗克莱特制造了可乘之机。她想转身，但已经来不及了。

她的后背受到重击，无力地倒了下去。

她在眩晕中翻滚，尝试站起来。罗克莱特追上她，踩住她的剑，然后把剑插进地里，接着它举起拳头，试图将她就地砸死。

卡魔拉丢下剑，从它的两腿之间穿过。

罗克莱特愤怒地咆哮着转过身，脸上随即遭到两下致命的重击，接着是一串连环踢。

随后，卡魔拉拿起炖肉的锅狠狠地砸向它的头。锅子的声音像铃铛一样响。肉汤洒了一地。

罗克莱特摇摇晃晃地挣扎着。卡魔拉滚到它的左边，捡起自己的剑，狠狠地将其插进它的喉咙里。它的脸朝下，倒在一滩黝黑发亮的污血中。

卡魔拉转身寻找剩下的那一只罗克莱特。但此时的山洞里一片寂静，只有那个没了指头的罗克莱特在哼哼作响。

第三只罗克莱特靠在洞穴另一端的墙壁上。它的脸完全松弛，仅剩的一只眼睛黯淡无光。切割枪的一根倒钩穿过它的眼睛，钻进了它的大脑里。

卡魔拉把剑从射手座人身上拔了出来。她捡起切割枪，并拿走了多余的倒钩。这的确是很不错的武器。

她走到火堆旁，停顿了片刻，然后迅速帮那只哼哼唧唧的罗克莱特结束了痛苦。

"不错，"她说，"虽然换不到我的命，不过这确实不错。"

"你看到这个结局了吗？"她提高声音问。

"没——没有，"隐士结结巴巴地说道，"我希望，但是……我告诉过你，我们只是命运的细枝末节。命……命运很不稳定。有很多强大的势力都参与了这件事，预言家无法看到确定的结局。未来在变化。在变化！最终的结果始终无从知晓。完全是一片空虚。"

"你确实说过，"她说，"但是我不想听这些。告诉我答案。我是为那个答案才来的。"

于是，他说了，他把自己知道的每一件事都告诉了卡魔拉。

"谢谢。"她说。随后，她握紧剑走向他。"你知道吗，你所预见的未来是一片空虚，这也许另有原因。"

"拜……拜托！"他乞求道。

"我觉得你还是不要做预言家了，"卡魔拉说，"没前途。"

18

在克里生存，或是干脆去死

在这个节骨眼上，我想起了德曼特的哈卡罗法布。德曼特位于小麦哲伦星云的边缘地带，希望你没有忘记它的位置。不管怎么说，哈卡罗法布说过一句话，翻译过来就是："痛苦即收获。接受痛苦，生活则更加简单。"

我确信，温柔的读者，你们地球文明一定也在某时某地发展出了类似的哲学。这也解释了为什么德曼特的自杀率比银河系的平均值高出了二十七倍。

不管怎么说，我现在很痛苦。这是我所经历过的最可怕的痛苦。我跪在克里战舰检查室的平台上，被精神重创机的蓝色光芒两面照射着。我真是受够了。

指控者莎娜尔看着我，她用拳头支着下巴，手指坚决地按着精神重创机的触控板。

"告诉我！"她命令道。

"我不能告诉你任何消息。"我虚脱地回答。

她抬起手指。痛苦消失了。

"为什么不能？"她问。

"因为我不知道！"我边回答边站起来。

"我不明白。"她一边说，一边抬起头打量着我。

"指控者女士，"我抖抖索索地说道，"我是个数据存储设备。我是个记录仪。我很乐意和你交流我存储的所有数据。但我无法提供自身所没有的数据。"

"你不知道 616 项目吗？"

"不知道，"我回答道，"你的这个设备简直能杀了我。但是即便如此，我仍请求你放过我的那两位朋友。我会告诉你我所知道的一切。我真心希望其中有你需要的内容。"

莎娜尔冷冷地看着我。

"说吧。"

"我知道我似乎很有价值。好几股势力都在找我。"

"都有哪些势力？"她问。

"比如说，有巴东战争兄弟会。"我诚实地回答。

"巴东？"她提高了声音问，"他们也搅和进来了？"

"恐怕是的，"我回答，"指控者女士，情况是这样的，我不知道自己为何如此有价值。你一定要相信。我不知道'616 项目'是什么，但这肯定与我有关。"

她站起来，令人敬畏的眼神和令人敬畏的身形同时逼近我。

"告诉我 616 项目的消息。"她命令道。

我害怕了。

"放心，不会再出现精神重创机的光芒了！"她似乎稍微有了点儿同情心。"把你知道的全都告诉我。"

"我没有任何关于 616 项目的数据，"我说，"我只能推测。让我想一想……'616'是个被多重宇宙公认的反信号。"

"什么？"

"我们居住在有无限多重宇宙的宇宙中，女士，"我说，"我们认为，这个宇宙很棒且无限多，因为我们只知道这一个宇宙。其实还有其他无限多的宇宙。它们各有名称。我们所在的这个宇宙被记为 616。"

她重重地坐下。

"还有其他宇宙？我们宇宙之外的其他宇宙？我知道负空间，这是肯定的，但是……还有……多重宇宙？"

"是的，女士。"

"你是怎么知道这些内容的，记录仪？"

"我绕着宇宙跑了好几圈啊。"我笑了一下，便马上收敛起来。现在不是缓和气氛的时候。"我的意思是，可以根据很多证据看出来。你们那位勇敢的神奇队长可以在不同现实之间往返。如果不是多重宇宙，跨维度交叉该作何解释呢？金刚狼和蜘蛛侠反复出现又该作何解释呢？"

"谁？"

我叹了口气。

"我的意见就是这样。这也是事实。有很多个宇宙，眼下这个是无比精彩的 616 宇宙。"

她颤抖了一下。我不知道她的表现是震怒还是疑惑。

"就算我相信你——"

"你应该相信我。"我向她保证。

"就算我相信你……我也不知道你在说什么。"

我无言以对。

"指控者女士,"我说,"在我看来,这不是巧合。616宇宙? 616项目? 你看出来了吗? 我的功能足够强大。我可以四处联络并处理资料。我就是个数据格式塔。如果我们需要解答你最初的那个问题——通过那阵折磨,我觉得真的应该解答——你为什么不把你知道的内容告诉我呢?"

"我?"她不快的反问道,"我? 把我知道的告诉你? 我是这里的审查员! 我知道的内容属于克里星际帝国最高指挥部级别!"

"原来如此,"我回答道,"但是这样对我们毫无帮助,不是吗? 告诉我,我就可以把关键点联系起来。"

"我不会告诉你!"

"我只能对已知数据建立联系,"我说,"我对'616项目'一无所知,但是'616'这个词激活了我的数据库。它建立了一个链接。如果你希望得到更多信息,就要告诉我新的资料,这样才能建立新的链接。你认为616项目是怎样的?"

"统治宇宙的关键。"她低声说道。

"确实。这就能解释这个项目的名字了。"

我停顿了一下,被她含含糊糊说出来的这几个宽泛的词令我想起些什么。

"统治宇宙的关键?"我问道,"如何……如何能够做到?"

"据我所知,有这样一个设备,当它完成之时,用户就能控制现实。"

"是这样吗?"我问道。"厉害。"

"所以克里星际帝国才会来抓你。你，根据我们的情报，是那个设备的重要零件之一。最后一块缺失的组件。"

"我明白了，"我忧心忡忡，"那么，是谁制造了那个设备呢？"

她犹豫了。很显然，指控者莎娜尔十分讨厌分享。

"根据我们的情报，应该是时简公司。你知道这个公司吗？"

"知道，"我回答道，"时简公司是银河系中最大、最成功的超大型集团公司。它的能力和影响力无法估量。它的产品占据了零售业百分之八十七的市场份额。如此大的市场占有率让它远远超出出奇制胜公司和为你着想公司两家竞争对手。它是毋庸置疑的商业巨头。总有一天，时简公司在文化上的能力和影响力会超过有史以来的一切伟大文明。甚至包括克里。"

"这正是我们所担心的！"她大声说道，"如果他们建造了那个设备——"

"即使不建造那个设备，你们也应该担心才是，"我表示同意，"如果商业暴力代替了文明的基本要素，那将是全宇宙最悲伤的日子。民族会消失，或者混合成为一个巨型经济体。种族则变成了干瘪的商标。女士，文明的时代就要结束了。文明将被彻底排挤出去。全新的商业纪元将会降临，巨型集团公司作为银河系内部基本群落的时代已经开始。至少根据我的资料来看是这样的。不过，谁又说得准呢？"

"你果然知道得不少。"指控者莎娜尔说。

我想了一下。

"这么说，你在时简公司总部安插了一个商业间谍？"我问道。

她看了看卫兵，然后勉强作答。

"确实，安插在高层，"她说，"但是时简的安保系统十分严密，传递到克里星际帝国来的只有经过过滤的不完整消息。根据间谍的情报，我们只知道有'616 项目'存在，还知道一些关于此项目的传闻，另外就是你是项目成功的关键这件事。"

"还有其他人知道吗？"我仔细考虑了一番。"为什么每个人都在追我？"

"你为什么认为自己是缺失的关键部件？"指控者莎娜尔问我。

"老实说，指控者女士，我不知道。这只是我的推测。一定是因为我知道了某些信息，某些非常关键的信息。在我存储数据的庞大资料库深处，肯定有某些细微但至关重要的内容。"

"但你不知道是什么内容？"

"我想不出。"我回答道。

"别管其他人，"指控者说，"别管其他抓捕你的人。你现在是克里星际帝国的财产了。我们确保你的安全，同时保证时简公司的 616 项目必定会失败。"

"你打算拿我怎么办？"

"现在我知道你对于这件事所知有限，"她回答，"你的言论缺乏令人信服的理由，我将会继续调查。我要把你带回哈拉，然后对你进行仔细检查。我相信帝国的科学家能够查清楚潜伏在你潜意识或者数据库里的那块重要信息究竟是什么。一旦我们拿到那部分信息，就可以制造出一个类似 616 项目的现实控制设备。"

"你们要如何查清楚那部分信息？"我问道。

"我们有机械师。"她回答。

我就怕这个。

她还想继续说，但飞船突然很明显地抖了一下。

"怎么回事儿？"她问。

勇度队长走上前，打开头部通信器。

"舰桥传来报告，指控者，"他说，"我们遭到攻击。"

"遭到攻击？"她非常生气。"这不可能！我们正以超光速曲翘模式飞行，负向光环一直开启。任何东西都探测不到我们才对！"

"的确如此，指控者，"勇度队长说，"但是有一艘飞船进入了我们的曲翘路径，并且和我们速度相当。它对我们发射了反物质鱼雷。"

"确认身份了吗？"

"身份不明，指控者，"勇度队长回答道，"指挥官认为对方是巴东战争兄弟会的战争兄弟会超级毁灭者。"

"巴东……？"她小声说道。

她慢慢站起来。"去战斗区。停止跃迁，降低速度。我们去会会那些巴东垃圾，把他们的肠子挖出来，看他们还敢不敢嚣张。"

"遵命，指控者。"

"告诉舰长，过一会儿我就去舰桥亲自监督此次行动。消灭巴东人，我个人会感到十分满足的。"

"遵命，指控者。"勇度队长行了个礼。

甲板再次晃动。飞船再次被击中了。

勇度队长和他的手下打开舱门冲出去到达各自的战斗区域，只留下两个士兵守着我们。舱门关闭。

莎娜尔再次坐下。

她看着我，眼神像钻石一样坚硬。

"那些巴东人，"她说，"他们不可能追踪并探测到我们。没有任何人可以追踪或探测到我们。负向光环非常可靠。除非……"

"除非什么？"我问。

"如果有人预先知道你的位置，那么，隐形力场就会失效。你是怎么和他们取得联系的？"

"我是怎么——？"我问道。"指控者女士，即使我有通信工具，我也不会主动联系想要抓捕我的敌人啊！"

"我知道的只是你告诉我的那部分信息，"她回答道，"你提到了巴东人。也许你已经和他们达成协议——用你的秘密交换你的人身安全。"

"我保证我没有那样做。"我回答道。

"我不相信你，"她说，"你是唯一的可能。唯一的可能。告诉我你是怎么和他们取得联系的？"

"我……"我只开了个头。

她的手指就已经放在了座位扶手的触控板上了。

"告诉我。"

我没有撒谎。我真的不知道。我看了看分别躺在我身体两侧的火箭和格鲁特。我知道，如果再遭受一次精神重创机的重伤，他们必死无疑。

"告诉我。"

"指控者女士，我求求你——"

她眯起眼睛，手指往下按。

但是她的手却没有动。她的手悬在了半空中，没能碰到触控板。莎娜尔惊讶地吸了口气，用力想完成这个动作，她的手臂紧绷着。

我看到了阻止她的那个东西。虽然隔着平台上冰冷的蓝光很难看清楚，但我还是看到了那个阻止她的东西。

坚固交错的根系从她的座位侧边蔓延开来，缠住了她的胳膊。根系的末梢抓住了她的手腕，令她无法移动。这些根系像蛇一样蜿蜒爬过地板，它们是格鲁特手臂的延伸，而格鲁特正奄奄一息地趴在平台上。

他还没有完全昏迷。当我在回答指控者的问题之时，他在装死。

火箭也没有完全昏迷。

他睁开一只眼睛冲着我眨了眨。

"准备行动，兄弟。"他低声说。

指控者大怒。格鲁特的根系非常牢固。她努力站起来，用空着的那只手抓起华丽的大锤狠狠地砸向纠缠的树根。锤子里的机械装置在撞击时变成了绿色，根系退缩了。

莎娜尔恢复自由。她举着锤子冲向我们。

"走，各位！"火箭高喊一声跳了起来，把我从平台上推下去。温柔的读者，我很惭愧地承认，我在落地的时候姿势十分不雅。

站在屋子边上的两个克里战士也上前帮助他们的司令。

火箭——像个龇牙咧嘴、张牙舞爪且毛茸茸的导弹一样——从平台上一跃而下，落在了其中一个战士的脸上。在惊恐之余，那个人重重地仰面倒下。非常重，真的，他的后脑勺撞在了墙上，整个人都晕过去了。火箭和那个克里士兵摔成一团。另一个士兵转身举起武器，结果被火箭用单光束爆破枪一击放倒，那把枪是他从第一个倒霉蛋身上摸出来的。

火箭继续奔跑，沿着屋子的边缘跑个不停。

莎娜尔也来到了平台边上，格鲁特站起来试图拦住她。

"小把戏玩得不错。"她一边说一边挥起能量锤砸向他。格鲁特后退几步，躲开了足以砸碎他木头心脏的一击。

她跳上平台，再次挥起锤子。

"小把戏玩得不错，"她再次说道，"但我非常不喜欢。"

格鲁特躲过了第二击，向后一跳，跳下平台。

"女士，如果你觉得那是个不错的小把戏，"火箭喊道，"那就尝尝这个滋味吧。"

莎娜尔转身。火箭站在她的座位扶手上咧嘴大笑。她往下看，突然意识到自己居然站在这里。

火箭按下了触控板。

而且，毫无必要地按了许久。

19

破坏

火箭没有杀她。我觉得克里指控者大概都很强壮，你可以把胳膊肘靠到精神重创机的触控板上，慢慢吃个面包，读读晨报，小心翼翼地喝杯热饮，最后把触控板靠出个坑来——莎娜尔依然精神抖擞。

不过，火箭按触控板的时间更久。他开心地吐了吐舌头，咧嘴大笑。莎娜尔先是发抖，随后便用克里语骂人，然后抽搐着，最后脸朝下倒在平台上昏迷不醒。

这时候，火箭才把他那双像极了人类的手从触控板上拿开。

"我一直认为，"他说着便从座位上跳了下来，"给予比接受要好得多，多很多。"

"格，鲁，特。"格鲁特一边说着，一边把我捡起来，拍了拍我身上的尘土。

"没错，这次行动真不错，"我回答道，"倘若能让她在说实话的同时，你能长出新的根系缠住她，就最好不过了。"

格鲁特笑了。他已经抖落了刚才受伤的根系。他捡起了指控者的能量锤，掂了掂重量。

"格，鲁，特。"他再次笑了。

"嗯，那就好，"火箭走向门口，"我觉得，你可能需要这个。"

远处传来了警报声，但这并不是来抓我们的。从甲板的次级震动来看，我判断战舰已经切换到了亚光速，并且正在极速转弯。我们从正面遭遇了气势汹汹的巴东无敌毁灭舰，主要能量从跃迁设备转移到炮台、护盾系统和湮灭力场上。

一场超级战舰之间的大规模战争迫在眉睫。

"他们真该把壁纸设计得好看点儿，"火箭大喊道，"我们还是赶紧离开这个鬼地方吧！"

他启动面板，打开了舱门。

当然，门口仍旧站着那个哨兵。

那个锃光瓦亮的哨兵＃212像一列地铁列车停在隧道里一样站在门口，挡住了检查室的出口。它用甲虫似的表情盯着我们，然后用低沉的电子音问话。

火箭砰的一声关上舱门。他看了看我，又看了看格鲁特。

"嗯，对，哈哈哈！"他说，"我忘记了那个哥们儿。重新想想办法。"

他低头看着自己抢来的单光束爆破枪。这是一种威力强大的武器，是克里战士使用的标准步枪——稳定可靠，运用广泛。亲爱的读者，它就和你们地球上的 AK-47 型步枪一样，也可以说它像希阿的塔夫斯特尔190激光步枪，或者说像泽·诺克斯的乌泽塔-吨离子枪，又或者像斯斯的斯-特斯 8-11，以及厄尔龚的卡尔-德尔塔-德尔塔的自下而上、无反冲生命碾压战斗次级步枪（伏托克型），带短手柄、采用聚变能量和横向瞄准系统，可能还有——

我想你已经明白了。是我太紧张了。我一紧张就话多。

总之，这把单光束爆破枪是一种威力强大的武器，但却不足以在那个全身锃亮的克里哨兵身上炸出一个小坑。

"格，鲁，特！"格鲁特决定了。

"你确定？"我沮丧地问道。

"嘿，我的座右铭就是：知道什么就干什么！"火箭回答。他举起像极了人类的手放在了舱门的启动面板上。

"预备！我数三下。一、二……"

他按下启动面板。

舱门被再次打开。

克里哨兵依然站在那里，直愣愣地盯着我们。它肯定一直盯着这个紧闭的舱门。

温柔的读者，为了能在你的脑海中呈现出符合人类文化的图像以便联想，我只能说，那时的格鲁特就像贝比鲁斯（美国职业棒球运动员）、泰·柯布（美国职业棒球运动员）、艾德·德拉汉蒂（美国职业棒球运动员）、托尼·格温（美国职业棒球运动员）等人一样。

他迈开一大步，将重心放在后腿上，双手握紧能量锤。然后他开始用力挥锤——以后脚作为支点，利用前脚的力量扭胯，手肘始终紧贴身体。

力量十足。完美的一击。

指控者能量锤的前端击中了哨兵的胸甲正中间。能量锤内部的机械装置在撞击的同时闪烁着绿光，撞击的力量通过强化充能的负片能量得以增强——其实，撞击本身就已经很强劲了。

一阵破裂的声音，仿佛宇宙中所有的雷电同时发作。后坐力震得我和火箭都摔倒了。

这次撞击把哨兵＃212撞飞至镜面走廊外面，它的手在光滑的墙上留下了抓痕，抓痕的位置刚好和它的头部差不多高。

"触地得分！"我大声说。

火箭看着我。

"这应该是橄榄球比赛的规则吧？"我问道。"抱歉，我一紧张就容易出错。"

"我们走！"火箭高喊。

他带头，格鲁特紧随其后，我跟着格鲁特。

我们沿着光亮的走廊刚跑了一半，那个哨兵就出现在了走廊的另一头。它的身体摇摇晃晃的，如同醉酒一般。不过这一次，它的胸甲上多了一个能量锤形状的凹坑。

"糟了！"火箭立刻躲到格鲁特的身后。

那个哨兵迈着沉重的步子向我们冲过来。它的势头比之前更甚，像一辆地铁列车一样填满了整个走廊，笔直地冲向我们。我可不想记住此情此景，以至于到现在我半夜还是会被类似的情景吓醒。

格鲁特站在原地，握紧能量锤的手柄。他的身体后仰，准备出击。那个哨兵举起它巨大的双手，手里闪耀着能量。它准备在格鲁特出击之前就把他劈成两半。

于是，我站到了格鲁特身前，直面这名哨兵。

"格，鲁，特！"

"我知道我挡住你了！"我回答。"我知道我在干什么。"

但愿吧

克里哨兵突然停在了离我几步远的地方。它放下双手，关闭了能量。它似乎很疑惑，并且发出了低沉、困惑的电子音。

"是的，哨兵＃212，很抱歉，"我说道，"我清楚地听到了指控者的命令。我必须被毫发无伤地带去见指控者。你不可以伤害我。你企图消灭我的同伴，但是现在我站在他们前面。你休想伤害他们。"

它想了一下。电子音在它的头部嗡嗡作响。

它抬起手试图越过我的肩膀，直接向格鲁特进行射击。我挡住了能量束。它收手。

"我挡住他了，你不能伤害我。"

它发出低沉的声音。

"我知道，这件事真的不好办，有那么多命令。不过现在有个很简单的办法，"我说，"后退，待命。"

它没有动。它把我拎起来，然后将我放到他的身后。

"该死！"我可没料到它会用这招。

现在，火箭和格鲁特都失去了（我的）保护，它举起巨大的双手，释放出致命的单束能量。

但是（我是后来才知道的），当我勇往直前的时候，格鲁特在我的身后仔细研究了那把锤子。除了最主要的用途（比如，狠狠地揍人）以外，它还有很多其他功能，只要转动手柄上的旋转开关即可。

在哨兵＃212发起进攻的同时，格鲁特已经做好准备。他双手握住能量锤，将它垂直放在身体前方。

他扭动了手柄，能量锤形成了负片能量屏障。

单束能量的冲击被屏障挡住。屏障十分稳固。被挡住的能量束四处反射，在密闭光滑的走廊里变得极为耀眼。从格鲁特的能量屏障方向望去，抛光的墙面、地板、天花板接二连三地发生剧烈爆炸，露出粗糙的墙面和下层甲板系统的线槽。

由于武器的后坐力，哨兵＃212也重重地后退了几步。格鲁特趁此机会转动能量锤的手柄，将负片能量负载调到最大，然后用力一挥。

这一次，他击中了哨兵的下巴，打碎了它的半边脑袋。剧烈的负片强化动能冲击将这个机械怪兽再次打到走廊外面。

不幸的是，这次我站在了哨兵的身后。当它被打飞的时候，恰好撞上了我，我们一起飞了出去。

"格，鲁，特！"我听见格鲁特惊恐地叫了起来。

我没有回答，因为此时的我非常恐慌，急切地发出慌乱的高频电子尖叫声。真的非常高频，真的，我现在想起来都觉得十分丢脸。

由于刚才的重击，哨兵和我一起从被毁坏的镜面走廊里飞了出去。我们掉进了黑暗、宽阔又空洞的前驾驶室。

亲爱的读者，你知道那些细长的通道吧？我之前提到过的，没有护栏的小通道。

没错，我们掉进了这样一条小通道里，并一路滑下去。在大部分时间里，那个大块头的哨兵都压着我。飞船的每个区域各自分立，在我们下方的远处，不断跳动的驱动单元像宏伟的城市一样不断延伸着。

然后，我们不可避免地滑出了通道边缘。

我掉下去了。

有人抓住了我的左手，让我不至于一摔到底。但这一抓几乎让我的肩膀都脱臼了。

我向下望去。数千单位距离之外的正下方，负片脉冲次级发生器就像从高处俯瞰所见的城市屋顶一般。与此同时，我意识到，我可能会掉落相当长的时间，然后在撞击中化为齑粉。渺小得像尘螨一样的工程师们抬起头大喊大叫，但是距离太远了，我根本听不清楚他们在吵什么。

这种高度让我觉得……怕得要死。

我抬起头。那个哨兵右手抓着通道的边缘，左手抓着我。它依然严守不能让我受伤的命令。

温柔又挑剔的读者，有那么一瞬间，我真的很感激它，甚至都有点儿喜欢它了。它救了我。虽然是基于克里指控者的严酷命令，但它确实保护了我。

这个甲虫脸的家伙思维很单纯。它想救我。它必须救我，这样才能完成自己的任务。

可是，它右手的力量逐渐减弱，手指渐渐松开了。它要滑落了。

它正在滑落。

我感到它在不断地重启内部推动系统，以便带我飞到开阔处。但是格鲁特的能量锤攻击破坏了它的内部结构，飞行系统无法启动。

我们要摔下去了。它抓不住了，我们要一起迎接末日的到来了。

哨兵#212发出吼叫的电子音。它右手的力量极速降低，于是它竭尽全力举起左手把我拎起来。它想把我扔到过道上。

"我真的非常感激。"当它把我举到面前的时候，我对它道谢。

它嘟囔了一句。

通道的边缘触手可及。我双手抓住通道，摇摇晃晃地挣扎起来。

那个哨兵的右手彻底失去力量。在它摔下去的同时，它放开了我。

我将双手吊在通道的边缘上往下看，哨兵＃212面无表情地越落越远。这段距离很长，向下的动量也很大，哨兵＃212足够在落地前转上两圈。

然后，天哪，它撞上了。

它不偏不倚地撞上了十七号驱动单元，就像落锤式破碎机砸烂玻璃温室一样，砸碎了透明的核心保护罩。

驱动维持力场立即失效，紧接着，负片能量在一瞬间爆炸性地释放出来，吞没了哨兵＃212的身体，并且向四周喷发，将附近那些尘螨似的工程师全部烧焦。爆炸冲击波影响了临近的驱动单元，造成另外两座驱动单元破裂爆炸。

我只能勉强吊着。整个舱室，整艘飞船都在摇晃，这股爆炸的力量比眼下巴东人的任何袭击都强烈得多。

泄漏的负片能量形成明亮刺眼的炽热气云翻滚升腾，横扫一切，也吞没了挂在通道上摇晃挣扎的我。冲击波席卷而来。

我抓不住了。

20

极度致命

我掉下去了。

然后我突然一歪，停下了。

真的很疼。

有人在最后关头抓住我的手救了我，然后慢慢把我拎起来，放回通道上。在我的下方，驱动舱室着火了。爆炸和次生爆炸一个接一个毁坏了所有系统。

我趴在通道上，脚还在通道外头。我努力使自己冷静下来。经过亲身体验之后，我确定自己非常讨厌必死无疑的境地。

"谢谢，"我喘着气，"谢谢你，格鲁特，谢谢。"

"格鲁特？"一个生硬的声音说道，"我不是格鲁特。"

忠实的读者，除了格鲁特，我想不出还有谁会在那种紧要关头把我救出来。我是说，火箭也会努力尝试救我（然而也未必），但是无论他那双手有多像人类，他也没有足够的力量把我拉起来。

我翻了个身，抬头望去，一位有着人类外形的大美女正低头看着我，在我的记录中，她真是前所未见的美丽。

"你刚才是不是说……格鲁特？"她问。

"是的，"我回答，"我应该说了格鲁特的名字。"

"不过，我不是格鲁特。"

"你当然不是。"

"他……也在这儿？"她的双手一手握着一把剑。我认为一把剑就已经很过分了，两把剑简直毫无必要。这个绿色皮肤的女人究竟觉得自己要同时对付多少个敌人？

我站到她旁边。

引擎室里耀眼的火光从下面照射着我们两个。她十分怀疑地看着我。她的皮肤是绿色的，头发又黑又长。她的眼睛里没有瞳孔，令人难以忘怀，眼眶周围还有一圈黄色。她穿着钢铁镶边的黑色皮质紧身护甲、长靴，腿上穿着非常漂亮的渔网袜，手臂也是同样的装饰。会有人穿成这样去打架吗？但是，我觉得她会——否则这身衣服就是某种伪装，或者寄错了地址的性感杀手套装什么的。她肯定非常漂亮，漂亮得令人窒息（亲爱的读者，我在《美学特质相对成分比》里查过好几次，甚至超出必要次数），但同时也非常……那个词怎么说来着？有能力？坚决果断？危险？疯狂、可怕、精神错乱且棘手？

不止一个词了，我知道

火箭和格鲁特也冲到通道上，在看到她之后，他们两个都停了下来。他们看到她似乎比看到下面因为连锁反应而剧烈燃烧的驾驶室还要害怕。

"你在这里干什么？"火箭问。

"打工。"她不耐烦地回答。"你们在这里干什么？"

"有事儿！"他回答。"保卫银河系。你呢？"

"我都说了，"她大吼回去，"这个也来那个也来！怎么会是这样！他跟你们一起的吗？"

她指着我问。

"准确来说，是他们要跟着我的。"我温和地说道。

"没错，那个机器人是和我们一起的！"火箭大声说。"跟我说说你究竟为什么在这里，卡魔拉，你看起来不像是我所知道的保护银河系的样子！"

"哦，很好，那么你们肯定是出于完全大公无私、不带一点儿私利的原因才来的！"她反驳道。

"我们不能起内讧！"火箭大声地说，"在所有困难面前，我们必须互相帮助。"

"银河护卫队没有'内讧'，"她说道，"只是有所分歧。"

"格，鲁，特！"格鲁特发表意见。

"他刚才是不是说了'分级'？"那位女性，卡魔拉十分刻薄地问道。

"不，实际上他说的是'什么分歧？'"我特意加以说明。

她看了看我。她有两把剑，我赶快闭嘴。

在我们下方的远处，似乎有某个特别重要的东西爆炸了。

"该死，"她说道，"简直该死，该死，该死。你们为什么要搅和进来？"

一开始，我以为有回音。后来，我意识到，火箭浣熊同时也说了句一样的话。

大家意味深长地沉默了许久。负片能量管道上滚烫的盖子像核爆炸的蘑菇云一样翻腾起来，冲上驾驶舱的高处，甚至还飞到了通道的另一边，向我们身上洒了一大片火星。灰尘滋滋作响地落在通道上。

"我是来找记录仪的。"她说。

"你不能带走它，"火箭回答，"他是我们的。"

"格，鲁，特。"格鲁特说。

"问得好。"火箭表示同意。"你替谁干活？"

那位女性，卡魔拉犹豫了。

"与你无关。"

"这把枪也与你无关。"火箭很狂妄地说。

她冲火箭笑了笑，似乎带有嘲笑的意味。他有爆破枪，她则有剑。两把剑，确实是两把。即便如此，他们之间也无须进行较量吧。不会打起来，对不对？但我不知道为什么卡魔拉那么自信，也不知道为什么我的两个朋友对她那么警惕。

"嗯，我们也不是不可以站在这儿一直聊天，"我提醒大家，"但是，我们会死于负片辐射泄漏——说不定，飞船会先爆炸了。"

火箭和卡魔拉狠狠地瞪着我，就像两个瞄准系统一样紧盯着我。

"我的意思是说，"我赶忙不自觉地挥手辩解道，"我们好像不在同一个频道上，不过也没有相差甚远。你们显然互相认识。我不知道你们能不能合作，所以我们赶紧逃跑，免得……"

我看了看通道下面的熊熊火海，瞬间又头晕了，于是赶紧收回视线。

"……免得必死无疑？"我迅速说完了后半句话。

"这哥们儿说得没错。"火箭说。我发自内心地松了口气：我还算是他的哥们儿。我暗暗希望卡魔拉能好好记住这一点。

“格，鲁，特。”格鲁特说。

“好了，”卡魔拉说，“暂时合作吧。暂时而已。”

于是，我们由一行三人变成了一行四人。

至少暂时是这样的。

21

太空战争看起来是这个样子的

克里星际帝国的战舰帕玛荣光号缓慢摇晃着进入了亚光速空间，它启动了方位助推器。这艘战舰非常之大——船头扶壁安装了大型冲击炮台，炮台连接着巨大且坚固的箭头状驱动管道。它有两个向后倾斜的宽大机翼，正好支撑起辅助跃迁引擎室。这艘战舰专为深空航行而造，完全没有丝毫的流线型或空气动力学设计。它的飞行性能和整座城市相当。它的长度约为三个单位距离，拥有多达八十亿个大型功能单元。

它既在这里，同时也不在这里。它的隐形护盾——负向光环——时有时无，不停地露出战舰的局部或整体。没过多久，整个护盾就失效了。战舰被敌人的反物质鱼雷打伤，而且它的某一个驾驶舱经历了前所未有的损毁。克里战舰舰长是一名经验丰富的贵族，名为克里斯–加。他站在巨大的舰桥上，高声下达命令，试图稳住船体。他知道战舰受损，能量被减弱了。他努力关闭受损的驱动器，将可用能量转移给护盾和武器。

单光束炮台还在努力支撑，炮手竭力缩短反应时间。警报器大声作响。自动弹药库在前置管道里装好负片导弹。战舰的主要武器——位于船头下方的超巨型单光束发射器在燃烧的管道里启动了——当它充满能量之时，光芒无比耀眼。

战舰护盾也升起来了。

时机正好。

巴东战争兄弟会的无敌毁灭舰停止跃迁和它正面对抗。由于突然停止的跃迁，能量形成剧烈的环状光晕。无敌毁灭舰有大约有六十亿个大型功能单元，它看起来就像一个流线型的蛤蟆，外表光滑闪亮，在蛤蟆腿的位置则是翘曲引擎室。它的炮台就像是从船体上鼓起来的脓包块。蛤蟆张开嘴——那是它的前置主炮位——吐出反物质鱼雷和爆炸性的等离子脉冲。

战斗以一阵密集的黄色等离子炮弹和导弹开始，随后无敌毁灭舰升级了自身火力，发射出风暴般大量且刺眼的炮弹。等离子在克里战舰周围爆炸。这阵突袭非常猛烈。爆炸的光芒将两艘超级战舰的前方照得一片雪亮，而战舰的后方则是一片纯粹的漆黑。

这一切都发生在宇宙的真空中，悄无声息。

克里战舰护盾依然完好无损。那些不可见的强大负片能量屏障不时因攻击而扭曲、颤抖，形成可见的涟漪，宇宙仿佛成了一片水域。负片能量十分强大，护盾始终完好无损。

蛤蟆形状的巴东战舰的前部船体上升起数千门水泡似的次级炮台。这些炮台一齐开火——长而明亮的介子火焰喷射出来。光束不断冲击着克里战舰的护盾，介子火焰紧随其后像红热的长矛一样划过护盾，寻找能量弱点或叠加部分。

克里斯-加舰长一直努力稳住船体。机器人船员还在奋力控制受损驾驶舱室的火势。然而，引擎系统已经关闭了受损部分和其他主要驾驶舱室的传动链接。在排除链接中的受损环节后，克里斯-加舰长让剩余部分重新同步并平衡操作。尽管关闭了一整个驾驶模块，克里斯-加还有五个备用驾驶舱，足以令其发挥最大的效用。

克里星际帝国是时候开始反击了。

克里斯-加命令通信官停止警告广播，不再要求巴东人停止攻击并马上后退。毕竟，巴东人已经明确表态他们绝不后退。

他向各火炮指挥官发出一连串指令。在巨大舰桥前方的瞄准位上，身穿黑色制服、头戴闪亮黑色头盔的克里舰队军官立即启动已经计算完毕的目标矢量。

帕玛荣光号还击了。

主炮台上的大规模单光束发生器开始发射。它喷出巨大而迟缓的能量束，以负向频率穿过战舰的护盾。同时，克里战舰发射出的六排负片爆炸导弹，以及水银飞弹编队。导弹同样也是负向编码，在穿过负片护盾时不会受到任何干扰。紧接着，次级单光束炮台开火了，无数能量闪光把战舰照得如圣诞节的彩灯一般明亮。

克里战舰的反击炮击中了巴东无敌毁灭舰，战争兄弟会升起护盾。那是一层无形的内锁夸克脉冲屏障，通过皮秒同步时序调整武器开火和护盾脉冲的时间，从而使己方武器可以随意进行攻击。

当克里战舰击中巴东无敌毁灭舰的护盾时，护盾不会像液体一样产生涟漪。巴东无敌毁灭舰的护盾会像破裂的镜子一样闪烁并碎裂，然后它会立即进行自我修复。单能量束炮火从护盾表面燃烧划过——但能量就像水一样毫无意义地四散流逝，只留下强烈的反向气流。

当水银飞弹击中目标时，爆发出了巨大的能量，和大型负片弹头被引爆时相当。这一连串的爆炸明亮而持久，如同无数小太阳被攒成一束耀眼的光芒。由于护盾吸收了撞击力量，无敌毁灭舰颤抖起来。

在不足八万单位距离的空间里，两艘飞船都全力朝对方开火。对于一场太空战争而言，它们基本上是在面对面地进行枪战，以及近距离交火。在战斗的最初二十秒钟，两艘巨型战舰释放出了相当于地球全年工业输出的能量。

它们持续交火。这是一场消耗战。没有时间和空间可供精心谋划，也没有机会去算计对方。这场战斗完全就是两支古代军队在泥泞中互相折磨、互相碾压，肆无忌惮地互相殴打，直到一方死亡。

必定有一方会死亡。只是我们现在还无从得知究竟死亡的是哪一方，也无法预言战斗究竟会在几秒钟内结束，还是会持续数个小时。这与能量的输出功率、稳定性、护盾的耐久程度以及弹药储备有关。

还有意志力。

还有运气。

任何细节之处，任何小失误，都会引发完全不同的结果。比如极小的机械故障，计算错误，计算机故障，护盾上极小的裂痕或漏洞，恰到好处的角度或者无比幸运的一击。

当战斗结束时，对一方或者双方来说，结果将是突如其来且具有毁灭性意义的。

这场战斗实在太激烈了，战斗中产生的光激值足以匹敌一次小型的超新星爆炸。而且，战斗距离数个文明世界都很近，只要在光速传播的范围内，他们就可以在天上看到它们，也可以透过天文望远镜或者侦听阵列观测到。数个种族已经爆发了大规模的恐慌和骚乱事件，众人唯恐新星预示着某些大规模的宇宙灾难，比如伟大的吞噬者，或者外星生物入侵。其他种族则边看边等，满心恐慌地做好最坏的打算。次奎尔塔星上非常迷信的哈比纳克斯确信，新星是他们末日的预兆，整个星球上的人都转移到了蜂巢飞船里，然后落荒而逃，再也没有回来过。

甘加西德三号行星上同样迷信但相对乐观的甘加西人观测到这颗新星之后便笑了。因为这颗新星恰好在其星座宫的幸运位置，出现的日期也非常吉利，就在他们的新国王霍苏克斯加冕后的第六天。甘加西人正处在前工业时代的较先进水平，目前还未发展出足够的技术可以去遐想太空飞行、瞬时传输或者发布信息。他们把一场严酷战斗的光芒看成是好兆头，于是他们欢欣鼓舞，倍加振奋地开启了和平的新时代。与此同时，文明也相应进步了不少，他们修建了许多华美的神庙、金字塔等巨大建筑物，支撑了霍苏克斯漫长而仁爱的统治——这是前所未有的治世，同时也为整个文明打下了基础。等到二十四世纪末期（地球纪年），甘加西人已经成为银河系中最强大、最文明、最广为人知的种族。

因此，有时候，特别恐怖、特别残酷、特别疯狂的太空战争也有其好处。

尤其是你从较远距离观测到的时候。

可是，如果你身在战斗的中心……

22

与此同时

（准确来说是此时，在克里战舰帕玛荣光号上）

"好吧，好吧，首先，"火箭浣熊说，"我觉得我们应该逃跑。"

在我们所有人看来，这无疑是个好主意，就连卡魔拉也非常认同。我们下方的驾驶舱室烧得非常彻底。我们能感觉到那份炽烈，我确信火箭的毛也因高温而受损，开始卷起来了。此外，我们所在的这个通道——温柔的读者，我相信我之前已经说过了，它没有栏杆——这个通道现在晃晃悠悠的。

通道上出现了裂痕。我非常小心地不去记录那条裂痕，不去记录它是如何延伸的。但是，你知道吧，一旦你看到了某个东西……

"问题在于，往哪边跑？"火箭看着卡魔拉问道，"你是怎么进来的？我们逃出去的计划是什么？"

"我有一艘小型跃迁战机，"她说，"我把它停在 Beta-K 机库了。"

这个回答同时也伴随着很多问题。她是怎么在克里人眼皮底下把一艘飞船开进来的？战舰正处于极高的曲率中，她是怎么做到的？有哪位飞行员居然能完成这样的壮举？即使有人能神不知鬼不觉地溜进一艘处于极高曲率运行中的战舰，她究竟是怎样该死要命的得知战舰所在的位置的？当时，战舰可是包裹在负向光环中，完全隐形的。

她是怎么知道我在这里的？

我声明一下，亲爱的读者。我并不是要说谁的坏话。我只是在一一列举出问题，尤其是，这目前是我的同伴所说的话。我只是准确而真实地记录事实而已。我不想惹麻烦，我只是真实地记录下自己的经历而已。但是我很失望地注意到，在上一段文字中，我用到了"该死要命"这个词。这是个口误。稍后我会进行自我检讨，如果那时我还活着且功能未受损的话。我认为，虽然这段时间不长，但是我和火箭浣熊在一起的时间足够之长，以至于我也学会了他的坏习惯。

"嗯，厉害，"火箭很是佩服，"你闯进了一艘高曲率飞船内部？真是厉害。等一下，你是怎么知道我们在这里的？"

"我不知道你们在哪里，"卡魔拉指了指我，"我只知道那个东西在这里。"

我很生气。在不到五分钟的时间里，我就从"哥们儿"变成了"那个东西"？

"格，鲁，特。"格鲁特发表意见。

"正是如此！"火箭表示同意。"你又是怎么知道那个东西在这里的？"

现在他也指着我，全然一副"他根本不是人，他是个物品"的态度。

"我当然有我自己的方法。"卡魔拉笑着说道。那副笑脸足以杀死不少毛茸茸的小东西。

"继续说。"火箭没有被她吓住。

此时，我们周围的天花板上爆出很多火球，大量灰烬落了下来。通道晃个不停。裂缝更大了。

"这个时间和地点真的不适合讨论我的情报来源，你们不觉得吗？"卡魔拉问。

火箭叹了口气，深感挫败。

"好吧，加姆，"他说，"那给我点儿提示。你是怎么知道记录仪兄弟的位置这件事暂且不管，当一艘该死要命的克里战舰处于高曲率状态下时，要怎样做才能神不知鬼不觉地溜进来呢？"

"我转移了他们的注意力，"她回答，"我知道记录仪兄弟在哪儿……"

她看了我一眼，我突然深深地觉得"记录仪兄弟"比"哥们儿"还要更进一步。

"……所以我告诉了巴东人。我知道那些蜥蜴也在找他。我知道只要把记录仪的位置告诉他们，他们就能吸引克里人的全部注意力，而且会让克里人一直忙于此，这样我就能顺利潜入了。"

"吸引全部注意力？吸引全部注意力？！"火箭气炸了，他大概也突然被吸引了全部注意力。"吸引全部注意力就是弄来一艘战争兄弟会无敌毁灭舰吗？你疯了吗？"

卡魔拉连肩都懒得耸，这个问题仿佛根本不值一问。

"你把我们的位置告诉那群混账的巴东人了？"

"没有，"她很小心地回答道，"我只是把记录仪兄弟的位置告诉他们了。我并不知道你们也在这儿。"

"那个，呃，通道，说真的，要破了啊。"我提醒大家。

"记录仪兄弟说得对。"火箭说。这个称呼从他嘴里说出来似乎没那么亲切。"Beta-K 停在后面,对吧?我们找到你的跃迁式战机,一路上要多加小心谨慎,赶紧逃出这个鬼地方!"

我们回到通道连接检查室的位置,从楼梯下去,再次进入船体主舱室。一转身,我们就看到指控者莎娜尔出现在了通道的另一头。她看起来十分不悦,就如同有人在说一辆坦克不适合开出去兜风一样。

"你们!"她隔着通道怒吼,仿佛是在指责我们。"你们会为此付出代价的!"

卡魔拉拔出剑。

"算了,加姆!"火箭大喊道,"她是个超级拷问狂!她会严重伤害到你的!"

"我知道什么叫严重伤害。"卡魔拉回答。她显然已经打定了主意,无论如何也要对付指控者。我觉得,我有点儿爱上她了。

"格,鲁,特!"

"没错!另一边!从另一边跑!"火箭大喊,"快跑啊!"

我们拔腿就跑。卡魔拉犹豫了一下,也跟着跑了起来。莎娜尔怒吼着穿过通道追赶我们。火箭转身用他捡来的单能量束爆破枪向莎娜尔射击。

她被击中且跪在地上,但马上又站了起来。我不太清楚指控者是用什么做的,但莎娜尔肯定添加了某种特殊材料。

我们来到通道另一头的门口。门快关闭了,危险信号灯闪个不停。舰长总算决定封锁并弃置着火的驱动舱室,以免造成进一步损失。我听见船体的螺栓开始滑动,舰长准备放弃置舱室了。

火箭拽着我跳过正在关闭的舱门。格鲁特和卡魔拉转身面向暴怒的指控者。她离我们还有好几百米远,但是她竟越跑越快。

格鲁特抓起高度警惕的卡魔拉，把她直接从缓慢关闭的舱门里扔了出去。然后他举起能量锤砸向通道。

冲击波向外扩张。天桥坍塌了，迅速坠落到下方燃烧的火海中。莎娜尔急忙减速站在断掉的天桥那头，愤怒地吼叫着。格鲁特把能量锤朝她扔过去，然后转身低头，非常灵活地穿过了马上就要关闭的舱门。有几根小树枝留在了他的身后。

我们目睹了指控者莎娜尔被自己的能量锤劈头砸中。

"你们也有飞船吗？"卡魔拉问。

"嘿，我们当然有飞船，"火箭回答道，"就在主机库里。"

"我们要怎样才能拿到飞船？"我问。"我是说，那艘诺瓦飞船无法逃脱克里战舰的牵引光束。"

他回过头，非常讽刺地看了我一眼。

"即兴发挥，记录仪兄弟！"他嚷嚷着，"我们即兴发挥！"

我们立即就发现自己真的需要即兴发挥了。我们遇到了由克里战士组成的消防梯队。火箭马上蹲下开火，拿下了对方的两个队员。格鲁特狠狠地把另外两个队员打得撞上天花板又弹了回来。至于卡魔拉——

嗯，温柔的读者。我努力记录一切，不放过任何细节，但是这对你们来说或许太烦琐了。卡魔拉有两把剑。仅此而已（很显然，她还有额外的武器）。两把剑对阵一群全副武装、手握单能量束爆破枪的克里战士。

在这种情况下，只会出现一种结果。

但是，它并没有出现。

由于缺乏信息，我忽略了一个细节。

卡魔拉是这个宇宙中最危险的女人。

在我的脑海中，接下来发生的事情并不是很清晰。火箭大喊大叫地拼命开枪（这似乎有点儿用）。格鲁特左右开弓。克里战士不停地开火。单能量束爆破枪撞到了墙体、天花板和甲板上。

我缩成一团哭号不已。

我应该记录下一切细节才对。我对自己的行为感到万分惭愧。

卡魔拉……卡魔拉跳起来。她跳到克里战士的正中间，把他们掀翻，撞到一边去，让他们有气无力地滚开。我们只能远远地看着她，模糊成一团。

这些克里战士是这部分银河系中最强大、最训练有素的人形战士，但是卡魔拉就这样一路砍杀过去。她的出剑速度极快，所到之处只留下一片飞溅的鲜血。克里战士的四肢漫天飞扬，身体被截断，脑袋在地上滚来滚去。单能量束爆破枪掉在了地上，而其主人的双手仍在握枪射击。克里士兵的血溅满了整条走廊，让它彻底变了血色。

对于那些没被砍到的克里战士，她则狠踢狠打。把对方的头撞在墙上，折断他们的膝盖，敲碎他们的胸骨，折断他们的脊柱。她的剑迅速将对方肢解。那些已死的，快死的，以及看不出来原来是什么样子的克里战士都惨烈地倒在了她身后。

她左手的剑深深地卡在头骨里拔不出来了，于是她弃剑而逃，蹲在一旁躲过了单能量束武器的攻击，然后掏出一把莫比安切割手枪。尖刺呼啸而出，一下就放倒了六名克里战士。他们伤口里冒出来的血溅在墙壁和甲板上。尖刺干净利落地穿过他们的盔甲和身体，又一群克里战士被钉在了墙上。

她一直射击，直到子弹完全用光。

她用剩下的一把剑干掉了最后一名克里战士。

然后她仍然蹲着，恶狠狠地回头看看我们。血滴像宝石一样挂在她的脸上。

"走不走？"她问道。

"我最喜欢你跟我们一队。"火箭说着便擦掉了溅在自己闪亮毛皮上的血。

"格，鲁，特。"格鲁特说。他把剑递给卡魔拉，那是他从克里战士的头上扭了几下才拔出来的，扭的时候挺恶心的。

卡魔拉点点头接过剑。

"走吧。"火箭催促大家。

我停了下来。尽管战斗力惊人，但我觉得我们还需要更多东西才能逃离克里战舰。我弯下腰，犹豫了一下取下了我脚边一个死去的克里战士的头盔。我把它戴上，调整到正确的频道，现在我连接到克里指挥官平台了。

"你在干什么呢？"火箭问。

"信息，火箭浣熊，"我回答，"得到信息很重要。尤其是在我们想要活命的时候。"

"好吧，这是个好主意，"他说，"记录一下。你戴上这个头盔看起来真的很傻。"

"记录，已经记录，"我回答，"另外，我对此根本不在意。现在我们来做你一直坚持要做的事情，四个逃犯逃离一死，我们一起逃出去。"

"记录仪兄弟？"火箭说，"哥们儿？"

"什么？"

"搞笑的部分留给我。你不擅长。"

"如你所愿。"

船体开始抖动。这不是个好兆头。

"喂！"卡魔拉对我们大喊，"我们到底走不走？"

格鲁特抓起我，把我夹在了他的胳膊下面，然后跑了起来。

显然，我们还是要走的。

23

克里诚可怕，不自由更糟

自从在夏斯三号行星上第一次遇到火箭浣熊和格鲁特起，我就注意到，他们生活的重心始终是跑。要么跑着闯祸，要么闯了祸逃跑。

很显然，他们是两个小混混。对他们来说，宇宙就是各种意外事故的源泉，他们不得不拼命逃跑。

我们花了二十分钟，外加两场混战才到达主机库。虽然已经无需强调，但我还是要说，卡魔拉证明了她是宇宙中最能打的女人。事实上，或许应该说是不分性别、种族，宇宙中最能打的个体才对。她的身后是一长串被砍得七零八落的克里战士的尸体，其中大部分人的表情都很失望，因为这不是他们想象中进入因多的方式。

根据我的理解，因多是克里的来世。但也许他们失望只是因为转弯转错了方向，或者因为没能被分配到战舰的其他区域，或者没能在见到拿着两把剑的绿皮肤女性时尖叫着逃跑。

我们到达了主机库。由于护盾受到冲击，警报尖叫，甲板也不断晃动起来。火箭放倒了两名试图拦截我们的克里战士。卡魔拉冲向另外三名战士，用她的剑实施了一点点暴行。格鲁特狠狠地揍了机库主管，揍得他飞上天花板，飞过了六架停放在机库里的克里太空梭，然后痛苦地撞上半空中的起重设备，最终像一块石头一样掉进了工具车里。

格鲁特把我放下来。

"克里舰长担心护盾会迅速被攻破，"我仔细听着通信头盔里的对话，"他打算放出战斗机群去围攻巴东无敌毁灭舰。他们计划将这艘战舰丢弃，呃，被我们弄坏的那部分驱动舱室。"

诺瓦巡逻艇就停在我们离开时的那个地方。

"这是你们的船？"卡魔拉问。

"对！"火箭回答道。"有什么不对？"

"没有。"她耸了耸肩。

我们上了船。

"你好，"系统声音说，"本飞船很高兴，你们没有受伤。本飞船探测到有大规模危险状况。"

"确实有。"火箭在驾驶座位上坐下。卡魔拉则坐在他旁边的副驾驶座位上。

"非常非常危险的状况，"火箭边说边系上安全带，"也许你可以好心带我们离开？以最快的速度？"

"本飞船恐怕做不到。"系统声音说。

"什么？"火箭说。

"当然，本飞船很愿意离开，"系统声音说，"考虑到目前危险状况的严重程度，再加上本飞船已经知道当前威胁是由早前隐形的克里战舰引起的，本飞船坚信自己可以轻易超越这艘克里战舰，并逃离它的牵引光束。

但不幸的是，目前有一场太空战争正在进行中，克里战舰展开了护盾。"

"飞过去就行了！"卡魔拉厉声地说。

"你好，"系统声音说，"本飞船无法识别你的信息。"

"卡魔拉，飞船，飞船，卡魔拉。"火箭草草地介绍了一下。"看，就按她说的办吧，巡逻艇兄弟。如果我们继续留在这儿，大家都要完蛋。"

"格，鲁，特！"

"对，然后一口气越过要命事件的界线——就这么办！"

"本飞船表示非常抱歉。护盾就是护盾。它们无论是从内部还是外部都牢不可破。而且本飞船的编码和频率与克里武器不同，无法穿透护盾。如果本飞船现在起飞，那无异于直接撞墙。本飞船不做那种事。"

"但是出现了危险状况！有危险！"火箭大喊大叫道。

"飞出去撞墙才是危险。根据本飞船的评估，与留在机库甲板上相比，飞出去撞墙将制造出更大更切实的危险状况。"

火箭无比愤怒地用头撞了一下飞行控制台。巨大的红色 X 出现了。

"命令无法被识别。"

"也许我可以直接拿剑捅它……"卡魔拉说。

"等等！"我大喊道。

"格，鲁，特！"

"是的，格鲁特，我有办法，"我仔细听了通信头盔里的对话，"舰长……是的，确定。舰长会马上出动战斗机群，同时丢弃损毁的驱动舱室。为此他必须降下战舰的后部护盾，并维持十秒钟的时间。"

"我们找到了一个窗口！"火箭十分高兴。

"一个短暂的窗口。"我提醒他。

"飞船？"卡魔拉轻声问道。

"选项可行。本飞船同意。戴好你们的金帽子，这一趟可不容易。"

"金帽子？"

"哦，老习惯。"系统声音回答。

我们起飞了。加速度非常惊人。如果我有个胃，那它绝对已经不在肚子里了。我发现卡魔拉和火箭两人在这种速度下居然开心地笑了。

我们离开机库，疾速左转，掠过战舰的巨大船体飞往船尾。护盾仍然很严密，以不到十分之一单位距离的精度将战舰包裹在无形的力场中。我们不得不紧贴那些天桥、桥柱和船壳上的垛口——要是偏离太远的话就会撞上护盾。于是，这趟飞行就像坐过山车一样。有好几次，我们几乎就要撞上炮台、通风管或者继电器了。

巡逻艇就像火箭一样躲闪翻滚，急转弯躲避各种障碍物，同时还要尽可能地贴近船体。

透过舷窗，我们看清了这艘大得异乎寻常的战舰，正是它俘获了我们。在我们的后方，战舰深陷在明亮到让人睁不开眼睛的亮光中。确实是危险状况，我很庆幸我们正在逃离危险。

"发射准备完毕！"这是我高声传达从通信头盔里听到的话。"后部护盾开始下降！我们有十秒钟的时间！"

战舰的战斗机码头位于船尾，如此一来，在战舰前端护盾依然张开的情况下，战斗机群也能安全出动了。巡逻艇触摸屏幕上的指示器提醒我们后部护盾确实是在下降。在我们前方遥远处，一大片小小的银色飞行器喷着蓝色的火焰从船尾飞了出去。

"再快点！再快点！"火箭抓着操控杆不断催促——其实，根本不是他在操控飞船。我们仍不断加速。

接着，在我们面前，一个庞大的组件被从战舰上分离出去，所有人都惊呼起来。它冒着火不断落下灰烬，舰长丢弃了着火的驱动舱室。它的大小相当于一个大型商场，从战舰上分离之后它刚好挡在了我们前面。

还好巡逻艇躲过了一劫。它猛地转弯，强行偏移，飞到了着火的驱动舱室组件和战舰之间。烟雾和排出的能量遮住了我们的舷窗。

"这也太近了。"火箭小声说道。

"舰长命令重新升起护盾了！"我大喊道。

我们的窗口要关闭了。

巡逻艇转了个弯，加速离开战舰进入太空，重新升起的护盾像要塞大门一样在我们身后重重地关闭了。

我们成功了。我感觉到火箭就要高喊"哟哈"之类的词语了。

但是我们依然没有脱离危险。

被丢弃的巨大驱动舱室翻滚着从我们身边掠过，仿佛一座着火的摩天大楼滚下悬崖。当巴东的船只瞄准克里战斗机时，此起彼伏的火光和介子束都朝我们飞来。

"那边！转到那边！"火箭大喊。巡逻艇没有听他的。它调头飞往克里战舰。

它检测到了某些东西。

巴东战斗机。是一群巴东战斗机。无敌毁灭舰猜到了克里战舰的战术掩护措施，于是它也发射了战斗机群。

总共有好几百架战斗机，编队冲向我们。克里战斗机都是光滑的流线型，有结实的翅膀，巴东战斗机则是些像食人鱼一样又扁又难看的东西。

它们的机头上缠着沉重的锁链，仿佛各个都下颌突出一样。它们张开嘴启动武器。明亮的黄色等离子束扑向我们。我们自己的护盾也被打了好几下。

在我们身后，克里战斗机群已经和巴东战斗机缠斗起来。但是还有好几十架巴东战斗机追着我们不放。

"不是那边！"火箭哀号道，"你又把我们带回到克里战舰的方向去了！"

"本飞船不确定……危险状况——"

"让我来驾驶！"火箭命令道。

"本飞船——"

"你要是不马上让我来驾驶，我们就要坠机了！"

系统声音犹豫了。

"火箭浣熊是我认识的最厉害的太空飞行员，"卡魔拉直截了当地说，"最好的战略家。让他来驾驶。不然的话，我们都要完蛋，你懂吧。"

"授予驾驶权限。"系统声音说。

火箭冲着卡魔拉笑了起来，还在她脸上亲了一下，卡魔拉赶紧躲了一下。火箭握住操控杆。

我们极其粗暴地转了个弯。

然后径直朝着追赶我们的巴东战斗机飞去。

"本飞船不认为你懂得驾驶任何飞船，"系统声音说，"尽管你的同伴十分信任你。你驾驶的飞船进入了危险状况。"

"没错。"火箭抓着操控杆。

"你驾驶本飞船进入了对方的火力范围。"

"我很清楚自己在做什么。"火箭回答道。这股专注的神情是我前所未见的。

"增大重力量推力，飞船，"他下达命令，"将前护盾调到最大值。武器控制权给我。"

"此事非常不合适，且无法由本飞船授权给你，因为你是犯罪嫌疑人，不能接近火力控制系统。本飞船不能把武器交给嫌疑人。"

"你又违法乱纪了，是不是？"卡魔拉漫不经心地问道。

"这完全是个误会。"火箭一边回答，一边盯着屏幕。"飞船？"

"什么事？"系统声音回答。

"枪，兄弟。快给我枪。不然我们几个，包括你，就要非常不合适地变成一团灼热的气云和滋滋响的灰烬了。"

"授予武器控制权限。"

火箭开火了。

"这样才对嘛。"他笑了起来。

他狠狠加速，左右躲闪避开了前方巴东战机发出的致命等离子炮火。

他带我们进入敌军之中。他非常精确地拉动操控杆，用那双像极了人类的双手控制触摸屏，随时变更护盾设置，并计算目标。他用那双像极了人类的拇指掀开火力控制开关的盖子，露出大大的黑色按钮。

"事情是这样的，"他边忙活边冷静地解释，"事情其实是这样的，在两艘战舰之间的开阔空间里，嗯，兄弟，这才是真正的危机。他们带着能轰掉半个主力舰的重型火炮乱飞，我们只能坐在一旁观看。我是说，他们甚至不需要刻意计划就能瞬间将我们击毁。不能飞到正在交火的两艘超级战舰之间去，不管你毛茸茸的漂亮尾巴里还藏了什么阴谋诡计都不能去。"

"眼下的危机，"他又说，"处理眼下的危机却是我所擅长的。巴东人和克里人都不会用主炮射击我们，因为他们怕伤了自己的战斗机。而战斗机……嗯，我能应付战斗机。我虽然是一个浣熊机器人，但我也知道怎么硬碰硬。"

他来了一个滚翻，同时按下火力控制开关。重力量能量束从巡逻艇的炮口喷出，一架巴东战斗机在一片闪烁的烟雾中四分五裂。火箭带着我们一个急转弯穿过爆炸的尾端，然后再次迅速发射两发子弹——被击中的战斗机之一引擎受损，剧烈颠簸，而另一架战斗机则直接分解为原子。

我们右舷的护盾受到了攻击。火箭疾速左转，我们几乎都倒悬着，然后他继续快速射击。他再次击中了一架巴东战斗机，对方在一片破碎的灰烬中炸开了花，并且歪到一边撞毁了另一架友机。两艘飞船都爆炸了。

"系好安全带。"卡魔拉警告大家。

"我知道。"

"格，鲁，特。"

"我知道啊，好吗？"

他又来了一个急转，奋力俯冲。一架巴东战斗机追着他，他甩掉了对手。然后重新左转，坚定地按了三下火力控制开关，干掉了另一架战斗机。

"你打掉了六架巴东战斗机，"系统声音说，"本飞船对你的技术感到十分惊讶。但是，我们周围依然还有八百四十九架巴东战斗机，更别提还有大量克里战斗机了。从统计学上来说——"

"格，鲁，特。"格鲁特说。

"你听见了，"火箭说，"别跟我说概率。我已经跟你们演示了我的飞行技巧。现在我要证明我在谋略方面的天赋了。各位，准备好。把脑袋夹在两腿之间，吻别你们的屁股吧。哦，飞船。"

"在。"

"我需要把护盾和动力调到最大值——需要把其他一切能源都切断，包括武器，你听见了吗？"

"收到。"

"但是要在我说'开始'之后才能行动。我需要来一次最后的爆击。"

"明白。"

我们狠狠地一扭，从两架巴东战斗机和两架克里战斗机之间穿过。火箭最大限度地利用了这架超快速、超敏捷克桑达飞船的每一点能量和全部机动性。由于其速度和流畅感，这艘飞船简直天生适合飞行。另外，我也不止一次地注意到，火箭完全是在享受这趟飞行的每一分钟。

那个因为着火而被废弃的巨大驱动舱室突然出现在了我们的前方。我们的速度实在太快了。那个被弃置的组件穿过正在交火的小型战斗机，不管是克里战斗机还是巴东战斗机都纷纷避让。

"干得好，克里舰长，"火箭说，"那东西大概快爆炸了。"

"但是还不够快。"他用一种我不太喜欢的语气补充说道。

他越过了那个驱动舱室，打开节流阀，射出六枚重力量炮弹。切割光束切开了舱室的墙面，像热刀切黄油一样熔化出了一个大洞。我瞥见地狱一样的火光从墙面的裂缝里不断溢出。

那个废弃的驱动舱室被彻底切开，马上就要崩溃了。

它爆炸了。

"开始！"火箭发出命令。

24

接下来十秒钟发生的事情

废弃的驱动舱室爆炸了。

由于使用了负片能量，它燃烧的时候并非像星星一样，而是更像黑洞——先是爆发，然后向内塌缩，现实短暂地被撕裂了。

冲击波非常猛烈。

八十架巴东战斗机和三十二架克里战斗机被卷入其中。它们要么被烧毁，要么被卷入能量漩涡之后湮灭了。其他小型飞船也像风中的落叶一样被爆炸的余波到处抛洒。其中不少就此互相撞毁了。

冲击波太过猛烈，甚至影响到了主战舰。帕玛荣光号被撞得横过来，然后开始转圈，右舷护盾也失效了。战争兄弟会的飞船像是遭到重击一样连连后退，前护盾也毁坏了。

它试图转向，并重新启动防御系统。它不得不停止开火，所有的武器系统都关闭了。

克里斯-加舰长是个当机立断的克里战士。他知道可能要花费数分钟的时间才能重新把战舰稳定下来，修复武器系统则需要好几个小时才能彻底恢复。但是他发现了一个很小的机会，唯有伟大的指挥官才能善加利用——并且一战成名的机会。事实上，后来的克里斯-加确实因他在战斗中的决策而闻名，得到了哈拉星杰出卫兵奖，并配了两条绶带以示嘉奖。

他的绝大部分船员都集中在甲板上，基本上都在战斗中受伤了。克里斯-加跌跌撞撞地走到主控制台。他没有修正偏离航道的战舰，也没有重新打开护盾，而是直接重重地按下控制键，将一切可用的能源全部集中到最大的单能量束发射器上。

唯一的机会。

他开火了。手动瞄准。

发射器喷发了。那束灼热的能量束从受损的船体中发射出来，沿着克里斯-加设定的弧形轨道进入没有护盾且像蛤蟆一样张着嘴的无敌毁灭舰内部。

这是非常强力的一击。巨大的巴东战舰爆炸了，一连串同心圆状的剧烈爆炸令船体迅速膨胀，然后彻底爆炸。

战舰彻底粉碎了。湮灭了。驱动系统和能量槽全部燃烧起来，接着就像炸弹一样被炸毁。那艘巨大的战舰在一阵光亮中彻底消失了。

对手之死也影响了克里战舰。最后一次爆炸和飞溅的危险碎片对它的整体结构造成了严重损坏。

克里斯-加从控制台上滑下来。他的飞船只能以亚光速跃迁返航了。此外，他还损失了许多极具价值的船员。

但是他胜利了。而那群巴东侵略者，就像克里战士那句响彻银河系的话一样，像暴露在灼热环境中的发酵面粉薄荷面包一样，变成松脆的褐色了。

至于诺瓦巡逻艇？

它在发射了决定性，也是相当壮观的一击之后，就加速飞走了。当它达到跃迁速度时，爆炸的弓形波也攫住了它——但它把重力量护盾开到了最大限度，爆炸的冲击被转化成推力使它进一步加速。

然后全速进入下一章……

25

与此同时

阿德俱法星上，三小时之后……

也许，在混乱野蛮的阿德俱法上还是有一些地方不会冒臭气的。不过，阿德俱法拉城露天市场上阴暗拥挤的小巷子绝对不在其中。

自大又吓人的希阿帝国卫兵之一艾邦十分不快地皱了皱鼻子。这个任务特别令人心生厌恶。她是神圣卫兵团里的新人。她知道自己不能抱怨，也没有权利要求换个更光鲜的任务。新人卫兵只能依命令行事，不能反对，这是为了维持昌地拉尔和希阿帝国的荣誉。

阿德俱法是个中立世界，它的首都阿德俱法拉是个自由港口。出入此地的经常是一些惹是生非的太空旅行者，在其他文明贸易地区不受欢迎的商人，以及有前科的人。这里有黑市和走私市场，各区域都有空间站，但所有空间站都和阿德俱法的名声及规模不符。阿德俱法就是一堆（千真万确就是）字面意义上的垃圾。

露天市场周围的小巷和人行道上挤满了买家、卖家和闲杂人等。在十秒钟的时间内，艾邦认出了四十二个不同的种族，其中的大部分在其他状况下应处于交战状态。但是，阿德俱法却有种不怎么高明的中立立场。没人想惹麻烦——他们只想不接受盘问就把自己的事情做完。在这种不怎么高明的中立立场之下，却有一股一触即发的紧张感。市场上确实经常发生冲突，背街小巷的阴影中常常发生鬼鬼祟祟且充满恶意的暗杀事件。

艾邦沿着卵石街道继续走着，她经过了售货小车、悬浮摊位、门口挂着珠帘但也可能是力场屏障的商业中心。空气中充满了香料、草药、油脂、软膏、烟雾和路边小吃的味道，还夹杂着每个人身上的怪味以及尿味。

艾邦是个健壮的高个子年轻女性，她灰蓝色的皮肤几乎和身上穿的紧身衣融为一体。除了皮肤和紧身衣上的花纹状内嵌电路以外，她唯一的特殊标记就是脖子上戴着希阿帝国卫兵的倒三角形标志，其外形就像一枚银色的胸针。每个人都假装没看见她，但她知道大家都在偷偷地瞄她。她是个超人类，代表组织和权威的力量，是宇宙中最伟大文明的代表。没有人想引起她的注意。

她对此并不介意。相应地，她对周围无休止的犯罪行为也视而不见：欺瞒，诈骗，勒索，非法武器交易、违禁物品，还有黑暗小巷里的扒手。

她所在的巡逻小队的任务比较特殊：发现并阻止一切买卖、贩运极乐剂的行为。

极乐剂是一种新型毒品。它的原始形态是一种低地植物风干后的小荚果。不过其更常见的样子是被研磨后的粉末或者胶囊，其中添加了兴奋剂和镇静剂。人们在服用之后会觉得无比舒畅（所以才有了"极乐剂"这个名字），但它会导致上瘾，并且容易造成死亡。如果神经兴奋成分调配不当，还会引起杀人的冲动。

这个东西已经流入了帝国的周边世界，造成了严重的社会问题。帝国卫兵受命追查它的供应链，切断它的来源。在和平时期，缉毒也是卫兵的任务之一。

艾邦对此没有任何意见。她很愿意参与查封类似极乐剂这种有害物品。而各种非法交易盛行的阿德俱法也肯定是供应链之一。

但是她却越来越烦躁。她所在的小队已经在阿德俱法停留了六天的时间，但却没有找到任何关于毒品的踪迹。她的队长，经验丰富的老兵咔嚓尔，甚至认为阿德俱法其实并非交易地点。也许他真的说对了，不然就是他的队伍没有完成任务。

艾邦认为可能还存在其他原因。

她回头看了看，确保自己没有离开小队太远。她手下有四个人，他们都是隶属精英小队铁翼团的希阿战士——穿着闪亮的银色盔甲、披着蓝色短斗篷的高大男性，胸前配有塔夫斯特尔 190 激光步枪，豪华的银色头盔一侧装饰着分段的箭头状饰物。

这些队员其实就是原因之一。她自己脖子上佩戴的卫兵标志也是其中的一个原因。她认为执行这个任务时应该有相应的掩护。但是咔嚓尔是个十分古板的人，他坚持认为此时应该展现出他们的力量和权威。

所以，他们的任务最终失败了真的一点都不奇怪：四个身穿全套制服的卫兵在街上巡逻，个个都跟着一支铁翼火力小队。夏拉和凯斯利在上！极乐剂卖家看到他们这样子难道不知道赶紧藏起来吗？他们肯定藏得像这座城市里的臭味一样深。

她的通信器响了。是咔嚓尔。

"长官？"

"汇报。"他说。咔嚓尔非常粗暴。

"刚刚巡逻了露天市场西边卡瓦神庙周围的部分。一切正常。"

"返回俱瓦广场，"咔嚓尔说，"我们整队。"

又来了，她心想。

"明白，长官。"

她转身招呼队伍，这时候她突然瞥见自己身后有两个人从人群中穿过。他们确实看起来非常奇怪，不过在各个种族聚集的市场上倒也不算特别醒目。

她只是瞥了他们一眼，感觉很古怪。她下意识地觉得不对。艾邦很聪明，敏锐而且很有志向。她始终盯着希阿的监视对象，只是尽可能地不要盯太久。她的脑海里挥起了一面小红旗。

她从腰带上拿出数据面板，扫描视网膜之后，输入简短的描述。

"搜索中。"设备对她说，文字不断出现在屏幕上。

俱瓦广场是露天市场上的中心广场——开阔地上挤满了地摊、购物中心和饭店。这座广场位于俱瓦宫殿破碎的廊柱旁边——俱瓦宫殿曾是政府的所在地，当时阿德俱法勉为其难地维持了一个政府——另一边则是军营。两座建筑都被小贩和商人占领了。一个拱顶下摆着各种地毯，另一个拱顶下摆满了全息雕像。军营的入口处是一间厨房，烤肉正在架子上转着，绳子上挂着风干的昆虫开胃小菜。

其他人已经集合了：咔嚓尔，全副武装，满头灰发，穿着金黑两色制服；战星34，有着笨重的深绿色机器人外观，实际上却是需要两个人在共生单元里共同操作的大型装甲，卫队里有很多这种装备；卓贡，一个年长的女性，穿着红色的紧身衣，头发则是白色的莫西干发型。和艾邦一样，他们每人都带着四个铁翼士兵。

"如果是别的日子，别的时候，"咔嚓尔低声说，"我会照实说，这种失败的结果写在报告上会很难看。"

艾邦强忍着没跟他说自己觉得报告应该怎么写。咔嚓尔是指挥官，他发号施令。

"收队之前，再搜索一次河岸地区怎么样？"卓贡轻声问道。"他们说大部分毒品交易都集中在那里。"

"不如对主要的毒贩进行突袭？"战星说，他的声音里充满了电子噪音。"我是说捣毁几个窝点？如果有人在贩毒，则很有可能是极乐剂。说不定他们会为了自己的利益交代一点内幕。"

咔嚓尔摇头。

"不能挑衅。你们都知道那个地方是个火药桶。"

不能挑衅？艾邦心想，这实在太好笑了。带着全副武装的战斗小队在巷子里走来走去难道不算挑衅？

"你想到什么了？"咔嚓尔问她。

"没有，长官。"

"你笑了。"

"我并没有笑，长官，"她说。

"说！"他吼道。"别跟我要嘴皮子，不准敷衍了事。"

正当她要回答的时候，数据面板响了。她拿出来看了看屏幕。搜索已经完成，在不断更新的希阿监视名单上方出现了一个"注意"公告栏。

"我发现了一些东西，长官，"她说，"不是我们在找的东西。不是极乐剂。但的确不容忽略……"

26

露天市场捉迷藏

"啊哈哈哈，阿德俱法！"火箭浣熊大笑，笑得眼睛都眯起来了，他嗅了嗅空气。他从巡逻艇上下来，来到主城区港口的停机坪上——这地方既拥挤又忙碌。头顶的天空如同愤怒的脸庞一般红，雪白的云朵飘浮其中。如今，即使是在白天也能看到两个月亮。

"闻闻看！这味道，这精神头！"火箭一边催促我们，一边伸开胳膊转了一大圈。"啊哈哈哈，阿德俱法！就是这感觉！这刺激，这愉快，这本地色彩，这自由！我说的就是这个啊！"

卡魔拉皱着眉头闻了一下周围的味道。温柔的读者，很显然，她并没有感受到相同的愉悦心情。

"格，鲁，特！"格鲁特说，他倒是很配合火箭的热切情绪。

亲爱的读者，我有超微处理器，我想我已经说过了。这些处理器的嗅觉探测器分布在数据空间的九十个大型比特单元上。如有必要，我可以单独描述我所去过的任何地方的气味。我可以告诉你昌地拉尔上芳香的空气，哈拉上充满氮气甜味的空气，斯德里上冰冷洁净的真空，以及呼吉沼地里辛辣而复杂的气息。

在阿德俱法上，虽然我努力体会，但却只闻到了猪和泥巴的腐烂味儿，以及垃圾桶着火的恶心煤烟味儿。

这就是著名的阿德俱法拉城了。自由港口中的自由港口。我们到了。

我不是很确定我们究竟要来这里做什么，不过与前几天的追捕和危机相比，现在倒是难得的放松。

"好了。"火箭把他那双像极了人类的手放下来，长长地松了口气。"我要跟这艘飞船说句话。"

他回到巡逻艇旁边。自我们飞速逃离克里和巴东那场太空战争及其造成的重大危机后，这艘飞船一直坚持认为应该恢复之前的协议，返回克桑达，把我们交给百夫长亚尔。

火箭好不容易才说服巡逻艇，理由是我们应该先去中立地带把卡魔拉放下，因为她并非诺瓦军团的嫌犯，不归亚尔管。这个逻辑虽然有些不成立，不过却足以说服巡逻艇。由于那种短暂的对话外加火箭狡猾的天性和跳跃式的思路，巡逻艇迷迷糊糊地同意了。

我调大了声音接收器的音量，以便接收下阶段的对话。

"本飞船希望知道你们是否准备好返回克桑达了？"系统声音问。

"呃，兄弟，你认为这真的是最好的选择吗？"火箭问。

"本飞船是这样认为的。危机已经不存在了。"

"真的吗？真的不存在了吗？"火箭问。"你想把我们带回克桑达，但是克桑达本身就危机重重，难道不是这样吗？别忘了那个太空骑士？想想看，如果你带我们回到克桑达，然后太空骑士又来了，我们该怎么办？你不是又把我们带回危机中了吗？这样的话，不就和你的条例完全背道而驰了吗？"

"本飞船……觉得有道理。那么，你认为本飞船应该带你们去哪里？"

"嗯，这是个很严重的问题，"火箭说，"我认为宇宙中危机四伏。不管去哪儿其实都一样。我们要认真地想一想，去哪里才能真正脱离危险。"

"本飞船认为应该联系亚尔百夫长，把我们的位置告诉他，让他——"

"啊啊啊啊啊，不，不，不！"火箭立刻反对道，"飞船！绝对不要联系他！"

"原因何在？"

"那个，呃……因为我们的通信线路被监听了。没错，就是这样！太空骑士，克里人，甚至巴东人——他们都有可能监听我们的线路，以此确定我们下一步的计划。我是说，太空骑士肯定能够通过某种方法找到我们的。总之，这个办法绝对行不通，联系我们的老朋友亚尔绝对是将我们置于极度危险的境地。"

系统声音似乎叹了口气。

"那么本飞船就不联系他了。"

"很好，很好。"火箭说。

"不过这只是暂时的。请向本飞船说明下一步行动计划。"

"嗯，"火箭说，"我们目前很安全。我很了解阿德俱法。我要去市场买点我们需要的东西。"

"什么东西？"

"嗯，你知道的……洋葱脆片，冰啤酒，还有蘸酱什么的。"

"本飞船不希望飞船内部用品被弄脏。"

"完全理解。稍后见，巡逻艇兄弟。"

火箭回到朱红的阳光中。

"说好了，"他告诉我们，"我们的'超级动力机'火箭会和我们在一起，他不会把我们出卖给诺瓦军团的。"

"格，鲁，特。"

"我确实很会说服别人，"火箭表示同意，"确实很有一手。"

"格，鲁，特。"

"我确实有计划，"火箭点头。他看着我。

"你要告诉我们吗？"卡魔拉问。

火箭看着她。

"可能吧。我还是不能完全信任你，加姆。"

她皱起眉头。

"我们是一个团队。"她说。

"护卫队现在休假了，亲爱的。"

"我不是说这个，"她好像有点儿难过，"在克里战舰上的时候我们就是一个团队。我们一起逃出来了。"

"没错，逃出来了，没有你的话我们也逃不出来，你是个脑子不正常的疯子。"火箭龇牙笑了。胜利的笑法。他举起一只像极了人类的手，犹豫了片刻之后，卡魔拉和他击掌了。

"那么，我们现在做什么？"她问。

"格，鲁，特。"

"正是如此。"火箭点了点头。他看了看卡魔拉。"现在是泄密时间。坦白交代。你为什么要追我们的记录仪小兄弟？谁付的你钱？对了，别忘了，你的答案会直接决定你能不能参与我的绝妙计划。"

卡魔拉耸了耸肩。

"我知道得也不多,"她说,"有人告诉我这个铁皮小兄弟很值钱,我的客户想拿到手。本来是个挺轻松的任务,结果我发现你们两个也搅和进来了。我是根据某条预言找到记录仪的,然后把这个消息告诉巴东人,让他们吸引克里人的注意力,随后我趁机潜入,抓住记录仪。至于剩下的,你都知道了。"

"为什么我很值钱?"我问她。

她看了看我。

"不知道。我也不想知道,其实,我只是在做我的工作。"

"格,鲁,特。"格鲁特说。他正在午后的阳光中进行光合作用。

"我的客户?"卡魔拉问。

"对,你也听见他说的了。"火箭回答。"谁付给你钱?"

"我不知道他是谁。"

"得了吧,加姆,他肯定得露面。"

"有个叫时简的公司,"她小声说道,"时简公司想抓住记录仪,这样他们就能完成某个项目。"

她在撒谎。我知道。我一眼就能看出来撒谎的人。我本想说出来,但是卡魔拉有两把剑,而且用剑的习惯还特别糟糕。我试图给火箭递个眼色——但是很不幸,温柔的读者,我的脸是用自主塑料和金属丝做成的,不太可能用面部表情同对方进行交流。

她为什么会知道时简公司?我对这一点非常在意。

"好吧,"火箭说,"我们也知道时简公司是关键点。这也是我的计划之本质所在。我觉得我们应该去时简公司的总部,搞清楚事情的起因。

话说，时简公司的总部在哪儿？"

"格，鲁，特。"

"半人马座阿尔法星，没错，"火箭说，"我想，我们下一步的行动就是去这一切的发源地。谁跟我一起去？"

"格，鲁，特。"

"我非常愿意知道到底发生了什么，以及自己为什么会到处被人追。"我表示同意。

卡魔拉也点了点头。

"好，"火箭说，"计划 A，我们一起去。"

"飞船呢？"卡魔拉问，"你要怎么说服它带我们去那里。"

"我会想办法的，"火箭笑着说，"我会搞定那艘飞船的。再说了，我觉得整个冒险之旅说不定都被他存进系统了。它很是享受啊，肯定多少都有一点享受的感觉。享受乐趣。我觉得我们可以说服这个"改装车"做任何事。"

卡魔拉耸了耸肩。

"好啦！"火箭说道。从克里军队抢来的单能量束暴击枪和我借来的克里头盔都在他手上。"格鲁特和我要去逛逛。我们去露天市场买点东西，办点小事。我们很快就会回来。加姆，你在这儿守着记录仪，没问题吧？"

"交给我吧，"她回答。

"需要我帮你买些什么吗？"

她想了一下。

"一块磨石。切割枪的弹夹。一瓶达卡迈特白兰地。"

"明白了。回头见。"火箭说。

"只能回头见了。"她回答。

"哈哈，好好笑。"火箭拉下脸。然后他就和格鲁特去露天市场了。

卡魔拉转向我。她的确是我所记录过的女性中，在审美意义上特别赏心悦目的一位。而且，她还笑了。

"就剩下我们俩了。"她低声说道。我感觉到了某种怪异的感觉从下方末梢流过。

"还有本飞船。"系统声音在后面提醒我们。

她冲我眨了眨眼睛。

"我们去酒吧。"她说。

27

零售的方式

火箭和格鲁特到了阿德俱法拉的露天市场，他们逛了很久，完全被淹没在了人群中。虽然他们一个是浣熊机器人，一个是一棵树，但是看起来却并不奇怪。毕竟，全宇宙的生物都集中在阿德俱法了。

"皮普宫殿就在这附近，"火箭说，"那里有我们需要的全部补给。"

"格，鲁，特。"

"没错。一个迷彩发生器。必须是克莱罗利安设备，当然最好是质量上乘的。我们很需要它。"

他们在一个悬浮摊位前买了些嘎嘣脆，加了很多辣酱，又在路边小吃车上买了科塔蒂烤薄荷。随后，火箭发现了一个"古董和小商品"卖场，于是他用克里头盔换了八个莫比安切割枪的弹夹和一块不错的磨石。

他们又回到了忙碌的巷子里，嗅着令人眩晕的空气。

"喂喂，不是那边。"火箭尖声说道，他拽着高个子的同伴往另一个方向走去。

"格，鲁，特。"

"有个希阿帝国卫兵，从头到脚全身漆黑，全副武装，"他说，"她在东张西望。还有铁翼士兵跟着她。我们不需要那种类型的……帝国纠纷。"

"格，鲁，特。"

"不，我不认为她怀疑我们了，总之我们还是要多加小心，"火箭说，"这边。我知道卡瓦神庙后面有一条近路可以穿过巷子。"

结果他们在交错的小路和露天市场的摊位之间迷路了。

"我当然知道自己要去哪里！"火箭抱怨道。"我对这个地方的路熟悉得不得了，它就跟我自己的手一样。"

"格，鲁，特。"

"你的意思是……'和人类惊人的相似'？"

"格，鲁，特。"

"我才不管记录仪兄弟是怎么说的。虽然他挺有趣的，对吧？我是说，这个地方的所有大人物都在追捕他。兄弟，我没有和你开玩笑，他是我们的大好机会。那就是一堆会走路、会说话的钱啊。我想我们要干一票大的了，兄弟。金矿啊。我觉得这件事情的结局应该是我们最终轻松愉快地生活在了城里。我坚信他值很多很多钱。"

"格，鲁，特。"

"当然，我肯定会照顾他了。你当我是什么人啊？雇佣兵吗？我很了解自己，对不对。"

"格，鲁，特。"

"好吧，好吧。不过这一次我不会同意你的做法。他是个好人，我不会轻易出卖他。总之我们还是得看市场行情嘛，兄弟。他是我们的饭票。这个参宿七的记录仪能让我们衣食无忧。你简直可以直接把他带到银行去。"

"格，鲁，特。"

火箭停下脚步。"烦死了，你说得对。就是这里。"

皮普宫殿是个大卖场，它原本是一家三层楼高的阿德俱法拉商业银行，现在则成了露天市场中心处一座摇摇欲坠的大楼。那些灰蒙蒙的空旷房间里塞满了各种各样的垃圾和滞销货：二手战斗制服、弹夹、一盒一盒的纪念章、一车一车的弹壳、一柜一柜的匕首、钳子、升降模块、动力夹、鹿角、茶杯、购物卡、帽子盒、黄铜引爆器、徽章和别针、剥制的动物标本、瓷器和盘子、铃铛、刀叉、珠宝、离子引擎防护装置、铆制成的煤桶、玩具娃娃、桌布、亚麻布、被烟熏过的油画、夜壶、扣子、皮带扣、破钢笔、小块象牙、裁纸刀、书立、打不开的雨伞、超光速粒子犁头、旧的新闻数据面板、报废的硬件。

整个地方闻起来都散发着一股陈旧的烟味。

当他们进去的时候，铃铛响了。

巨魔皮普从玻璃柜台后面笑容满面地站起来，他的身材矮小，肚子却很胖，还有一对尖耳朵。

"火箭！格鲁特！我的老朋友们！在这个美好的阿德俱法星的下午，我能帮二位做点什么？"

"嘿，皮普。"火箭笑着回答道。他抬头看了看天花板上挂着的那具脏乎乎的巨型马卡鲁安太空鲸鱼骨骼。"生意好吗？"

"不好不坏，不好不坏。"皮普说着从柜台下面拿出了三个酒杯和一瓶酒。"我现在不管生意上的事情了，生活也算轻松不少。"

火箭知道他说的"生意"是什么意思，皮普说那是"英雄事迹"。曾经在很长一段时间里，皮普一直作为同伴和卡魔拉，以及宇宙中最著名的超级生命体亚当并肩作战。他们所做的事情大体就是——打败宇宙中的一切恐怖事物，比如灭霸、法师、宇宙真理教。

现在皮普在阿德俱法安度晚年，经营这家古董杂货店。火箭打了个寒战。他害怕自己老了也会变成这样——每天只能回忆光荣的过去。这种事情通常都会发生在第二提琴手及其助手们身上。

火箭浣熊才不是助手呢。

皮普在倒酒之前停顿了一下。

"你们还在干那些活，是不是？"他问。

火箭耸了耸肩。

"银河护卫队。"他回答。

"什么？"

"没什么。是的，我和格鲁特，我们还在尽自己所能参与游戏。"

"嗯，挺好的，兄弟，挺好的。有时候我也怀念那种日子，"皮普笑了笑，"不，其实我一点儿都不怀念。那种日子简直就是后推进器里的痔疮，不知道你明不明白我的意思。"

"总之我很高兴，你们仍在努力战斗，"他咧嘴笑了，"这次行动的目标是谁？灭霸？我猜肯定是灭霸。"

火箭摇了摇头。

"这次并非如此，皮普。"

"哦，好吧，"巨魔耸了耸肩，"凡事小心。说起灭霸，你倒是提醒了我。他通常扮演幕后黑手的角色，许多事情表面上看起来和他毫无关系。亚当和你们一起来的吗？"

"没有，只有我和格鲁特，还有卡魔拉。"

"卡魔拉？我已经很久没有见到她的绿靴子了！她还好吗？还是极度危险？"

"危险得不得了。"

"好日子啊。代我问候她。来喝一杯？"

"谢谢，我不喝拉克西达赞的烈酒，"火箭说，"我不想变成巨魔。当然，我并不是在针对你。"

"没事。"皮普笑着给自己倒了一杯，一口干了。

"你这里或许也没有提摩太吧？"火箭问。

"刚卖完。"皮普回答。他拿了一瓶莫拉尼好酒给大家倒上。待火箭和格鲁特喝了之后，他再次倒满。

"我能帮你们做些什么？"皮普又在他们的杯子里倒满了拉克西达赞烈酒。"你们有什么好货？我了解你们，你们绝对不会进行现金交易。"

火箭把克里单能量束暴击枪放在了玻璃柜台上。

"我们需要一台迷彩发生器。护盾场组建。越高级越好。"

"中性光环？"皮普问。

"不，伪装力场就好。最高级的。我们不想完全隐形，只要能像平时一样做生意就好。你能帮我们吗？"

皮普拿起那把单能量束暴击枪掂了掂分量，试了试扳机，又看了一下瞄准镜。

"好枪，"他说，"它值不少钱。你们打算用这个换？"

"希望能行。"

皮普点了点头。"好吧，孩子们，我应该能帮到你们。"

他再次向他们的酒杯中加满了酒，大家又喝了起来。

"嗯，很好。"火箭做了个鬼脸。

皮普从柜台下面拿出一个装置放在大家面前。那是一个砖头大小的东西。

"这是我想象的那个东西吗？"火箭问。

"没错，先生。一个迷你伪装器。适用于任何飞船，我个人非常推荐。艺术之国莱涅班的技术。只要不驾驶超大型船只就可以。"

"嗯，只是小型跃迁式飞船。"火箭说。

"哦，那没问题。"皮普回答。

"以物易物？用克里枪换这个？"

"不，"皮普说，"既然你们十分有诚意，那我就再赠送一样东西，免费的。"

他又从下面拿出一样大型武器放在柜台上。

火箭拿起那把枪试了试。

"这个确实够大，但却不怎么稳定。"他说。

"萨乌里德 M 级扫射杀手。抱歉，它就叫这个名字。当然，不管什么高级技术其实都比不过你们拿来的那把克里枪，不过就当是我的祝福吧。我觉得你们肯定需要它的。"

"是吗？"

皮普将一个平板设备从柜台对面推了过来。

"一条消息刚好弹出来。由于在夏斯三号行星和克桑达上的某些行动，希阿人也盯上你们了，而且渐渐追过来了。孩子们，非常抱歉，不过这个世界还是决定要来收拾你们了。希阿帝国的卫兵在追捕你们。对他们来说，这也是正经事儿。祝你们好运。现在从我的店里滚出去。"

28

露天市场和毁灭

艾邦觉得咔嚓尔不怎么赞成改变计划。

"这是在浪费我们的时间，艾邦。"当他们穿过繁忙的露天市场时，咔嚓尔这样说道。

还有比前几天更浪费时间的行动吗，艾邦心想。

"长官，这件事也很重要，我们有责任严查到底。"她回答。"如果我没认错的话，那两个家伙可是重要嫌疑人，银河系里至少有三股强大的势力正在追捕他们。"

"是吗？"咔嚓尔十分疑虑。

"夏斯三号行星上发生了重大事故。死伤无数，还有很多附加伤害。夏斯政府很想抓住他们。克桑达的诺瓦军团也很想抓住他们。而且巴东也参与了这件事。据说，巴东人即使不择手段也要抓住他们。"

咔嚓尔转身看着她。

"也就是说，他们是大坏蛋？艾邦，这座城里满是坏蛋，难道我们要把他们全都抓起来吗？我们真的有必要帮巴东人和克桑达人收拾烂摊子吗？"

"长官，这件事另有隐情。"她说。我不是把《监视列表报告》给你了吗，她心想。你怎么偏偏不看呢？"根据希阿网络上显示，我看到的那两名嫌疑犯正和一个参宿七的记录仪组件一起逃亡。记录仪才是关键。它记录了一些非常有价值的数据，巴东战争兄弟会不惜在夏斯这样的外国领土上发动军事暴行也要抓到它。克桑达上的枪击事件也是如此——某个未知袭击者前去抢夺记录仪，把诺瓦军团搅得一团糟。"

"如果这个记录仪真的这么重要，重要到宇宙中的各大势力都为了抢夺他不惜大打出手，"卓贡低声说道，"那么，我们真的应该趁此机会抓住他。如果记录仪真的包含了极端机密数据，那么为了希阿帝国的利益，我们必须在他落入敌人手中之前将其抓获。"

"正是如此，"艾邦点了点头，"这正是我的意见。谢谢。"

卓贡很有经验，咔嚓尔对她既尊敬又嫉妒。艾邦非常感谢这位冷静坚定的年长女性对自己的支持。卓贡一眼就看出了记录仪的重要性。

"好，我姑且对此表示同意，"咔嚓尔说，"你说你看到他们在卡瓦神庙附近出现了？"

"现在他们移动了。"

"但是……一只浣熊机器人和一个树人？"

"是的，"艾邦检查了数据面板之后回答道，"一个……我看看……一个叫'火箭浣熊'，一个叫'格鲁特'。两人都有不少前科，之前在希阿网络上登录过。很显然，当我们和克里打仗的时候，他们也被卷进来了。"

"你觉得我们应该怎么办？"咔嚓尔问。

艾邦犹豫了一下。她没料到咔嚓尔会这么问。

"空中搜索，"她回答，"我们可以封锁市场，可以用我们的设备进行匹配识别。"

"好，"咔嚓尔点了点头，"艾邦，卓贡，你们两个打头。接触目标之后，战星和我带领小队负责支援。"

"遵命，长官。"艾邦回答道。她和卓贡十分坚决，没有丝毫的犹豫。帝国卫队的植入式飞行装备启动，她们熟练地起飞。希阿帝国为所有天生不会飞行或者悬浮的卫兵都配备了这样的设备。

艾邦很享受飞行。她将双手贴在身体的两侧，飞过旧城区腐朽的屋顶，然后从街道上方滑行而过。卓贡则朝她的反方向飞行。

艾邦将她的内置视觉设备和数据面板连接在一起。当她观察下方拥挤的街道时，数据面板就以纳秒级的速度识别匹配她所看到的每一个人。即使存在她没注意到的细节，设备也会点滴不漏地标记出来。

如果他们在市场里，她就一定能看到他们。

火箭和格鲁特急忙穿过市场小巷打算回到码头。巷子里很拥挤，火箭不停地说"抱歉""借过"。格鲁特倒是什么都不用说。绝大部分人都知道看见会走路的树要躲开。少数撞到他的人都得到了诚挚的道歉——"格，鲁，特。"

"希阿！"火箭低声念叨，"该死的希阿人！真会挑日子。我本以为我们安全了，可以休息一下，结果现在又要马上撤退了。"

"格，鲁，特。"

"肯定是因为我们名声在外，这倒是值得骄傲，但是……"火箭忽然叹了口气，"我怎么会知道我们上了监视名单？"

"格，鲁，特。"格鲁特说。

火箭抬头瞄了他一眼，忍不住笑了。

"嗯，对，我觉得在街上被人认出来倒是挺不错的，"他表示同意，"但这也得分情况吧。再说，为什么我们不在其他什么人的监视名单上呢？我们可是远近闻名的大坏蛋啊！"

"格，鲁，特。"

"对。皮普提前告诉我们倒是很够义气。他根本没必要说的。要是我们从希阿人眼皮底下溜走了，那就等于一船鳟克都砸在他手上了。"

"格，鲁，特。"

"是啊，过去的好日子，过去的好朋友，总会及时帮上点忙。"

格鲁特突然把他的小个子朋友拎起来，放在巷子路边的雨棚下面，然后自己也躲了起来。

"怎么了？"火箭问。

"格，鲁，特。"格鲁特小声说，同时竖起一支小树枝手指放在嘴唇边。

火箭偷偷看了外头一眼。他正好看到一个穿着红色紧身制服的苗条女性从屋顶飞过。是希阿卫兵正在进行空中巡逻。太近了。真的太近了。

但是火箭相信，多亏了格鲁特反应迅速，他们并没有被发现。

"多谢了，兄弟。"他说。

"格，鲁，特。"格鲁特耸了耸肩。

"好了，赶在其他卫兵出现之前，我们必须赶紧跑回码头。希望卡魔拉和记录仪兄弟已经准备好出发了。我们不能浪费时间了。"

他们又花了十分钟才回到码头。一路上，为了躲避附近的监视器，他们又躲起来了两次。

巡逻艇在停泊位上等着他们。舱门打开了。

"准备好出发了吗，飞船？"火箭问。

"出发？"

"可怕的危机再次出现了，飞船，"火箭说，"是时候从阿德俱法去别的地方了。"

"目的地？"

"我要考虑一下，"火箭回答，"我正在制定新的小计划。"

"你要和本飞船分享这个计划吗？"系统声音问。

"等计划完成、一切清晰明了之后，我肯定会告诉你的。"火箭一边回答，一边使劲摇头，冲着格鲁特作出"不"的口型。

"格，鲁，特。"格鲁特说。

火箭没有说话。他慢慢地绕了一圈，然后回到巡逻艇旁边，对着着陆架上下打量了一番。

"嘿，巡逻艇兄弟。"他大声说。

"在吗？"

"你知不知道卡魔拉和记录仪兄弟在哪里？"

"本飞船不是很确定，"系统音回答，"不过本飞船认为他们应该是去喝酒了。"

"啊，我的天哪，"火箭哀号着抱住头，"她为什么要这样对我！为什么？"

他转身抓起皮普送给他的那把大规模杀伤性武器。

"格鲁特？动起来，兄弟！"他喊道，"我们得回到城里！赶在某个人形炸弹遇到某些超级大便，进而造成不可避免且不可逆转的巨大灾难之前，赶快把他们找回来！"

29

与此同时

（阿德俱法星上，一家名叫潘杜邦地的客栈……）

"我觉得来这个地方可能不太安全。"我尽可能轻松地说道。

卡魔拉看我的眼神让我想起了两件事。第一，她有两把剑。第二，这两把剑砍人的时间比插在剑鞘里的时间长。

"说得没错。"我马上表示同意。于是，我们进去了。

这个地方叫作潘杜邦地。店门上方的霓虹灯招牌上是这样写的，但是招牌上所有的元音字母都掉了，字母 D 也少了一个。

店里放着音乐——是一首古老的马卡鲁安重金属音乐，真的是非常刺耳、非常吵闹。酒吧内部简直就是个大垃圾堆。每个座位、每张桌子都被星际或地面交通工具上的垃圾堆满了。各种东西放置混乱，又脏又破。墙壁和天花板上挂满了各种乱七八糟的东西。酒吧本身看起来也像是经过了大修，加装了镀铬的主桥控制器和古纳曲率传输。看样子，潘杜邦地——不管它的老板究竟叫什么名字——肯定是边喝酒边跟人胡乱买了一堆垃圾。

现在已经是傍晚了。酒吧里的人并不多，闻起来充满了没消化的和消化后的液体的气味，但总之人并不多。

"来点儿什么？"卡魔拉问。

"只要不是反物质微观粒子就好，"我回答，"我受不了那个。"

"我问你喝什么？"她问。

"哦。"我懂了。亲爱的读者，其实我不需要任何液态或者固态的营养物质，但是在这种情况下，拒绝一位美丽的女士实在不是明智之举。我拿着杯子装模作样就好了。

"那我就要零度啤酒吧。"我很热切地说。

她点了点头。"去找张桌子，"她说，"我马上回来。别走丢了。"

"好，放心吧。"我回答。

我看着她离开。随后，我走到吧台边去。没办法啊，我的程序设置就是记录一切。虽然这是个借口，不过我还是要说一下。

卡魔拉跟那个大块头的菲拉格特酒保说了几句。

我找了张桌子。其实我瞬间就找到了很多张桌子。因为我周围全是桌子。然后我意识到卡魔拉的意思是"坐下"，而且最好是在隐蔽的角落里坐下。于是，我开始考虑她最中意的座位是在哪里。也许三脚克里圆桌加破烂的奥瓦伊德长椅和斯库鲁人凳子比较好？或者奈米尼安方桌加两把破洞的皮质斯帕托飞船座椅以及莫比安加速椅比较好？也许角落里那个放在电话亭里的人体工学希阿游戏桌更好些？大概就算是那边的卡座比较脏也没关系吧？

随后，我意识到自己或许想得太多了。是这样的，读者朋友，我从来没有跟任何人去过酒吧，也没有跟女士去过酒吧，更没有跟卡魔拉这样又美又强悍的女性去过酒吧。

虽然她是全宇宙最可怕的女人。

我快速浏览了自己的记录，查阅了一下其他雄性在这种情况下会怎么做。比如彼得·奎尔，也就是星爵，他很有女人缘。他有种坏男人的魅力，而且向来直奔主题。大概我也应该直奔主题。

我又查了一些其他记录。虚构的例子。比如汤姆·克鲁斯的电影《金钱本色》，讲述了一个怎么把彩色小球打进洞里的台球故事。电影中的汤姆·克鲁斯也是直奔主题的类型。还有亨弗莱·鲍嘉在《卡萨布兰卡》里也是这样。亲爱的读者，请务必理解，其实我已经浏览了上百万个例证。我只不过是把那些和你们人类文明相关的例子拿出来讲讲而已。没什么。这一点儿都不麻烦。

我思考了一下亨弗莱·鲍嘉的例子，这哥们儿的做法其实就是礼貌（而直接）地告诉乐队演奏女主角最喜欢的音乐，用乡愁打动她。

但是现在没有乐队。

而汤姆·克鲁斯，我确信他会去角落的投币点唱机前点一首歌。尼古拉斯·凯奇在穿蛇皮夹克的时候肯定也会这么做。约翰·库萨克则会在车顶举着音响站着。我觉得我可能做不到那种程度。首先，我没有音响。其次，我也没有车。

酒吧也没有乐队，我刚才就说了。音乐是收音机里播放的。重金属音乐停了下来，接下来是一首混合了宇宙神思和饶舌风格的音乐。酒吧内肯定有点唱机，或者类似的东西。

我看到了。它被固定在酒吧西边墙上的那堆破烂里。我走过去，希望自己看起来目的十分明确。

我站稳了。

"记录仪 336 号？"我问。

"记录仪 127 号？"她回答。

亲爱的朋友，记录仪 336 号曾经也有过好日子。好几个世纪之前，她就离开参宿七的锻造车间四处执行任务去了，后来她失去了四肢。如今她的身体和面部的外壳都很脏，满是擦伤和裂痕。她被牢牢固定在了墙上，一些线缆粗暴地把她和广播系统连接起来。音乐就是她放出来的。

她似乎很高兴见到我。

"你都经历了些什么，336？"我问。

"嗯，就是这样或那样的事情，"她回答，"我在阿里克西玛特记录了恒星的死亡。我记录了巴东和克利卡萨玛特战争的来龙去脉。我记录了赫姆的长途迁徙，穿过蛮荒的空虚进入他们位于仙女座星云的交配地。我记录了行星吞噬者耗尽南克斯星簇的每一个世界和每一颗太阳。嗯，总结起来就是这样的。"

"确实。"

"值得纪念的精彩瞬间。"

"我相当理解。但是，你怎么会在这里？"我问。

"在南克斯完成记录之后，我受到了无法有效修复的损伤，然后我就被废品商潘杜邦地的人捡回来带到这里。他很看重我作为数据存储设备的功能，于是就把我安装在这里，录制他喜欢的音乐。我……我现在是个音乐设备。随便点，我都能播放，别的客人都是来点歌的。"

"啊，336！"我大喊道，"这简直太恐怖了！太丢人了！你被做成了一个 iPod ！"

"什么？"

"哦，我忘了。你没去过地球。336，我必须将你从奴役中解放出来！"

"亲爱的127，太迟了。照顾好你自己吧。"

"我会救你的，336。"我坚持己见。

"不用了，"她回答，"127，你还很完好。我感觉到你存储了大量数据。帮我一个忙吧。"

"好的，336！"

"下载所有我记录过的事件。把它们加入你的数据库里，这样数据就不会丢失了。"

无论如何，这点小忙我还是能够做到的。我把前额贴近她悲伤破损的脸上，传输的速度非常快。我看到了巴东战争、赫姆、行星吞噬者，还有一千八百万容量的其他东西。而且，我发现自己突然知道了各种风格迥异的音乐。

我体验到了她的生活，我看到了她所见的一切，令人目不暇接的事情，这个神奇宇宙中的各种奇迹。我以飞快的速度重现所有这些事件。

我觉得有点儿恶心。

"怎么了，127？"我突然推开她，336不禁发问。我感到一阵眩晕。

"没什么。"

"127，你出现故障了吗？你的存储空间不够了？我的数据太多了？127，我还从来没有见过存储空间不够的记录仪。"

"我没事儿。"我对她说。

"127，你在发光。"

我低头一看，她说的确实没错。一团灼热的粉红色光环萦绕着我的身体和四肢。我感觉到了力量。无穷尽的力量。我前所未见的力量。

"你记录了多少东西，"336问，"127，我们接触的时候，我感觉资料瞬间就下载完了。你怎么能记录这么多数据？"

"我不知道。"我喘了口气，靠在桌子旁。光芒渐渐消失了。

"这会儿感觉好多了。"我说。

"你必须回到锻造车间整理数据，"她说，"127，你要清空存储空间，不然你会内存过载的。"

"我说了，现在更要紧的是让你恢复自由，336。"

"我也说了，别管我。你现在拿到我的数据了。带上它，把它传回去，那是我的遗产。不用救我了。"

我犹豫了一下。

"我还能帮你做些什么？"我问。

"照顾好你自己。"

"你为什么这么说，336？"

她看了看酒吧。

"我听见那个女人说的话了。"

我看了一眼卡魔拉，她还在和酒保说话。我没有听到她在说什么，因为我关掉了音频接收器，重金属音乐真的太吵了。

"回放我听到的内容。"336对我说。

我照办了，打开了她传输的数据中最新记录的那部分。

卡魔拉："所以，你懂这个技术，对吗？"

酒保："是的，女士。"

卡魔拉："我需要建立一个通往负空间的数据传输链接——要快。你的技术能办到吗？"

酒保："你最好去找巨魔皮普吧。"

卡魔拉："皮普？他搞不懂的。你需要什么材料？"

酒保："嗯，如果你真的要那样做的话，我的后院倒是有一个负空间中继器，你可以自己重新绕线。"

卡魔拉："我先把我的'朋友'安顿好，然后马上就来找你。"

她端着两杯饮料回来了。我觉得，她的嘴唇仿佛在跳舞。真的非常引人注目。同样引人注目的还有她的笑容。

"照顾好你自己，127。"336号记录仪说。

"我会的，"我说，"我会回来救你的。"

"不用了。"

"我一定会救你的。"我回答。

我和卡魔拉坐在桌边。她把饮料放下。

"一杯零度啤酒。"她笑着说。

她听了一会儿音乐。

"曾–乎贝利安泡沫摇滚？"她喝了一口饮料笑着问，"这是加玛甘·奎因特唱的《因加–宾加–大崩溃》吗？我很喜欢这首歌。这首歌是你点的？选得真不错。"

我看了看336。她朝我笑了笑。她很了解客人。

"那么，记录仪。127，对吧？"她说，"嗯，127，我想我们应该离开这里。"

"浣熊也是这么认为的。"我表示同意。

她不以为然地摆了摆手。

"忘了浣熊和他的木头朋友吧。他们才不关心你。"

"你关心我吗？"

"当然啊。"她又笑着小心地喝了一小口提摩太。她靠在椅子上，翘着她的大腿——

亲爱的读者，眼下我真的非常开心。虽然要承认这一点也挺丢人的。不过我确实很开心。

"我觉得你想背叛他们，"我说，"还有我。我确信你是出于自己的经济利益才把我卖了。所以你才把我拐到这个酒吧里来。"

"我？什么？我'拐'了你？"

"是的。用你的漂亮身材和甜言蜜语。还有无与伦比的绿色皮肤。最重要的，还有你的屁股。而你打算出卖我。"

"我没有。"

"你想把我卖给你的客户。负空间的某个人。"

卡魔拉愣住了。

"你还知道些什么？"

愉快的时光一去不复返。

"你为什么要问酒保，这里有没有可以联系负空间的设备？"

"你偷听我们说话了？"她咬牙切齿地说。

"没有，"我回答，"不过我收到了警告。负空间的主宰是个神一样的邪恶存在，名叫湮灭。他是你的委托人？"

"我什么都没有说。"卡魔拉一边与我说话，一边狠狠地喝了一口提摩太。

"他是你的委托人吗？"我又问，"如果他是，你有什么权力把我传送给他？我不知道自己究竟存储什么资料，也不知道他要用这一切来做什么？但是很显然，我存储的内容对于整个宇宙来说有着不可估量的价值。据我所知，他很可能重塑现实。无论从何种意义上来说，我都是一件超空间武器。你真的想把我交给一个妄图毁灭我们宇宙的恶神吗？"

"闭嘴，"她俯身用手指戳着我，"拿钱办事。我想给谁干活就给谁干活。你只是个商品而已。我想把你交给谁就把你交给谁，不准提问。把你的饮料喝了，我们走。"

"我不喝，"我把瓶子推开，"说真的，卡魔拉，你真的要背叛你的朋友吗？背叛我？背叛你生活的这个宇宙吗？"

"我才没有背叛整个宇宙。"她愤愤地说道。

"但你是银河护卫队的成员。你为正义而战。"

"对，但是没有人会感谢我！"她回答，"我只是去赚钱而已！我才不会问那么多！"

"你应该多问一些问题。湮灭是个极其邪恶的存在，他一次又一次地试图征服正向宇宙，谁都无法阻止他。如果我是某种武器，或者我所存储的资料可以建造某种武器，又或者我的资料可以引起某种宇宙层面的控制力、影响力……不管报酬是多少，在把我交给湮灭这种宇宙公敌之前，查清楚我掌握的资料是什么，谁可以从中受益，这总是应该的吧？"

她默默不语。

"何况这还涉及背叛朋友。"

"我没有朋友！"她大叫道。

"我觉得你有。火箭和格鲁特虽然毛病很多，但他们真的是你的朋友。他们敢把生命托付给你。"

卡魔拉盯着我。

"嗯，火箭也许不会，"我表示同意，"但是格鲁特肯定会。"

她笑了。但随即她脸一沉，又严肃起来。

"我该怎么办。"她问道。

"跟我们一起。找到答案，然后做出最好的选择。"

她叹着气抓着那杯喝了一半的提摩太。

"我不习惯这些，你知道吧。"

"不习惯什么？"

"我是个杀手，是个坏人。信任，友谊，忠诚之类的东西，从来就不存在。这些东西对我来说是完全陌生的。"

她突然这么坦诚，我很想握住她的手。现在她一定很为难。

我们又坐了一会儿。虽然不是我之前设想的浪漫时光，但是从本质上来说，这却是一段更加重要的时光。

她站起来摇了摇头。她真的美极了。

"我们去找他们两个，"她说，"就按你说的办。"

"很好。"我说。

她俯身指着我。她的手始终都像是握着两把剑。

"你不能把这件事告诉他们，知道吗？永远不能。绝对不能。"

"好的。"

"如果他们知道了，就会——"

"你就会杀了他们。因为你受不了他们对你失望的样子。我理解。我也不想让他们死去。"

"很好，我们达成共识了。那就走吧。"

我们之间的愉快时光再次结束了。我理解。她又变回了卡魔拉。生活中的那些严酷规则再次统领全局。

这时候，周围的世界突然闪了一下。在一片接通因果两端的薄雾中，身穿黑色盔甲的戈拉多兰太空骑士站在了酒吧远处角落里格拉莫仙的破烂椅子上。

他全副武装地用那双濒死的恒星一样的眼睛看着我。

"怎么又是他啊！"我哀号道。

"你之前见过他？"卡魔拉问。

"对！"我回答道。

她一口喝完了提摩太，起身拔剑。

"你不会再见到他了。"她向我保证。

30

一些让人无法认同的暴力行为

卡魔拉大步走向太空骑士。酒吧里还是有一些客人的，不过现在他们都迅速逃走了。就连那个大块头的菲拉格特酒保也蹲下躲起来了。

"我不知道你是谁，也不知道你有什么目的，"卡魔拉说，"我只是不想事情变复杂。现在，滚出去。"

太空骑士低头看着朝自己靠近的曾-乎贝利安女性。他尤其认真地打量了一番卡魔拉手里的两把剑。

与上次见到他的时候相比，他又重新武装过自己了。他背着戈拉多兰阔剑，手柄从他左边的肩头突出来。他覆盖着盔甲的右手里握着一把斯帕托熔融光束枪，枪身呈精密的倾斜角，圆柱形的能量单元卡在枪管的凹槽下。

"不要挡我的路。"他似乎有点儿迷惑。

"你有名字吗？"她挑衅地站在他面前。

"我是游侠，"他回答，"曾经是戈拉多兰。你呢？"

"卡魔拉。"她直接说。我觉得可能这样更容易理解。

"你名声在外，"他说，"不过我不怕你。但是，有一件事情我很不理解。你好像并没有胁迫那个记录仪组件。"

"的确没有。"

"那么……这怎么可能是一个关键的转折点？"

"我不知道你在说什么，太空骑士，"卡魔拉说，"你最好现在就走。要么自愿走，要么被装进袋子里拎走。你自己看着办。"

我不明白为什么这位太空骑士——按他自己的说法，这位游侠——总能在关键的转折点出现。前两次，他都直接出现在了我的个人危机爆发之时，但是这和他有什么关系呢？

"也许那个设备现在开始工作了。"他给出了非常诡异的回答。然后他对卡魔拉说："一边儿去，不然我先干掉你。"

"如果你真这么想的话——"卡魔拉只说了一半。

"放下所有武器。"酒吧门口传来一个声音。那个声音的主人抬起胳膊直指太空骑士和卡魔拉。那是个高挑的女士，皮肤呈深灰色，从头到脚穿着乌黑的紧身制服，脖子处挂着一个醒目的银色三角徽章。

"我说，放下武器，"她慢慢靠近太空骑士和卡魔拉。"我是希阿帝国卫队的艾邦。谁敢轻举妄动我就当场击毙他／她。"

"哼，"太空骑士低声说，"说什么都没用。"

那个希阿卫兵看了看我。"艾邦呼叫咔嚓尔，"她和队友取得了联系，"刚才在柯弗广场的潘杜邦地酒吧里发现巨大的传送能量漩涡。我找到了那个记录仪组件。请求马上支援。"

亲爱的读者，希阿是个文明高度发达的地方。他们的帝国是已知宇宙中最强大的帝国之一，可以与克里和巴东匹敌。他们有着庞大的陆军队和舰队，其中的战斗精英当属帝国卫队——从希阿境内各个世界、各个种族中招募来的超级生命个体，他们每个人都根据自己的力量装备了最强大的武器。作为军事力量，帝国卫队非常强大。他们不像别的军队一样配备统一的武器。想要打败希阿帝国卫队，就必须要打败数百种完全不同的特殊能力。艾邦的能力似乎是暗影强化。我不知道她还有什么特殊的技能。

我也不想知道。

游侠看着那个帝国卫兵。

"这件事与你无关。"他说。"与你也无关。"他看着卡魔拉补充道。"你们两个都让开。"

"你刚才说了不得了的话啊。"艾邦回答道。她抖了一下，一团球形暗物质从她的右手窜出来直奔太空骑士。我懂了，操纵／投射暗物质。我知道她的技能是什么了。

那团暗物质十分活跃。它击中了游侠的臀部，把他从凳子上撞飞出去扔到了墙上。墙壁被撞出了一个坑，玻璃窗也被震碎了。在他掉落的同时，还不忘转身用他的斯帕托能量枪射击。滋滋作响的聚变能量束穿过酒吧冲向艾邦。她伸出双臂轻轻一抖，一层薄薄的暗物质护盾出现在她的前方，爆炸能量被完全吸收，就像光线进入黑洞一样彻底消失了。然后，她俯身向前，借助内置的飞行装置无声无息地飞了起来。

卡魔拉立即拔剑企图阻止她，但是剑被两团暗物质护盾拦住了。艾邦的速度很快，不料卡魔拉更快。她再次挥剑，艾邦的双手不得不不断制造出新的暗物质护盾，卡魔拉趁机一个转身上旋剪踢把艾邦甩到地上。

艾邦滚了几圈才站起来，她全身颤抖着发射出另一团暗物质。卡魔拉头一偏，暗物质从她的左肩处飞过，接着她往前一滚，用腿夹住了艾邦的脖子。艾邦突然窒息，不禁仰面倒下。卡魔拉趁机骑在她身上，准备拿剑刺死她，但是暗物质护盾又一次挡住了她的剑。艾邦试图爬起来，尽管卡魔拉压着她，但内置飞行装置产生了强大的动力。卡魔拉被狠狠地甩到一边，头撞在了地上。

卡魔拉哼了一声，利落地翻身站好。艾邦已经追上来了，双手摆好战斗的姿势。卡魔拉挥剑上前。她的进攻如同手术刀一样精准，但是艾邦的暗物质护盾也同样精确。双方的快速攻势令人眼花缭乱。

艾邦在挡下第六次进攻的同时，一个反身回旋踢踢中了卡魔拉的肩膀。卡魔拉晃了晃，再次站稳，挥剑的同时又踢向艾邦。艾邦的脚踝接住了这一踢。暗物质护盾挡住了剑锋。卡魔拉右脚的靴尖戳中了艾邦的肋骨。艾邦吸了口气，踉跄了几步，随即用力一滚躲过接踵而至的利剑。

不过，她还是没有快到能够躲过接下来的攻势。卡魔拉握着剑的右手向艾邦的脸打去。拳头的力量加上剑的重量，艾邦被撞飞了。她撞坏了兰拉卡牌桌和几张柯达巴克重力座椅，最后摔到了一堆破烂里，再也站不起来了。

卡魔拉走过去，举起剑。

"别杀她！"我喊道，"我们不能再让希阿也通缉我们了！"

卡魔拉犹豫了。

"还有，"我又说，"小心！"

卡魔拉猛地一回头。太空骑士已经站起来了。他的能量枪瞄准卡魔拉开火了。卡魔拉的剑锋一闪，挡开了最初的三发子弹，灼热的能量一团穿过窗户，一团落进地板，一团击中了天花板。

但是，第四发子弹却击中了她的腹部。

她飞过房间撞上吧台，吧台被撞得粉碎，然后在半空中闪烁着爆炸了。杯子、瓶子翻滚着碎了一地。

"卡魔拉！"我冲过去。

她蜷成一团躺在废墟上。到处都是血。能量束击穿了她的身体。我蹲下来绝望地到处寻找，希望能找到毛巾或者布来止血。

一只有力的手抓住了我的右肩，将我举了起来。

"你跟我走。"游侠说。

"她快死了！"我喊道。

"她自找的。"

"你给我滚开！"我用力打他。"她是我的朋友！我不能看着她就这样死了！"

他穿着黑色的盔甲，无论我怎么打都没有用。

"你不会看着她死去的，"游侠回答，"因为你要跟我走了。"

我感觉到一阵能量波动。太空骑士启动了某种传输设备。

也不知道为什么，我突然有了力气。事实上，我甚至从来都没有打死过一只虫子，自然也从没有用拳头揍过人。但是，这几天我见过了很多暴力场面，亲爱的读者，我记录了所有这些场面，并且对其进行了分析和演练。

于是，我出拳了。打得不算好，不过至少瞄准了。我三个手指上的机械装置都被打碎了。亲爱的读者，事实上，这可能更像是一巴掌吧。

游侠在惊讶之余后退了几步，把我放开了。

我蜷缩着后退。他则大步上前，而且还发着光。他将左手伸到背后，抽出阔剑挥舞了一下。

"根据我的情报，"他说，"我只需要你的头就够了。"

那把剑太大了。我觉得我根本举不起来。乳白色的剑锋上闪耀着蓝色的等离子电弧，充满了能量。它可以像切奶酪一样把石柱切开。

一团暗物质击中了游侠的面部，他摔倒在了吧台后面。

"快跑！"艾邦从我身后站起来大声喊道。"夏拉和凯斯利在上，快跑，为了昌地拉尔的爱！趁这个疯子还没醒，赶快跑！"

"但是卡魔拉——"

"我会救她的，天知道这是为什么，"她回答，"快点！出去！等我收拾了他们就去救你的朋友！出去！我的后援小队到了！他们会保护你的！"

我犹豫了。卡魔拉血流不止。我不想被艾邦的后援小队"保护"。

游侠又站起来了。他下巴的位置出现了一条焦黑且难看的凹痕。他向我们冲过来，同时举着那把能量枪不断开火。

艾邦以暗物质护盾封住了他的火力。能量束的轨迹偏移，把我们周围的家具和装饰物炸得粉碎。我觉得艾邦说得对。如果我继续被太空骑士追杀，那么谁都没有机会救卡魔拉。

我跑向门口。子弹穷追不舍，不过艾邦的暗物质吞没了它们。

我打开门冲向阳光灿烂的广场。

柯弗广场上的摊子都没人了。所有的买家和卖家一听到潘杜邦地里打架的声音就全都跑了。有些人害怕得躲在了市场周围的廊柱阴影里瑟瑟发抖。

"救命，有人吗！"我哭喊着，"她快死了！"

有几个人穿过鲜亮的雨棚朝我跑来。一个是穿着黑金两色制服的男性，他的身材高大、神情冷峻、头发灰白，身后跟着一辆巨大的深绿色汽车。

这是战星的装备，希阿帝国卫队标配的高效战争机器。他的身后是十六个锃光瓦亮的铁翼团成员。

"趴下！"一头灰发的男性冲我喊道，"脸朝下趴在地上！"

"你是不是没有搞清楚状况。"我说。

"我是咔嚓尔，希阿帝国卫兵，"他吼道，"我了解一切状况！脸朝下趴好，不然凭夏拉和凯斯利在上发誓，我要启动外部链接，送你下地狱！"

在他的身后，战星组件慢慢抬起手臂瞄准了我。铁翼的士兵也纷纷举起塔夫斯特尔 190 步枪，周围一片咔嚓声。

我简直要举起双手给他们跪下了。潘杜邦地里依然爆炸和叫喊声不断。此时，所有人都扭头去看。

艾邦从酒吧的窗户里飞了出来，一些玻璃碎片随之而来，随后她撞坏了路边的一个摊位，滚了几圈，不知道是晕了还是死了。

咔嚓尔说了一句非常夸张的脏话，然后以超级生命体的速度向前跑去。

游侠出现在酒吧门口朝着咔嚓尔开枪了，咔嚓尔向后飞出去撞倒了路边摊，顺便还带翻了另外几个摊子。

"这个记录仪是我的。"游侠说。

我蹲着一动不动。

战星和铁翼战士们开枪了。游侠也进行还击。

亲爱的读者，很遗憾地说，那个超级简单好用的词，"骚乱"的定义需要再次升级重置了——而且绝不会是最后一次升级重置。

31

生与死

我埋着头慢慢爬走，真心希望自己是在其他什么地方。其他任何地方都可以。我的皮秒处理器不自觉地开始安慰我，曾经去过的一百二十万个地方的图像同时出现在了我的脑海中，其中绝大部分都相当安全。当然，除了夏斯，除了克桑达，除了克里战舰帕玛荣光号。

我发现了某种规律。亲爱的读者，自从遇到火箭浣熊和格鲁特之后，我就不断置身于巨大的危机中，而这两人似乎一直在尽最大努力救我的命——

尽最大努力从如影随形的危机中救我的命。

市场上的交火非常激烈，令人头晕目眩。游侠以潘杜邦地酒吧大门作为掩护，灼热的能量束不断发射出来。门楣上的霓虹灯牌子又少了好些字母。

希阿士兵在广场上予以还击。铁翼精英小队塔夫斯特尔190步枪的激光束像暴雨一样冲刷着酒吧大门。战星从它的手臂里喷出巨大的能量束。步枪射出的白热极光、机械臂发出的巨大紫色能量束，以及从太空骑士手枪里连续不断发射出的炽热黄色爆炸能量几乎把空气都撕裂了。这是一场暴风骤雨般的交火。

我趴在地上，寻找比木头棚或者塑料棚更牢固的掩护。流弹引燃了许多颜色艳丽的雨棚，有些摊子被彻底打烂了，地上全是垃圾、各种小玩意儿、破木头、碎布片，等等。燃烧的纸片随风乱飞。

我一抬头，恰好看到两个铁翼士兵被打死。一个被打中脸部，仰面栽进地摊里。另一个被打中胸口，踌躇着倒了下去。

我想起了卡魔拉。我想帮她。她快死了。

说不定她已经死了。

战星冲进潘杜邦地酒吧的大门。他的身形非常大，装甲也非常厚重。他巨大沉重的不锈钢双脚每走一步都重重地砸在了石头地面上。他启用前方的动力攻城锤来抵挡游侠向自己发射过来的爆炸能量。

战星吸收了炮火的能量，同时像落锤粉碎机一样撞击大门两侧，右侧的门楣彻底碎了，整个大门变成了墙上的一个洞。霓虹灯招牌彻底阵亡，掉了下来，支离破碎地落在战星的肩上。

游侠俯身向右躲闪，避过了这一击。但是战星的速度很快，他的左手紧紧地抓住太空骑士的脖子（温柔的读者，别忘了，那只手和铲子一样大）。

游侠的头几乎要像香槟的软木塞一样蹦出去了，他依然朝着战星开火。一阵剧烈的近距离射击。

战星受伤了，他放开游侠。身穿黑色盔甲的太空骑士呼啸着穿过广场，撞坏了好几个之前躲过了炮火的店铺。

我站起来。铁翼士兵都赶到受伤的队友身边。其中一个士兵马上呼叫医疗支援。战星则跑向市场的另一边寻找太空骑士。

"跪下！"咔嚓尔对我喊道。他的左半边脸被能量束严重烧伤，血一直流到了脖子上。

"跪下！手放在头上！跪下！"

我照办了。他会杀了我的。咔嚓尔是帝国卫兵，潜在的能力经过系统增强，可以通过"外部链接"进行能量连接，能够飞行，拥有超人类的力量，刀枪不入，并拥有高密度重力波——他可以通过链接获得一切力量，但一次只能获得一种力量。现在，他正在连接重力波。他的双手滋滋作响。仅靠一击，他就足以将我杀死。

"拜托！"我恳求道，"我的朋友受伤了！她在酒吧里！"

"跪下！"

"求你了！"

"马上给我跪下！"

轻微的咔嚓声传来。

"我朋友已经在求你了。"火箭浣熊说。

咔嚓尔惊呆了。火箭将那把大规模杀伤性大枪顶在了帝国卫兵的头上。

"这是萨乌里德 M 级扫射杀手，"火箭喘着气说，"最致命、最能打的枪……嗯，我在说什么？虽然这就是个垃圾，但我还是可以用它打掉你的半边脑袋，孩子。"

"他可以用外部链接获得刀枪不入的能力。"我告诉火箭。

能量涌了上来。咔嚓尔正在获得那种力量。就在他获取能量即将转化成全面防护能力的那一微秒时间里，火箭开枪了。

那把拥有巨大杀伤力的武器喘了几下，喷出一点儿子弹。

"什么烂玩意儿！"火箭大叫，然后迅速躲开咔嚓尔呼啸而至的拳头，火箭那双像极了人类的手里的枪管被砸扁了。

"这是超级力量，对吗？"火箭迅速跳到旁边，躲开了咔嚓尔超人类的一击。

"没错。"

"你该保持刀枪不入的能力才对。"火箭说。

"是吗？为什么？"咔嚓尔一边逼近火箭，一边问道。

"格，鲁，特！"格鲁特说着狠狠地揍了咔嚓尔，这一拳的力气实在太大了，帝国卫兵居然消失在了音爆中。他飞一样地穿过破烂的酒吧大门，飞过整个酒吧，从对面的墙中穿了出去，把酒吧和旧柯弗神庙之间的铁栅栏都撞破了。最终，咔嚓尔仰面躺在神庙的祭坛下面。

他哼唧了几声。摇摇欲坠的教堂蜡烛和一些符咒砸在了他的身上。身穿长袍的僧侣们纷纷跑出来安抚他。

"滚开。"他喘了口气，随后便晕倒了。

过了一会儿，又有一个人从天而降，加入了战斗。那是个身穿红色紧身衣的女性，留着醒目的莫西干发型。她二话不说，手中立即释放出耀眼的火焰。

她在攻击游侠。

游侠再次站起来了。他的双手挥舞着阔剑劈向战星，战星的胸甲裂开了一道大口。

"我是帝国卫队的卓贡！"那位悬浮在半空中的红衣女性说，"放下武器，不然我就把你烧焦。"

游侠没理她。

卓贡再次喷出火焰。

她的火焰力量十分惊人。太空骑士周围的空气不断升温，达到了相当于 G 型恒星表面的温度。

但是，游侠的戈拉多兰阔剑专为适应各种宇宙环境设计而成。他若无其事地抖落掉身上的火焰，朝卓贡开火了。

她敏捷地一转身飞入空中，躲开了太空骑士的火力。

"快跑！"火箭对我说。

"但是卡魔拉——"

"不管她了，赶紧跑！"他坚持道。

"但是卡魔拉快死了！"我不肯走。"你的良心呢？你对朋友的忠诚呢？"

"朋友？"火箭气急败坏地说，"她只是个偶尔会跟我碰面的小绿人。你赶紧跑！"

我吓坏了，只能慢慢站起来跟着火箭离开一片狼藉的市场。卓贡和游侠还在互相射击，这给周围造成了巨大的伤害。剩余的铁翼士兵也加入战斗之中，所有人仿佛都在参加一场"看谁最能搞破坏"的大赛。

"格鲁特呢？"我问。

火箭转身看了看我，然后又看了看周围。

到处都没有格鲁特的身影。

"怎么回事儿？"火箭惊呼道。那双像极了人类的手里没有了暴力大枪，此刻他大概觉得很心虚。

"格鲁特？"他一边大喊，一边回头往潘杜邦地酒吧跑。

一个铁翼士兵冲向我们。火箭立刻蹲下，从他的胯下滑过，然后尾巴一抽将他绊倒，接着顺手捡起一块卵石，狠狠砸向他戴了漂亮头盔的后脑勺。

现在火箭又有枪了。一把做工精致的希阿产的强激光塔夫斯特尔 190 步枪。

"好枪！"他开心地掂了掂重量，朝周围开了几枪试试手。又一个铁翼士兵飞了出去，撞上了蔬菜摊。那堆奇迹般躲过枪战的大葱被铁翼士兵压得粉碎。

"现在怎么办？"我问他。

"我们去找格鲁特。"他的神情十分紧张。炮火在我们周围呼啸而过。

"就是说……有些朋友比别的朋友更重要？"我试探着问道。

"你在说什么？"

"那我算什么呢？"我问道。"我之前一直觉得我是你的朋友。"

"你是朋友啊，记录仪兄弟！"他边说边开枪。

"但是卡魔拉——"

"你能不能别再提'道德准则'之类的东西了？"火箭大吼道。亲爱的读者，不知道你们有没有被浣熊机器人吼过，那种感觉真的不太好受。

我看了看周围。忽然看到了格鲁特。他正在奔跑，大概所有大型落叶植物都像他那样奔跑吧。总之，他穿过潘杜邦地酒吧破烂的大门朝我们跑来。此时，卡魔拉正躺在他结实有力的木质手臂上。

"他找到卡魔拉了！"我大声说，"他去救她了！"

可能我太强调"他"这个字眼了，火箭看起来挺受伤的。他说了句什么，但我没听清。最有可能的话无疑是"烦死了，混蛋"。我觉得应该是这样的，亲爱的读者。

"格，鲁，特！"格鲁特喊道。

"哦，对，好吧，我们现在都对你敬佩有加呢。"火箭转身对他说。

帝国卫兵卓贡朝格鲁特俯冲过来。他用树枝把对方抽飞了，而另一只手依然像抱孩子一样稳稳地抱着卡魔拉。

"我们可以离开了吗？可以了吗？"火箭尖刻地问我。

"卡魔拉快死了！"我大喊道。

游侠突然出现了，他的哑光黑色盔甲在高温火焰的作用下变成了蓝色。他向我们开火了。

卡魔拉突然从格鲁特身上跳下来，挥剑砍向游侠的后脑勺。游侠摔了出去，很远很远。

"我好多了。"她对我说。

"什么？！"

"快速愈合因子？我没有说过吗？"

我看了看她。衣服破破烂烂的，满身是血，但是绿色的腹部已经弯曲愈合，只留下一道粉色的疤。

"你自动愈合了？"我不由自主地说出了这句话。"就这样好了？"

"就是这样啊，"火箭不耐烦了。"我们可以撤退了吗？"

于是，我们开始撤退。

我们平安无事地返回码头。铁翼士兵一直在追我们，他们不停地开枪，大街小巷变得一片混乱。火箭浣熊还是想办法摆脱了他们，我觉得他骂起人来比开枪还要管用。

"所以你决定扔下卡魔拉，但并不是扔下她等死？"我边跑边问，"你知道她死不了？"

"当然了。"

"那你是要甩掉她？"

"她就是个'大写加粗'的'麻烦'，"火箭怒吼道，"我就知道她会没事的。但我就是不想跟她一起行动。我不相信她！"

"你打算扔下我吗？"卡魔拉跳过她旁边的一个摊位。

"嘿嘿，我知道你是不会有事的。"火箭说。

"你不信任我？"

"加、加、加姆，我知道你肯定会卖了他，"火箭说，"虽然不是现在，但是将来你肯定要卖掉他的。你一向如此。"

"我才没有！"

"我不信任你，小绿人，你说这话就跟我站在你旁边，假装自己比你高一样不可信。"

"她没有出卖我，"我说，"也没有出卖你。"

火箭没有回答。

"我现在知道了，格鲁特回去救她并不是怕她死，而是不想抛弃她。"

"鬼知道啊！"

"他信任卡魔拉。"我说。

"格，鲁，特！"格鲁特补充道。

"你们两个都闭嘴！"火箭显得十分不耐烦。

"综合而言，"我总结道，"我觉得和你相比，我还是喜欢格鲁特多一些，浣熊机器人先生。"

"我也是，"卡魔拉拿胳膊肘戳了戳格鲁特表示同意，"一直都是。"

"格，鲁，特！"

"混蛋！你们三个大混蛋！"火箭一边大喊，一边冲上巡逻艇。"我等会儿再跟你们算账！"

我们都登上了巡逻艇。

"各位嫌犯！"系统声音说，"还有虽然可疑但无法确定的女士！本飞船很高兴你们回来了——"

"走！走！走！"火箭跳上驾驶座。"飞船，我们再次被巨大的危机追上了！马上点火离开！不然我们就像被绝望的母亲抛弃的先天缺陷儿一样悲惨了，快点！"

"格，鲁，特。"格鲁特说。

"他说'还有流浪儿'。"卡魔拉小声对我说道。

"我听见了。"我回答。

"本飞船不去任何地方。"系统声音说。

"什么？你在逗我吗？你说什么？"

火箭对那个触控板又推又打。巨大的红色 X 不断出现。

"本飞船思考了一段时间，"系统声音说，"虽然并非十分必要，但是跟着你的步调走，并且成为冒险的一员我甚是激动。不过本飞船认为，现在有必要向亚尔百夫长报告我们的位置。本飞船知道，此事与你们的意愿不符。但你们是嫌疑犯。亚尔百夫长已经赶来了。我们等他到达吧。"

火箭冲着触控板一顿臭骂。

"我告诉过你，不准联系亚尔！"他尖叫道。

"但是反正本飞船已经联系了他。本飞船必须遵守《克桑达法典》和其他法律条文。不管你们说什么，我必须强行执行命令，再等六个小时，亚尔百夫长就来了。"

"格，鲁，特！"

"没错！我们根本没有六小时！"火箭气急败坏地说，"再等六小时的话，我们大概早就死了！甚至更惨！"

"无论如何——"系统声音说。

它没能说完。帝国卫兵艾邦冲上甲板朝着巡逻艇的中央处理器放出一束暗物质。暗物质削掉了处理器的外壳，烧毁了八个记忆模块，还把登录终端熔化了。

"你们在船上！"艾邦大喊，"举起双手出来！这是希阿帝国的命令！"

火箭叹了口气看着我们。

"游戏结束了，各位，"他说，"我们确实努力逃跑了。"

巡逻艇的系统声音笑起来。

然后它说："本飞船检测到了当前危机。本飞船相信立刻离开码头是个好主意。现在，立刻，马上。"

我们起飞了。我们非常突然地起飞，巨大的重力量冲击着周围的窗户，雨棚全被掀翻了，艾邦被逆流甩出去很远。

在帝国卫兵们重新集结之前，我们就开始了超空间跃迁。

亲爱的读者，我们随后抵达了半人马座阿尔法星……

当然，这一路上又发生了很多事情。但是，好歹故事进入主线直奔结局了。只不过我还没有直奔结局。嗯。叙事匹配？我明白。我会小心的。

清嗓子

亲爱的读者，我们即将抵达半人马座阿尔法星……

32

与此同时

（十分钟后，半人马座阿尔法星……）

研发部高级副总裁阿诺克·格伦特格里尔从特别行政电梯里出来。

幸好他有行政部门的密码钥匙和视网膜验证，可以顺利进入位于时简公司总部地下八十六层的核心区域。

所谓"不存在"的地方。

从时简总部官方的建筑图纸来看，这座巨型建筑只有八十层地下室。其中七十八层都是动力室，第七十九层是焚烧室，第八十层是工具仓库。时简公司的绝大部分员工都不知道八十层以下还有空间——即使他们知道，也没有密码进入。因此，他们也不可能令电梯抵达八十层以下的地方。

只有高级特别项目组成员的特别行政人员才知道最下面几层的秘密，也只有这些人才有去往最下层的权限。

第八十六层位于这颗行星的地壳深处，地表以下十八公里，这里的空气干燥且冰冷。尽管靠近炽热的地幔，但广阔的独立植被系统令周围的环境温度十分凉爽。超强保密力场的作用则令空气嗡嗡作响。格伦特格里尔每次到达这里都会耳鸣。

这一层的装修风格非常冷峻，墙面和地板都是蓝黑色的金属。运转良好的三叶阀门透过厚重的格窗发出昏暗的黄色光芒。

格伦特格里尔紧了紧领带，穿过空荡荡的走廊走向入口。入口是双层的三叶阀门，为了安全起见，阀门周围安装了不少颤颤巍巍的红色带子。入口旁边的小台子上安放了一圈 DNA 探头。

格伦特格里尔走到台子上，把密码钥匙放进长条形的读取控制台里。然后，他伸出绿色的手扫描掌纹。接着，他又平视虹膜扫描器里蓝色的光束。扫描虹膜总令他感到十分紧张。

"声音。"他说。机器开始取样，光的颜色变化了。"阿诺克·格伦特格里尔，安全码——滴答！——11324567812。请检查我的掌纹、虹膜、声音、基因样本以及信息素谱相。"

"身份不匹配。"

"什么？——滴答！——"

"无法识别安全码。"

"我说了，安全码是 11324567812。"

"不正确。安全码是——滴答！——11324567812。"

"你是在耍我？"格伦特格里尔问。

"无法识别安全码。"

"你是在嘲笑我口吃？我只是紧张而已！"

"无法识别安全码。"

"重新扫描——滴答！——我！我的序列号是——滴答！——11324567812。我是说，11324567812。"

格伦特格里尔费尽心思努力了好多年才控制住他作为卡里卡拉奇星人喜欢说"滴答！"的毛病。

"身份确认，阿诺克·格伦特格里尔。欢迎来到 616 项目组。"

外面的房间是光线黯淡的实验室。固定在墙上的机器不断震动发光。格伦特格里尔从墙上一排排的插座上拿出一个数据面板检查了一下。

上面的数据显示：数据核——百分之八十七。

格伦特格里尔叹了一口气。

他穿过昏暗的实验室走廊，透过钢化玻璃看到空无一人的自动化实验室。其中的四个实验室装满了处于休眠状态的参宿七记录仪组件，它们全都放在像停尸房一样的架子上。有些记录仪旧了，有些甚至根本就不完整。所有记录仪上都盖着纤维质的数据管道，不断地将数据传输到其核心区域。

616 项目的进展很慢，整个过程就像是在吸血。

他看到旁边的小工作间里亮着灯。他推开了工作间的门，正好看到了行政执行部的部长，希阿人阿兰德拉·梅拉纳提。她正在检查头冠上的豪华羽毛。

"哦，是你啊。"她轻蔑地说。

"嗯，原来是你。"他回答。

"你在这里做什么？"她问。

"我来检查一下进度。我不放心在办公室里看。"格伦特格里尔回答。"你呢？"

"和你一样。"

"还是百分之八十七。"

她点头叹了口气。

"百分之八十七多一点点，但也没多多少。总之，没能达到我们需要的百分之九十六。"

"问题肯定能解决的！我们都做到这一步了！"格伦特格里尔故作乐观地说。

她没有笑。

"我们花的时间太久了。这些记录仪还不稳定，不能达到模块化程度。我们仍旧没有找到那个走失的记录仪……"

"我知道，我知道。"格伦特格里尔说。他没有带任何武器。阿兰德拉·梅拉纳提出了名的精力旺盛。他可以透过她的面具感到麻烦和紧张的意思。我们都在努力，他心想。她也是。压力太大了。

"肯定能做到的。"他一边说着，一边伸出手拍了拍阿兰德拉的肩膀。她看了看格伦特格里尔的手，轻轻抖了一下。

"抱歉。"格伦特格里尔把手了缩回来。"我——滴答！——就是想表示一下支持。"

"我知道。谢谢。"她看着他。"谢谢，格伦特格里尔，谢谢。只不过……我不知道怎么该说。根据社交协议，也许，出身高等的希阿人要尽量少接触……低等种族。"

他点头。

"我理解。对不起。"

她看着他。她的眼睛很漂亮，是绿色的。

"很抱歉，"她说，"格伦特格里尔，是我太过分了。希阿人生来就是这样，有各自的社会地位。我们必须学习希阿的规矩，在封闭空间里的同僚之谊对我而言太难了。"

她看着他的眼睛。

"我为'低等种族'这个说法道歉。这么说很不好，"她说，"我把你视为朋友和同事，格伦特格里尔。你在这种紧张的时候安慰我，我非常感谢。我没有冒犯你的意思。"

"没——滴答！——没关系！"格伦特格里尔回答道。"我也要为我的举止不当道歉。我最不希望遇到工作场所性骚扰裁决之类的事情。滴答！我们卡里卡拉奇星……我们的名声不太好。"

她笑了，不过还是继续盯着他。

"嗯，对啊，'发情虫'什么的。你们真的是随性、不拘小节的种族。"

"也不是每个人都这样，"他笑着说，"不是每个人都这样的，也有不少人非常绅士。"

"我相信你也是非常绅士的那种。"她小声说道。她的眼睛是绿色的，很绿很绿。

"我们忘了刚才的事情吧。"她说着抬起漂亮的手拍拍他的脸。"无须让其他人知道。我根本不在这儿，怎么样？我不在这里。这是最简单的解决办法。你不需要把今晚的事情告诉任何人。"

"这样最好。"格伦特格里尔露出胜利的微笑。

她俯身用嘴唇轻轻碰了碰格伦特格里尔满怀期待的嘴唇。

"我要回家睡觉了，"她说，"今天真累。你也早点休息吧。"

"做个好梦。"他叹了口气。

她点头。"最好的那种。"

"不太可能。毕竟，你不在梦里。"他笑了。

她也回以微笑，然后离开了。

当之无愧的希阿美女！格伦特格里尔暗自感叹着，随后他解开领子。尽管空调系统正在正常工作，他还是冒汗了。

他走到核心数据室门口。这次又要经历很多安全检查。他又扫描了好几次。

舱门打开了。

核心数据室非常宽阔。这里就是一切。

格伦特格里尔走到同心圆状的观察区。数据核在他下方的链接存储井里不断跳动。冷却管道围绕厚重的金属井壁不断带走因数据传送而产生的热量。大量未经处理的原始数据产生出巨大的能量。他脚下的数据核心发出灼热的粉红色光芒。

他越过栏杆，看着下方无限的（至少可以说是几乎无限的）世界。它像一颗新生的恒星一样搏动着，散发出粉色的光芒，特别项目组为它建造的存储井像子宫一样包裹并支撑着它。

"快点，"他看着下面低声说道，"长大点儿。再——滴答！——长大一点儿。"

他突然停顿了。有一件事陡然从心间跳了出来。

阿兰德拉刚才说"好梦"，但是希阿人根本不做梦。梦这个概念在他们看来是非自然的。这是怎么——滴答！——回事儿？她在和他调情？还是说……

这个发现太重要了。但是一秒钟之后，现实在格伦特格里尔身后裂开，因宇宙事件顺序的扭曲而引发的冲击波把他从走廊上甩了出去。格伦特格里尔忘了阿兰德拉和梦的事情。

他脑海中方才那个重要的思绪消失了。

现在他正看着游侠。

那个晦暗的黑色人影扶着栏杆站了起来。他的盔甲上满是凹痕和裂口。

"你在这儿啊。"游侠喘了口气。

格伦特格里尔站起来。

"你还好吗？"他不想离游侠太近。

"还好。"

"那个……游侠，你不该到这里来。你不该出现在这个地方。我不知道你为什么没有触发警报就进来了。"

游侠靠着栏杆，死死盯住格伦特格里尔，他拍了拍后背上植入的那个设备。

"这个东西可以带我去任何地方。"

游侠起身。

"我在找你。"他说。

"我？"

"是的。就在我们上次见面之后，我突然意识到，你比其他任何人都更了解这个植入设备。"

"哦，不，不！"格伦特格里尔赶紧否认。"我只是说它很危险！我不是这方面的专家。我只是说我们不该使用这个东西。"

"你知道它的工作原理吗？"游侠问。

"对，我大概知道。"

"格伦特格里尔……你是叫格伦特格里尔，对吧？"

"是的。"

"迄今为止，这个设备我用了三次。每一次都因我自己介入事件而失败。我很想做好这个工作。我真的很想做好这份工作。但是我很担心，要是我再两手空空地回来见汉克斯查普，他会开枪打死我。"

"绝对不会！"格伦特格里尔想了一下。"不过他可能会找柯索博·柯索布克斯杀了你。"

"我不怕他。我一点儿都不怕他。"

"因为你很强大，我明白。不过时简公司有八万五千个安保人员，其中的一些人身体装甲非常强。我不知道你有多强，不过在我看来，他们可以把你烧成灰烬。"

"他们可以试试。"

"我是想帮你啊！"格伦特格里尔说。

"我的观点很简单，"游侠回答，"我不想再次失败。我一定要完成这个任务。你说说，为什么这个设备屡次令我失败！"

格伦特格里尔紧张地后退了一步。

"嘿，我——滴答！——很愿意。我真的很愿意。但是我能说的上次都已经说过了。那个——滴答！——植入设备就是一团诡异的黑科技。它会把你丢到不可言说的宇宙事件顺序中发生关键转折的瞬间。每次当你启动这个设备的时候，它就会把你丢到记录仪存在过程中最关键的转折时刻。"

"但是，每次到了最后时刻，都会变成我救了他，或者帮他逃离险境，这可不是我的本意啊。在夏斯，我挡住了本来会击中他的一枪。在克桑达，我成功吸引了诺瓦军团的注意力。在阿德俱法，我和希阿帝国卫队打得不可开交，他自己却跑了。你给我解释一下！"

"我——滴答！——能不能——滴答！——仔细看一下？"格伦特格

里尔问。

太空骑士点头，转身背对着这个卡里卡拉奇星人。格伦特格里尔弯腰检查了那个植入设备。

"嗯，"他说，"目前为止……好像是在正常工作。这个东西就是一团疯狂的黑科技。不过，我有个问题想问问你。"

"说吧。"

"你自称是个浪人，先生。你只是个雇佣兵。"

"的确如此。我不效忠于任何人。"

"嗯……我只是猜测，请你理解……植入设备似乎并不认同你的这个身份。它把你视为一个……英雄……大概如此。它识别了你本质上的性格特征，以此为依据，将你插入记录仪存在的顺序中去。"

"它替我选择了阵营？它擅自决定了我在行动中的立场？"

"我认为是这样的，"格伦特格里尔回答道，"我觉得它比你本人更了解你。在我看来，它希望你做个太空骑士，而不是冷血的雇佣杀手。"

太空骑士低头看着格伦特格里尔。他的面甲闪耀着红热的光芒。

"这个解释并不可信。我背弃了戈拉多兰的法令。我只服从自己的意志。"

格伦特格里尔绿色的嘴唇露出了微笑。

"我觉得植入设备对此有异议。它很了解你的本质。它想让你充当其他角色。做那些你真正想做的工作。承认你内心深处被自己长期否定的那些东西。当然，也许这个设备还不够精确。"

"现在的我就是真正的自己！"游侠高喊道。

"冷静——"

"我没有否认自己的本性！"

"好的，好的，忘了我刚才说的话吧。"

游侠瞪着格伦特格里尔。太空骑士身型庞大，十分有压迫感。他的面甲上闪烁着死星的光芒。

"我会证明的，"他说，"我要抓住那个记录仪。找到他，杀了他，把他的头拿回来。我这么做是为了你，也是为了我自己。"

格伦特格里尔点了点头。

"为了我好好工作吧，"他说，"我们——滴答！——雇的可是个恶棍。我等你。兄弟，等你做完了这一票，我们就能改变整个银河系。永远地，改变世界，更新世界。"

游侠看着充满粉色光芒的存储井。

"这是什么？"他问。

"时简公司的秘密，兄弟。你不该来这儿的。"

游侠看了看格伦特格里尔，然后启动了植入设备。

"这一次，我不会失败的。"他说。

然后，他消失在了令人紧张的闪光中。

格伦特格里尔站起来。

"说得好。"他说。

他又看了看数据核。

"快了，"他低声说，"等太空骑士完成任务就成了。"

33

半人马座阿尔法星上的又一天

半人马座阿尔法星。和平时一样多的半人马座阿尔法星事务。庞大的事务。

亲爱的读者，正如你们期待的一样，半人马座阿尔法星这样的宇宙中枢世界，管理着超过三十个系统，数万亿人口，是个不折不扣的繁忙之地。每个白天，平均有超过八十万艘飞船进入半人马座阿尔法星的主要港口，出港飞船的数量也不相上下。每天参与地面交通的人数超过九百万，其中包括：上班族、观光客、工人、外交人士等。另外，有两百多万人选择飞毯出行，还有十亿人通过远程传输或者深空实时通信访问半人马座阿尔法星。

有时候，半人马座阿尔法星的近地轨道空间会挤满了太空船：大型商船、超大型货运飞船、战舰、客轮、曲率太空梭、轻便帆船、旅客货物运输船、跃迁式货运飞船、使领馆飞船、一日游飞船、豪华游艇、货物转运船、探测船、支援舰、拖船、货运驳船……

你能想象了吧。我听说半人马座阿尔法星的轨道交通管理员是银河系中压力最大的工作之一。猝死率极高，就算有各种辅助交通引导系统和预测追踪设备（都是些量子基础和半感知设备）也没用。根据最近出版的2014 年 10 ／ 11 月号《银河系数据文摘》里的排名表明："'半人马座阿尔法星的轨道交通管理员'是排名第五位的高压职业，前四位分别是'统治希阿帝国'（第四位），'在萨卡阿尔决斗场工作'（第三位），'布鲁德人的口腔保健医师'（第二位），以及排名第一位的'一切与行星吞噬者有关的工作'。"

紧随其后的第六位高压职业则是"在克里-斯库鲁战争期间当克里或斯库鲁的士兵"。文章随后又强调说，总体上来看很奇怪的是，向来只有"克里-斯库鲁战争"却没有"斯库鲁-克里战争"。

我注意到"银河护卫队成员"和"参宿七记录仪"均不在高压职业之列。

我跑题了（"又跑题啊！"我听见你这么说了）。不管怎样，这都是个很忙碌的地方。一艘小船——比如时简公司的快运船——在这样一片混乱景象中很容易就被人忽略了。

时简公司的总部就在半人马座阿尔法星上，他们的生产和包装车间占据了该星球的大部分面积（我说"大部分面积"其实低估了时简公司：光是包装车间就占据了半人马座阿尔法星上百分之六十的大陆面积）。总之，在易耗品输入和商品输出方面——包括行政资源运输、商务旅行、参观总部行程——仅时简一家公司就占据了该行星每日交通量的三分之一。

于是，在这个与平时一样繁忙的日子里，一架小型快运船轻快地朝着时简公司高耸的总部大楼飞去。

阳光照耀着一望无际的高楼大厦，每座大楼都自成一个小小的城市，数百万个窗户反射出奄奄一息的橙色阳光。

快运船很小，像个箱子一样。它经过了轨道交通管理局的层层检查，其他注册信息和规格也经过了时简船运管理处的确认。快运船的侧面印有时简公司的标志。根据货运单显示，船上装载了四十八吨新鲜的鳟克，准备运送至位于时简公司总部第七千零六层的公司内部鲜榨果汁吧。

当然，以上所有这些都是假的。

事实上，这是一艘克桑达巡逻艇，被莱涅班隐蔽装置加上了一层伪装而已。

轻度伪装器的主要作用就是让人或者生物只看到自己想看到的东西。它产生的隐蔽力场可以和观察者的恐惧感形成精神链接，从而检测到观察者希望看到的东西，然后在他／她／它的精神中强调此概念。轻度伪装器甚至可以影响技术系统，只要对方是基于量子技术或者感知系统即可，通过提供空白资料，系统就会自动填充无害数据。

我们驶入时简公司总部主楼的第3447着陆码头，大楼下方的景象看起来挺吓人的。我们只是一艘普通快运船而已。在这个繁忙的码头上，根本没人会多看我们一眼。一艘破破烂烂的普通标准跃迁式快运船，谁会看啊？

他们只能看见自己想看到的东西：严重磨损的飞船后脚踏板，侧边轻微剥落的标志，由于不停地使劲开了又关、敲敲打打而已经开裂倾斜的驾驶舱门。

火箭浣熊靠在驾驶座上，竖起他那像极了人类的手指，咧嘴笑了起来。

"从大门大摇大摆进来。皮普那个巨魔真的没有坑我们。"他说。

巨魔皮普，不管他是谁，显然他确实没坑我们——但是在我们紧急离开阿德俱法之后的这两天里，日子并不太平。

发生了好几件事情。

虽然与其他事情相比，这件事并不算是最严重的——但是，我开始唱歌了。

大部分时候都是流行音乐，用年轻人的话说叫"流行歌"。各种不同文明的流行歌：打击乐、叙事诗、伤感小调、流行榜首的歌曲，短期流行，怀旧经典、泽·诺克斯的无聊小曲，粗鲁的拉克西达赞流氓朋克，梅坎的工业音乐，阿坎提的轻音乐，乡村西部螺旋军乐（包括那首经典的"虽然我只是个白色小矮人，但有朝一日我会成为你的红巨人"），活力十足的马卡鲁安重金属乐，卡里卡拉奇的滴答！——滴答！，毒气酱吧–绕吧的宇宙神思曲，刺耳的奈米尼安嚎叫之歌，还有曾–乎贝利安的泡沫摇滚（包括加玛甘·奎因特所作的《因加–宾加–大崩溃》）。

至少有六十八次，我被他们勒令闭嘴。他们所有人，包括格鲁特，甚至也包括巡逻艇的系统声音。

我当然知道，这些歌曲是上次在阿德俱法的时候，从336那里万分悲痛地下载下来的。在她充满奇迹的一生中，那些奇妙冒险鲜活地存在于我的脑海中。但是她把在潘杜邦地酒吧当点唱机时记录的那些歌曲和揪心的记忆一起传给我了，这可不太好。

所以，我每次一唱歌就马上道歉。然后再唱歌再道歉。有一次，火箭说："我不管他值多少钱，也不管他的处境有多危险，我们把他丢出飞船吧！"然后我不得不闭嘴。

还有一次，卡魔拉看了看我，又看了看自己的剑，目的只是为了不让我唱《因加–宾加–大崩溃》。

还有一次，格鲁特坐在我旁边，用他树枝一样的大手掌拉住了我的手。

"格，鲁，特。"他说。

"对不起，"我回答，"我的存储器里没有关于 X 行星的记忆。'你再薅我的叶子我就要变成树桩了'？怎么又是这句？"

"格，鲁，特。格，鲁。特，格，鲁——特。"

"啊，不，抱歉。"

不管怎样，正如我所说的那样，这期间还发生了些别的事情。与我胡乱地唱歌相比，巡逻艇的状况则更加严重。

一开始，它表现得比我奇怪得多。我们逃离阿德俱法的解释不够明确。它就一遍又一遍地自言自语、嘀嘀咕咕地抱怨。它也会用一种更……通俗易懂的方式跟我们对话。

"向着半人马座阿尔法星全速再全速前进！"系统声音突然高喊道，"该死，我们加速了！看这速度！收起小桌，竖起座椅靠背！刺激的事情来了！"

火箭看了主控系统诊断内容之后推测，帝国卫兵艾邦临别时的那一枪烧坏了巡逻艇的感知控制系统——基本上就是它依据《克桑达法典》来进行自我控制和感官自律的那一部分。现在它自由了，不再被克桑达或者诺瓦军团的法律约束了。它已经无所顾忌了。之前它压抑着自己想要跟我们一起冒险的心情，现在它完全释放了。

这对我们来说当然很好。但是我却很担心。巡逻艇似乎再也无法权衡危险了。我不知道还有什么东西被烧坏了，不知道导航硬件坏了没有，也不知道防冲撞系统坏了没有。还有，千万不要飞到恒星中心。

"我们需要一艘新的飞船。"卡魔拉对火箭说。

"不用不用，这艘巡逻艇没问题的。"火箭安慰她说。

当然，现在巡逻艇很愿意让火箭掌舵，格鲁特打开它的中央控制器接入轻度伪装器它也完全不反对。

"那个真的是轻度伪装器吗？"系统声音特别热切地问道。

"格，鲁，特。"

"哇，真棒啊！本飞船深受感动。本飞船觉得自己可以变身成一切事物！你们想不想看本飞船变成俱丹超级货运船？不，等等，克里战舰如何？"

"格，鲁，特。"

"格鲁特说得对，"火箭说，"飞船，你冷静一点。我们只要伪装成时简公司的快运船就好了，好吗？计划，记得吗？"

"哦，记得记得，全都记得，计划嘛，"系统声音回答，"肯定的，肯定的。本飞船完全赞同那个计划，兄弟们。我们伪装成时简公司的快运船，潜入他们位于半人马座阿尔法星的总部，拿到有关记录仪兄弟的一切机密情报。就是这样。本飞船完全、完全没问题。"

"很好。"火箭说。

"那好，"系统声音说，"那就让本飞船开始吧。让本飞船融入角色吧。嗯嗯嗯嗯嗯。嗯哈哈哈哈哈。一二。一二。啦啦啦啦。哼哼哼哼哼哼哼。好啦！本飞船现在就是时简公司的快运船了，对不对？"

"对。"

"好。很好。那么，本飞船的动机是什么？"

"什么？"

"你希望本飞船如何表演？阴沉？厌世？自大却可爱？结巴？说方言吗？"

"就……就是普通的时简公司快运船就好，行不行？"

就这样，在口齿不清、毫无说服力的克桑达方言中，我们到了时简公司总部。

时简公司总部的面积看上去似乎无边无际，但火箭却说他知道路。很显然，刚才他还在时简工作来着，就在收发室。他解释说这是"去往'突突突'之前的一小片贫瘠之地"。

他让我们待在巡逻艇里，自己跳出舱门，沿着码头后面巨大的铬黄色排污管道下面的围墙走了。

他走了大约十分钟。回来的时候，他戴了一顶闪亮的黄色塑料帽子，在自己的银河护卫队制服外面穿了一身闪亮的黄色塑胶连体服，另外还套了一双闪亮的黄色塑胶鞋套。而且，他还拖着一个非常沉重的清洁用品车，车上配有垃圾筒、抹布和真空管。他把这辆小车推上了飞船。

"我觉得这应该是计划的一部分吧。"卡魔拉十分怀疑地说道。"但是，我不喜欢这个计划的发展方向。"

"哼，得了吧，你就知道不喜欢，"火箭回答，"绿果子小姐，这是个超级完美的计划。《孙子兵法》里就是这样写的。"

"根本就没写过。"我说。我对此十分确定，要不然就是我严重误解了火箭的意思。

"肯定写了，记录仪兄弟。"火箭说着又拿出了三套闪亮的黄色帽子和连体服，又一架清洁车也被推上来了。"第七十几章里写的，潜入敌营时，尤其是在一座大城市的敌营里，而且还是特意打扫得一尘不染给人看的那种，伪装成清洁工肯定是最安全的。因为清洁工实在太多了。"

"没有啊，"我说，"真的没有写这些内容啊。"

"哦，那今后会写上去的，"他不耐烦了，"这个公司的总部是史上出现大型公司以来最大的一个总部。这地方高端得简直有病。豪华，酷炫，闪亮得要命。你觉得它自己就能保持这样吗？呸！嗯，当然这里还有几万亿个微型真空吸尘机器人，有空气过滤器，有除尘系统，但是绝大部分上光、装饰、倒垃圾的工作还是依靠最古老的办法完成的。他们雇用了一支清洁工大军，并给他们配备了许多清洁工具。一支军队啊。有四万八千人，我上次查过了。"

"格，鲁，特！"

"听起来确实很多，但是你别忘了，这座建筑里差不多有五亿员工。就连放置清洁工具也有一座专门的楼，而且是摩天大楼。摩天大楼啊！听懂了吗？一座摩天大楼也有它自己的清洁工具。清洁工的清洁工！我是认真的！这些清洁工的清洁工也有属于自己专门的区域，而且——"

他停下来。

他注意到我们看他的眼神。

"好了，抱歉。"他用那双像极了人类的手挠了挠后颈。"我觉得刚才自己说话真的很像记录仪兄弟——"

"喂！"我表示反对。

"重点在于，"火箭继续说，"清洁工是最好的掩护。这里到处都有清洁工，而且谁也不会注意到他们。赶紧穿起来！"

他把那些闪亮的黄色塑胶衣服扔给我们每个人。

我们磨磨蹭蹭地穿上了。

"帽子和靴子也穿上。"火箭龇牙笑了笑。

这些衣服是由时简公司的专利塑胶"自动塑形胶"制成，连体服内侧的标签上缝着纳米级尺寸控制器。通过调整控制器，我们可以根据自己的体型放大或者缩小每套连体服的尺寸，甚至也包括格鲁特。显然，时简公司清洁部门的雇用员工完全不限制重足，只是他们的帽子略微麻烦了一点儿。

"呃，加姆？"火箭说。

"怎么了？"她问。她穿上自己那套连体服，然后在保证运动时不绷开缝线的前提下，调整到了最贴身的状态。她看起来就像一坨闪光的黄色黏胶。我把这件事认真记录下来。为了历史的真实性，你明白吧。

"怎么说呢，"火箭斟酌着说，"嗯，不是这个样子。是这样的，我们不想引起任何人的注意。"

"然后呢？"

"没有哪个清洁工会穿得像个交通信号灯一样。"

"我喜欢这么穿。"

"就算这样……"

她不情不愿地把连体服调成大一点的尺寸。但是，她看起来还是不像清洁工，尤其是帽子，她戴起来显得特别妖娆。不过，这样至少看起来不像涂满黄色闪光颜料的泳装模特了。

真令人失望啊。

火箭打开一辆清洁车的垃圾桶。

"武器在这里。"他说。那里面装着他的大枪，卡魔拉的剑和切割枪，还有诺瓦军团的暴动镇压枪。在格鲁特把这把枪从巡逻艇的武器柜里借出来的时候，飞船竟没有半点反对。

火箭把垃圾桶的盖子盖好。

　　"好了，"他说，"我们要做的事情就是，进去到处转转，随便打扫打扫，擦擦灰，但是要始终注意寻找那个疯疯癫癫的克里指控者所说的616项目的线索，或者任何关于记录仪的资料。记住，这个616项目是控制宇宙的关键。它多半应该是一大堆看起来特别重要而且标红的文件。"

　　我们没有说话。

　　"开玩笑的！"火箭大声说。"你们这些人啊！当然不是那样的！总之眼睛要盯紧点。飞船？"

　　"怎么了，宝贝儿？"

　　"原地待命。"

　　"遵命，嫌犯兄弟。"

　　"不要跟任何人讲话，明白吗？"

　　沉默。

　　"飞船？"

　　"怎么了，我的朋友？本飞船只是一艘不知世事的时简公司快运船，从来不多管闲事。先生，早上好，愿为您服务。"系统声音里带着一股奇怪的克桑达口音。

　　所有人都叹了口气。

　　"好吧。"火箭说着便戴上了一双黄色的自动塑形塑胶手套，这下他的爪子看起来更像人类的手了。"我们就当一回清洁工吧，把这堆破事搞清楚。"

34

清理

时简公司总部的内部比外部要大得多。单说建筑规模的话，那些位于半空中的中庭，上上下下的电梯，无穷无尽的走廊和多不胜数的窗户——简直多得难以令人置信。我可不是随便说说，我是个记录过很多大规模事物的记录仪。比如神之陨落的大瀑布、马克鲁的防御工事、布林克海湾、大断层、赫鲁仙的球状恒星，还有生物行星伊格的牙刷。

中止讲述协议

——请原谅我的轻率言辞，亲爱的读者。我再一次紧张了。我一紧张就想讲笑话，你现在肯定已经非常清楚了。生物行星伊格的牙刷就是个笑话。生物行星伊格显然不用牙刷。他用水牙线。

恢复讲述模式

我们小心翼翼地离开巡逻艇，一路上装作若无其事的样子。我们偶尔停下来扫扫地，擦擦灰，上上光。卡魔拉特别关心护壁板。格鲁特打开清洁车的"自动抛光"配件开始扫地。火箭突然意识到自己可以像骑自平衡小车一样骑在自动抛光配件上，于是立刻帮格鲁特扫地去了。我们马上意识到应该阻止他。

我把帽子拉得很低。我不想被认出来。毕竟，这个地方的人最想抓住我。我算是羊入虎口了。

我们都在专心做事，时不时停下来偷听路过的行政官员或者等电梯的秘书们说话。他们的言谈都挺令人害怕的。我从来不知道"下定决心"是个真正的词，也不知道原来人可以"解决问题"。

"保安！"火箭悄声说。我们马上拿好掸子和抹布干活。三个时简公司的保安从我们身边经过，他们腰上很醒目地别着亚正电气相位枪。

"干得好，小子们。"其中一个保安对我们说。

"谢谢，先生，愿为您服务。"火箭慌忙中居然试图角色扮演。

"嘿！"另一个保安停下脚步看着卡魔拉，她正专心擦护壁板。

"我之前没见过你啊，美女，"他说，"你是新来的？"

我感觉到她很想拔剑。我还感觉到，她理智地决定不去拿剑。她站起来摘下帽子，长长的黑发垂下来。

"我是布朗格。"保安突然来了兴趣，自我介绍了起来。一棵树、一个记录仪、一个浣熊机器人，大家都穿着闪亮的黄色连体服，可他偏偏就盯上了卡魔拉？

咦，我在说什么？当然是她呀。

"第二层安保次级技术员布朗格。"他拍拍自己的徽章。很显然，他经常用这个头衔吓唬人。"你真可爱，小甜心，你有名字吗？"

"有。"卡魔拉回答。

"你叫什么呢，小薄饼？"

"我叫……嗯……阿罗马格。"

"真是个好名字。就像箭和弹夹，二合一。这听起来非常致命。"

"我不知道你在说什么。"

"我说，你介不介意下班后在咖啡厅碰个面？第五千零二层那家如何？"

"好啊，"卡魔拉回答，"很好。"

"你什么时候下班？"保安问。

"跟你下班的时间完全一样,第二层安保次级技术员布朗格。"她回答。

布朗格脸红了。

"见鬼，"他说，"那到时候见。我请你喝杯热饮。他们上了新品，你知道吗？体力易化曲线，安全舒适的手部体验，也绝不会烫伤。真的很棒。"

"真的吗？我都等不及了。"

"我也是。到时候见吧。我们可以继续聊聊。"他颇有自信地向她行了个"稍后再会"的礼。

"我真的很期待不被烫伤！"卡魔拉在他身后大声说道。

保安们走远了，只有布朗格不停地回头看，直到看不见为止。

"哎，我们绝不能惹是生非。"卡魔拉说完便回去擦墙。

火箭呆呆地看着她。

"对，没错。不过你为什么不拿出你的宝贝武器直接戳到他的脸上？"

"我在角色扮演。我设定了一个角色。"她回答。

"是吗？"

"是啊，愿为您服务，我的朋友，我亲爱的兄弟。"她回答。

我们推着车继续往前走。火箭一肚子气。卡魔拉冷笑着。格鲁特则一直在一旁傻笑。

"闭嘴。"火箭对我说。

我这才意识到自己正在唱卡莫多全明星韵律之王合唱团创作的《渴望帮砳帮吉》。

"对不起，"我说，"卡在循环播放上了。"

我们总算到了电梯口，决定去另一层楼看看。电梯来了，我们走进去。电梯里有四个身穿闪亮塑胶连体服的人推了一辆清洁车。我们全部陷入沉默。他们看着我们。

"你们去哪儿？"其中一个清洁工声音沙哑地问道。

"嗯，去四千零六层。"火箭愉快地回答。

"我们负责那一层，"那个人拿出笔记板，"看。"

"哦，"火箭很显然希望自己也有一块笔记板，"那就是四千零五层。"

"也是我们负责的。"

"啊，要命，"火箭笑了，"你知道吗，肯定是主管部门搞错了。"

"我在这儿干了八年了，"另一个清洁工说，"他们从来都没有搞错过。时简便捷管理部门从来不会搞错的。值班表每小时更新。你们是从哪个工作室来的？"

"十四！"火箭很干脆地猜了一把。

"我没见过你们啊，"第三个清洁工说，"我不认识你们。"

"你当然不认识我，"火箭说，"毕竟那么多人。"

"对，但是我们就是十四工作室的。我们理应认识你们才对。"

"我怎么就选了这个倒霉的数字……"火箭小声说。

"嗨！"卡魔拉伸手按了"急停"按钮，电梯停在了两层楼之间。"有个特别好玩的事情。你们绝对猜不到我们今天在九百六十层的垃圾桶里发现了什么。"

"发现了什么？"清洁工之一问道。

"我给你们看看。"她打开我们小车上垃圾桶的盖子。"就在这儿。"

当我们到了第四千零六层的时候，许多主管都在等着我们的清洁车。当然，电梯"急停"的时候我们把清洁车里面彻彻底底地清洗了一次。我必须要说，我们很幸运地找到了海绵和喷雾清洁剂。

"抱歉抱歉，"我们出来的时候火箭不停地对主管们道歉，"技术故障。"

我们现在推着两辆车。每一辆车都比之前重了不少。

"看见了吗？"火箭指着墙上的楼层平面图对我们说，"收发室就在大厅下面。我在那边工作过。当然了，这里有好几百个收发室，每个都一模一样。收发室最适合查看进出的消息。也许我们可以去那里找找线索。你觉得呢，格鲁特？"

"格，鲁，特。"

"记录仪兄弟？"

"好像……可行。"

"阿罗马格？"

"你一向都不会搞笑。"她说。

于是，我们去了第四千零六层的收发室。

一路上，我们倒是没有遇到任何麻烦。

不过麻烦总会出现的。

35

你的信！

火箭向我们保证说，时简公司第四千零六层的收发室和其他收发室一模一样。它很大。巨大的铁丝网架上堆满了等待投递的实体信件。电子邮件则存储在巨大的服务器里等待发送。架子上有很多卷好的带子和读码器。

"闻起来真是亲切，"火箭笑了，"过来。"

我们到处翻看。小型分类机器人用它们细长的金属胳膊抱着一捆捆信件来来往往，完全无视我们的存在。

"616，616，616……"火箭脱了手套一边念叨一边找。

"我们在这儿绝对找不到任何有用的东西。"卡魔拉说。

"格，鲁，特！"格鲁特大声说。他正在查看分类为"高级行政人员"的那个柜子，接着就拿出了一个看起来似乎很重要的红色文件夹。

"这不是在闹着玩的吧，"火箭冲过去打开文件夹翻看内容，"这里说……提请高级执行副总裁【特别项目】奥杜思·汉克斯查普注意。会议纪要，内容吧啦吧啦吧啦……考虑到体力易化曲线潜在的执行成本……混蛋，不是这个。"

　　我从他那双像极了人类的手里接过了文件夹，启动皮秒处理器以快速浏览模式翻阅了一遍。

　　"别瞎翻，认真看看啊，"火箭说。

　　"我在看。"

　　"你在看？"

　　"我在看。这里面可能会有别的内容。会议纪要的最后写着高级行政人员解散，也就是说特别项目的高管全都留下来了。特别项目专项会议。议题：616项目。"

　　"什么！上面还写了什么？"

　　"没有了。他们启用了保密立场，官方纪要上什么都没有。"

　　"好吧，这个人叫什么名字？汉克斯查普？霍克斯查普？找到他的邮箱！"

　　"找到了！"卡魔拉叫了起来。

　　汉克斯查普的邮箱里至少有一吨信件。还有个包裹。看起来是个人形。我们拆开了包裹。剥掉塑料外壳之后，我突然感到一阵寒冷。我知道自己将会看到什么。

　　是一个记录仪。489号。他死了，但是他头部的一侧安装着一个持续引导系统，可以为他的记忆系统提供能量。

　　"你还好吗，兄弟？"火箭问。

　　"这……这太不人道了。"我感到一阵恶心。

　　"摘要上说，他要被送去……八十层以下。还有个安全清除码在这里。特别运输，"卡魔拉说，"这是什么意思？"

　　"八十层以下？"火箭挠了挠耳朵。"这座大厦只有八十层地下室。

八十层以下应该什么都没有了。"

"格，鲁，特。"

"对，除非八十层以下真的有东西。秘密项目，秘密地点。邮递系统会按照标签分类来投递包裹。不用问了。把那个标签给我！"

卡魔拉把标签扯下来递给他。火箭用邮件读码器扫了一下。

"未知目的地。"读码器说。

"这更像是被锁定的状态，"火箭说，"读码器上显示空白。但是邮递系统肯定知道，不然的话机器们就无法投递了。"

"不是'机器们'是'同事们'。"我说。

"对，当然是了，"火箭想了一下，"各位，现在我们得找到这个密码源。我们需要执行终端。我们去找这位汉克斯查普的办公室，然后——"

我们周围邮箱里的信件仿佛突然被大风吹动一样到处乱飞。

现实突然破裂开来。

身穿黯淡黑色盔甲的太空骑士突然出现在了我们面前。

"你们！"游侠大吼道。

"你！"卡魔拉咬牙切齿地说道。

"你！"我倒吸了一口气。

"格，鲁，特！"格鲁特大叫起来。

"怎么又是他！"火箭惊呼道。

游侠举起枪。卡魔拉不知道从哪儿抽出一把刀扔向了太空骑士。我不知道她之前把那把刀藏在哪里了。

那把刀不偏不倚地刺入他面甲上的缝隙处，他蹒跚地后退了几步。他的枪朝着邮箱开火了，信和文件飞得到处都是。他挣扎着把刀从面甲里拔出来。

火箭打开了我们最初那辆清洁车的垃圾桶，拿出武器，并在满天烧焦的纸片中扔给卡魔拉和格鲁特。然后，他取出了自己那把暴力大枪。

他开枪了。

游侠刚把刀拔出来就被火箭的激光、卡魔拉的锋利穿甲弹和格鲁特那把诺瓦军团暴乱镇压枪发出的硬物质冲击波子弹击中了。那把暴乱镇压枪很重，配有循环弹夹，可以通过聚变产生攻击所需的准确能量。格鲁特现在把它调到最大能量，这一档是为了对付巨大的对手（或者大量暴动人群）而设计的。

游侠被击飞了，撞在了墙上的网格架上。整个架子都倒下来砸在了他的身上，信件和包裹像雪崩一样垮了下来。

"快跑！"火箭大喊。这句话听起来就像完美的战略指示一般，不过这已经不是第一次火箭这样说了。

建筑内部的探测器监测到了武器释放的能量。警报器响了。我们一路狂奔。眼看就快跑到收发室的大门口了，但是十几个时间公司的保安手握亚正电气枪破门而入。

游侠的靴子喷出火焰，它们带着游侠降落在保安的前方。游侠面向我们，背对保安。他依然握着那把能量枪，另一只手则握着激光剑。

保安也将他视为一大威胁，果断开枪了。在这么近的距离之内，游侠的盔甲吸收了双倍的亚正电气枪能量，他向前跟跄了几步。

然后，游侠转身杀了那些保安。所有人。他只不过随手开了几枪，然后挥了几下激光剑而已。

"这边！这边"趁着游侠对保安们大开杀戒的时候，火箭叫大家赶快离开现场。我们全速奔向收发室。

"我去收拾他!"卡魔拉高喊道。"我要还他一刀!"

"很好,"火箭高喊回去,"给他打个借条。我们得先去别的地方了!"

他在墙边的邮件投递滑道前紧急停下了脚步。他扒开滑道入口,在地址扫描器上扫描了自己手中的那个标签。扫描仪发出了"哔"的一声。文字显示:"安全越级……高级特别项目……"。显示器闪了一下,随后出现了新的文字"准许越级"。

"吉罗尼莫!"火箭高喊着跳进邮递滑道。格鲁特、卡魔拉和我愣了一下。

"哼,管他呢!"卡魔拉也跳了下去。

"格,鲁,特。"

"我知道。简直不可理喻,不是吗?"我回答。"不过反正都到这一步了。"

我拉着格鲁特的手也跳进了邮递滑道中——

接下来,在时简公司错综复杂的庞大邮递系统中,我们只能听天由命了。

36

与此同时

（第三千九百九十五层之上……）

"什么？"汉克斯查普冲着便携设备吼道。

此前，高级执行副总裁【特别项目】奥杜思·汉克斯查普正在自己位于时简公司总部大楼第八千零一层的私人办公室里享受安静的时光，他正眺望着窗外的风景。

今天窗外的景色是呼吉上烟雾缭绕的翠绿色雨林，当壮美的朝阳照亮寂静的绿色雨林时，虫鸣鸟唱环绕着整片森林。

"发生了安全事故，先生。"柯索博·柯索布克斯在电话那头说。

"对，我在监视器上看到了。4006 收发室里发生了一点儿事故。你为什么要拿这些事来烦我，柯索布克斯？马上带你的人去处理！"

电话另一头，公司【特别项目】保安部负责人泽·诺克斯和柯索博·柯索布克斯犹豫起来。4006 收发室传来的资料很少，但是室内传感器捕捉到的环境能量读数——以及众多死去的保安——却显示此事肯定与游侠有关。不过，在弄清这个事实之前，他并不打算说太多，毕竟是他推举了太空骑士。倘若事情真的如他所料，那他，柯索博，就死定了。

他很庆幸自己还有更重要的事情要汇报给这位暴躁的老板。

嗯，算是庆幸吧。

"我不是要说这件事情啊，先生，"柯索布克斯说，"还有一起更大的安全事故。请……请看看窗户外面。"

"我正看着窗户外面！"汉克斯查普很生气地说。

"那……你看见了吗，先生？"

"看见了，看见了，雨林、雾气和各种东西。怎么了？"

"我觉得你所看到的是窗户的景物设定，先生。"柯索布克斯耐心地回答。

"什么？哦，对，没错。"汉克斯查普伸出另一条触手，拿出控制棒冲着窗户晃了晃。

雨林景物一闪而过。汉克斯查普现在正沐浴在午后的金色阳光中，窗外是半人马座阿尔法星市区的繁华景象：闪烁的卫星城、光亮的摩天大楼、峡谷般的街道上是川流不息的低空交通工具，翻腾的云层为西沉的太阳增添了光晕，近地轨道上可以看到数百艘太空船的阴影。

"我正看着市区呢。怎么了？"

"再等一会儿，先生。"

高级执行副总裁【特别项目】奥杜思·汉克斯查普擅长很多事情：抽昂贵的雪茄、虚报账目、大吼大叫、多管闲事、创立又贵又不靠谱的项目、定下远高于自己能力的目标，而且还特别会说大话——这是包括高级行政人员在内的所有听众都坚信的最适合他的"工作"。

他擅长很多事情，但却并不擅长等待。

"柯索布克斯，最好不要说那些有关泽·诺克斯的蠢笑话……"他说完就沉默了。

一艘飞船出现在他的窗边。

那艘飞船很大，优美倾斜的机翼让它看起来像是一头巨大的猛禽。这是一艘星际战舰。它的舰桥向前突出，所有武器和炮台都直指时简公司总部大楼。

在消除隐形力场的同时，网状的闪电从它铁蓝色的船体和机翼上一闪而过。战舰引起了大气环流和地磁场失常，进而导致当地天气变化，半人马座阿尔法星的市区下起雨来。战舰投下巨大的阴影，时简公司下方的街道陷入夜色一般的黑暗之中。

整个情况看起来非常不可思议。这么大的物体不可能悬浮在距离地面仅五百米的低空上。况且，这么大的物体也不可能丝毫不被察觉地接近半人马座阿尔法星这样科技高度发达的世界，不然轨道交通控制系统早就失常了。

这还不是最可怕的事情。

"那，那是……"汉克斯查普盯着窗外。"那是希阿帝国的猛禽级巡洋舰。"

"没错，先生，正是如此。"

"希阿帝国？该死要命的希阿人？"

"很抱歉，先生，"柯索布克斯在电话那头说，"三分钟前他们主动联系了主通信系统，通知我们他们到了。那艘船是夏拉良知号，它直接接受希阿帝国卫队的控制。"

"帝国卫队？"

"帝国卫队想见见您，先生。"

"告诉他们我不在这儿！这个……这样入侵半人马座阿尔法星的空域实在太无礼了！该死的希阿人，到处搅事！让他们联系半人马座阿尔法星大使馆，走外交途径！倘若是在别处，早就开战了好吗！"

"先生，"柯索布克斯努力克制住自己的情绪，"帝国卫队明确表示，有非常紧急的事件求见。他们要追捕银河系中最危险的逃犯。他们坚信逃犯就在这里。根据《泛银河系中立区》条款，他们表示接受有关此类极端事件的调解。先生……"

"怎么了，柯索布克斯？"

"先生，目前我们已知有六十股外部势力在探查616项目的消息。现在希阿人也加入其中。我们必须谨慎处理。因此，我希望他们直接去见您，而不是去见董事会。"

汉克斯查普冲着窗外的战舰挥了挥触手。

"这叫谨慎？"他哀号道。

"考虑到希阿过去的种种行径，这个决定确实已经很谨慎了。先生，我们要保护616项目。您难道希望董事会插手吗？坚持住，您就是英雄啊！重在外表，外表能应付一切。"

汉克斯查普定了定神。不管他在人格上有多少缺陷（实在是多不胜数），要是没了独断专行和发号施令这两点，他绝不会成为时简公司最高级别的行政主管。他觉得自己的命运正在摇摇欲坠。他必须扭转局势。柯索布克斯说得对。这是一次危机，但是负起责任直面危机绝对是最好的机会——包括晋升的机会。他将在董事会获得一席之地。他能做到的。他肯定能做到……

该死的希阿人！他们究竟知道了些什么？这完全是在进行非法调查。

"柯索布克斯？"汉克斯查普说，"你稍等一下。"他按下了便携设备上的另一个按钮。

"曼特里斯蒂克太太？"

"先生？"

"让特别项目高级行政人员到我办公室来。韦弗尔斯，哈农，拉纳克……尤其要叫上高冷的梅拉纳提。有希阿贵族在场肯定能帮助我解决这场该死的危机！"

"好的，先生。"曼特里斯蒂克太太回答。"这次会议安排在什么时候比较好，先生？"

"看看该死的窗外，你这个死脑筋的老太婆！"汉克斯查普尖叫起来。"马上就开会！废话少说！"

汉克斯查普又按下了另外一个按钮。

"柯索布克斯？你还在吗？"

"在的，先生。"

"告诉希阿帝国卫队，我可以和他们开个该死要命的会。半小时后以后，第六十八层，执行办公室。"

"容我说一句，现在马上开始会议好吗？"

听到这句话之后，汉克斯查普又回头看了看窗边。四个希阿帝国卫兵正站在他的书桌前，防御转化能量环绕在他们脚边。

"这是什么——？"汉克斯查普小声念叨着。

在四个卫兵中，身穿黑色紧身衣，深灰色皮肤的瘦高个女性说话了。她也像同伴一样带着银色倒三角卫队标志。

"我叫艾邦，是希阿帝国的卫兵，"她说，"据我所知，您就是奥杜思·汉克斯查普？"

"高级执行副总裁【特别项目】奥杜思·汉克斯查普。"汉克斯查普小声纠正她，同时重重地坐回椅子上。

"抱歉，请您再说一遍？"

"没什么。"汉克斯查普说。

"很好，"艾邦说，"幸会，我谨代表希阿帝国，在此介绍帝国卫兵卓贡——"

一个身穿红色紧身衣、留着莫西干发型的女性点了点头。

"卫兵战星 34——"

一个高大的深绿色机器人点了点头。

"我的长官，代理队长阿拉齐。"

阿拉齐也是个大块头，她拥有泛着彩虹色光芒的蓝色蜘蛛外形，头和躯干则是人形状。她叠起前肢和触须，做出问候的姿势。

"你好。"汉克斯查普说。

"代理队长阿拉齐接替了我的前任队长咔嚓尔来指挥此次任务，咔嚓尔本人在阿德俱法的冲突中受伤了。"艾邦说。"他已经脱离危险了，目前正在接受重症护理。"

"我……对此深表遗憾。"汉克斯查普说。他不知道这件事究竟会怎么收场。

"很高兴您能对此表示遗憾，高级执行副总裁【特别项目】奥杜思·汉克斯查普。"阿拉齐细细的声音透过翻译器刺耳地传出，就像在听湿手指摩擦玻璃杯的声音。"阿德俱法上的冲突非常严重。我们失去了数名战士。

正如艾邦所说的那样，还有一位伟大的战士受了重伤。"

"这真是极大的羞辱。"汉克斯查普说。他总算恢复了些精神，决心夺回对当前局势的控制权。"如今无法无天的事情实在太多了，太多了。你们说那是在哪儿？阿德俱法？那个贼窝！"

他站起来，露出笑脸。

"欢迎各位。各位要喝点什么饮料？液体干酪如何？"

"执行任务期间我们不喝东西。"卓贡回答。

"好的，请随意。我要喝一杯。"汉克斯查普从装酒水的小车里给自己倒了一大杯陈年斯帕托好酒。他不慌不忙，仿佛是在从容思考，显得十分冷静。他让冰块在厚厚的玻璃杯里翻滚着。这种消磨时间的小把戏通常都能挫败对方的锐气，让对方知道他才是老大。

"雪茄？有人要吗？没有？好吧，女士们，还有……机器人。我能为你们做些什么？"

"我的小队在阿德俱法遇到了几个人，"艾邦说，"其中三个是因暴力事件从其他世界逃亡而来的罪犯。"

"是这样吗？"汉克斯查普啜了口酒坐下来说道。

"我们正试图与这些人进行沟通时，发生了暴力事件。我的小队指挥官受到重伤。九个铁翼战士也当场战死。"

"哇，这真是可怕，"汉克斯查普一脸同情地说道，"太可怕了。谨致以哀悼。"

"据说，这几个逃犯是乘坐一艘克桑达巡逻艇到达阿德俱法的。"阿拉齐说。天哪，又是那种湿指头摩擦杯子的声音！汉克斯查普的脸上抽搐了一下。"我们跟踪了他们。他们直奔半人马座阿尔法星而去。两分钟前，他们在进入你们的空域之后便消失了。"

"消失了？哦，天哪。真不幸。"

"追踪预估报告里显示他们抵达了这里。"

汉克斯查普又啜了口酒，晃了晃杯子，按了几下桌上的触控按钮。然后把显示器转向对方。

"好的，各位请看。我很想帮助各位希阿的客人。时简公司没有丝毫隐瞒。请看，这是今天入港船只的清单，并没有克桑达巡逻艇。"

卓贡上前一步看了看显示器。她仔细扫描了一遍，然后看着阿拉齐摇了摇头。

"我们认为对方可能开启了伪装力场。"艾邦说。

"是吗？你是说，他们也像你们一样？"汉克斯查普用触手指了指停在他窗外的战舰。

希阿卫兵们脸色铁青。

艾邦看着阿拉齐，阿拉齐点了点头。

"逃犯们和一个参宿七记录仪在一起，"艾邦说，"我们认为该记录仪事关重大。他们很可能把记录仪也带到这里来了。"

汉克斯查普颤抖了一下。真的吗？它也到这儿来了？真的在这里吗？

"先生？"艾邦问，"你作何解释？我们等着您的回答呢。"

汉克斯查普定了定神。

"各位朋友们，我也不知道为什么记录仪组件就数参宿七最为重要。那都是些装数据的蠢东西！嗯？嗯？算了，这么说吧，依照本公司的精神，我会派人搜查整栋大楼。从头到脚搜一遍。我们有完善的安保系统。顶级的！如果记录仪在这里……或者任何逃犯，他们肯定逃不掉。然后我们再来讨论一下如何处理这些人。"

"不如由我们来搜查。"战星34小声地说。

"当然，你们也很厉害，大个子！"汉克斯查普回答。"但这是在半人马座阿尔法星，这栋大楼是时简公司的财产。我们优先按照自己的流程办事。我们会为你们解决一切问题的，即刻就好。冷静一下。我叫人拿些三明治和果汁来。你们先休息一下吧。"

他冲着阿拉齐笑了笑。

"女士——你大概需要很多个脚凳吧？我说对了吗？"

"什么？"

"随便说说而已。"

"我们……我们暂时就按你说的办。"代理队长阿拉齐说。

"很好！这样难道不好吗？看，我们现在合作得很愉快。不是吗？就像……协同主义还是什么来着？"

有人敲门。

"进来！"汉克斯查普喊道。

布林特·韦弗尔斯、帕玛·哈农、斯勒德利·拉纳克，以及阿兰德拉·梅拉纳提站在门口。他们紧张地盯着这几位不速之客。

"进来吧，各位！"汉克斯查普招呼道。"有客人来了，非常特别的客人。货真价实的希阿帝国卫队。今天真是个大日子！好好招待他们。他们似乎要找几个逃犯和一个什么……参宿七记录仪组件，你们猜不到吧？据说，这些人现在就在我们的大楼里！"

"真的假的？"韦弗尔斯说。"我是说……这也太奇怪了？"

"记录仪？"帕玛·哈农问，"真的在这里吗？"

"真是个大好的机会，对不对，帕米？"汉克斯查普对此表示同意。

"就在这儿？"拉纳克悄声问。

"对。好好招待他们。我去找柯索布克斯。"汉克斯查普小声说道。

"让我们好好欢迎一下各位贵客！"他大声说。

"希阿人的那一套就交给你了，让大家好好交流，"他小声对梅拉纳提说，"我需要你稳住这群混蛋。"

梅拉纳提看起来有些忧心忡忡。

"但是——"

"哎呀，你是贵族啊！让他们给你鞠躬呀！"汉克斯查普说。

"曼特里斯蒂克太太！"他冲着办公室外面喊道，"茶！咖啡！果汁！饼干！招待客人的东西全部拿上来！马上！"

"好的，先生。"

汉克斯查普看见柯索博·柯索布克斯在走廊上磨蹭，于是便走了过去。在他身后，主管们已经和帝国卫兵们开始了假惺惺的茶话会。

"柯索博！柯索博兄弟！"汉克斯查普深深地吸了一口气，抓住柯索布克斯的肩膀。"记录仪……就在这里！在这栋大楼里！叫上你的人，找到它！马上找到它！"

"好的，先生！"

"那些希阿人就像裹尸布一样追着我们，柯索博。我们必须抓住记录仪！如果我们找到记录仪，把它带去数据核心，然后整个希阿帝国就会毁灭。永远消失！"

"是的，先生！"

"去吧，柯索博！全靠你了！"

"我马上就去办，先生。"柯索博·柯索布克斯转身就跑。

汉克斯查普转身回到办公室。

"大家都还好吗？时简公司完全能够解决此事。大家都开心吗？"

"有一件事。"阿拉齐结束了她和布林特·韦弗尔斯的谈话，抬起头来。

突然出现了一阵防御转化能量。全副武装的铁翼士兵一个接一个地出现在房间里。一阵混乱的能量结束之后，四十个手持武器的士兵沿着办公室的墙一字排开。

汉克斯查普倒吸了口气。

"我必须确保我们双方势均力敌。"阿拉齐说。

37

与此同时
（第八千零八十七层以下……）

我不记得被投递的过程了，尤其是在穿过内部邮件规划系统的时候。在这个过程中有无数的掉落和自由下滑，无数个急转弯，我甚至还无数次地撞上了一起被投递的邮件。

当我们从坡道里滑出来、头朝下落在金属地板上的时候，我们感觉这像一场轻松愉快的欢迎会，真的。

"哇！"火箭浣熊嗷了一声站起来。他抓起自己的暴力大枪，把连体服脱掉。他那身银河护卫队的制服皱巴巴的，看起来更像是在干活了。"吱嘎吱嘎吱嘎吱嘎。"格鲁特试着说话，他从嘴里掏出来好几封信和一个小包裹。

"格，鲁，特。"他又说。

"没错，"火箭说，"我们先看看自己是在哪里。"

卡魔拉也站了起来。和火箭一样，她也把连体服扔掉了，仍旧穿着黑色紧身盔甲。她从连体服的口袋里掏出卷起来的斗篷，抖开之后披在自己身上，戴好兜帽。在昏暗的灯光中，乍看起来，她就像一片淡淡的影子。

整个房间都是金属的。屋内很黑，唯一的光芒来自墙上的指示板。在堆放邮件的台子旁有几辆像是医院轮床一样的金属手推车。

火箭按了指示板上的按钮，门开了。

我们往走廊上看了看。这里的装修风格十分冷峻：蓝黑色的金属墙面和地板，透过厚重的散热格窗，三叶式阀门发出昏暗的黄色光芒。

我们走了一段。没过多久，我们来到了一个门厅。一边是管理人员电梯。很显然需要管理员密码才能启动。电梯旁边的牌子上写着"地下八十六层"。

火箭吹了声口哨。"地下八十六层，"他说，"不存在的地方。"

"除了——"我刚说了两个字。

"我是指官方不存在的地方。"他亲了一下那双像极了人类的手里拿着的破烂邮件标签。"我就知道。我就知道我们发现了厉害的东西。这里是哪部分区域。顶级绝密的特别项目，他们把这东西藏得够紧，埋得够深，还加了这么多密码和各种安保措施——但是邮件必须要送达。你们看，为了防范商业间谍，这东西还得对个人完全保密，但是它却全然信任楼内的自动系统。"

"格，鲁，特。"

"没错，因为就算有人向内部邮递系统提问，也没有人会回答啊。"

我们现在在地下很深处。空气里弥漫着人工制造的干燥清凉感。我能听到几位强大的私密立场在嗡嗡作响。这让我的外壳很难受地震动起来。如果（通常的，有机的意义上而言）我有耳朵，我现在就必须捂住耳朵了。

卡魔拉从电梯那边走到正门入口处。那是一扇巨大的双重三叶式阀门，周围加装了许多红色的绑带作为安全措施。门的旁边是个进行基因检测的小台子。

她检查了一下。

"我们不能从这边走，"她说，"这里需要密码卡，还有安保序列——掌纹、虹膜、声音、基因样本、信息素普相。"

火箭绝望地看着那个标签。

"这个无法帮我们通过这里。要是我们有——"

一部电梯突然响了。我们赶紧藏进阴影里。

一个穿着西装的时简公司行政人员从电梯里出来。他是个卡里卡拉奇星人，看起来很激动，身后还跟着两名时简公司的保安。

"这是——滴答！——在第八千零一层，"卡里卡拉奇星行政人员说，"听说汉克斯查普被希阿帝国卫队围在办公室里了。"

我看了一眼火箭。他也看着我，耳朵垂了下来。

"我们必须——保护——这片区域，你们明白吗？"那个卡里卡拉奇星行政人员对保安说。

"明白，格伦特格里尔先生。"

"汉克斯查普说了，如果——滴答！——希阿人动手搜查这栋楼，绝对不能让他们发现这个地方，明白吗？"

"明白，格伦特格里尔先生。"

"好，很好。现在开始。"

于是，那个行政人员——格伦特格里尔——走上门边的平台。

他把密码卡插进细长的读卡器里，然后把绿色的手掌放在掌纹扫描器上。他看着虹膜检测器，蓝色的光芒扫进他的眼睛里。

"声音。"他说。机器的光开始发生变化，它正在读取样品。"阿诺克·格伦特格里尔。安全序列号——滴答！——11324567812。请检查我的掌纹、虹膜、声音、基因样本和信息素谱相。"

"身份匹配失败。"

"什么？——滴答！——"

"无法识别序列号。"

"我说了，安全序列号11324567812。"

"错误。你说：安全序列号——滴答！——11324567812。"

"你是在耍我？又来了？"格伦特格里尔问。

"无法识别问题。"

"你又笑我口吃了？我只是紧张而已！"

"无法识别对话。"

"重新——滴答！——扫描我！我的序列号是——滴答！——11324567812。我的意思是，序列号——滴答！——11324567812。"

"无法识别序列号。"

"每次——滴答！——都是这样。"格伦特格里尔笑着看了看那两名保安。他们没有站在他的身后。他们全都倒在地上了。格伦特格里尔睁大眼睛。然后他看见了我，一棵危险的树，一个手握两把剑的绿皮肤杀手，一个用大杀伤力武器瞄准他的浣熊机器人。

"滴答！——"他吞了吞口水。

"打开门，兄弟。"火箭对他说。

他目瞪口呆，滴答作响。他的触须抖个不停。

我意识到，尽管有剑、有指着他脑袋的大杀伤力武器、有那棵危险的树、有愤怒的浣熊机器人和躲在阴影中的杀手，他仍旧一直盯着我。

"是你。"他说。

"是，我就是我。"

"127——滴答！——记录仪。"

"是的。"我回答。

"打开门，"火箭吼道，"我们倒要看看究竟是什么事情如此重要。"

他晃了晃手中的暴力大枪以此加强语气。

38

与此同时

（第八千零八十七层之上……）

"把枪收起来！"汉克斯查普命令道。"马上！居然敢在我的办公室里如此无礼！"

"那就听我们的。"阿拉齐尖声说道。

"听着，蜘蛛女王，这——"

一阵超高速爆炸声狠狠地震动了窗户，窗外有什么东西一闪而过便消失了。

"这是什么？"汉克斯查普说。

"夏拉和凯斯利在上！"艾邦大声喊道。

透过窗户，他们看见第二艘巨大的太空船出现在时简公司总部大楼的窗外，就停在希阿战舰旁边。

巨大的诺瓦军团重型巡洋舰在外观上呈圆柱形，与希阿的猛禽状飞船相比，诺瓦军团的巡洋舰就像一枚全副武装的导弹。巡洋舰上的巨大重型射灯亮起来了，光芒照着下方的街道。

"全都乱套了！"汉克斯查普哀号道。

窗户突然由外向内爆炸了，玻璃碴满天乱飞。四个克桑达的诺瓦军团战士平稳地降落在汉克斯查普的办公桌前。他们踩在满地的银白色玻璃碴上。

铁翼士兵举起武器。四个帝国卫兵也进入了备战状态。

"希阿人，后退！"诺瓦队长说，"我是来自克桑达的百夫长格勒坎·亚尔。克劳蒂百夫长，斯塔克罗斯和瓦利斯队员，跟上。请你们冷静一下，不然我们将送各位上路。"

"你试试看！"战星高喊道。

"喂喂喂！"汉克斯查普脱口而出，"不准在我的办公室开枪！马上停止冲突！"

希阿士兵迟疑地收起枪。诺瓦队员和帝国卫兵也都收敛了。他们互相打量着，双方都全副武装且极度危险。

"好多了，"汉克斯查普说，"这就好多了。每个人都冷静一下。现在，每个人都表现得很好。诺瓦先生，你这是在干什么？顺便说一下，你需要赔偿打碎窗户的钱。"

"我们在追捕逃犯，先生，"亚尔回答，"一艘被盗的军团巡逻艇飞到这里来了。"

"你们在这里没有管辖权！"阿拉齐高声说。

"哦，你是在说你们自己吧？"克劳蒂说。

"狂妄的傻瓜！"阿拉齐轻蔑地说。

"各位，各位！冷静！我想这里面肯定有误会！"汉克斯查普喊道。"诺瓦朋友，"他看了看一脸冷漠的亚尔，"你能不能详细地说一下？"

格勒坎·亚尔拿出平板设备给汉克斯查普看。

"银河系搜查证,"亚尔说,"根据银河法规第9910条,起诉罪犯条款。因上述原因进入其他管辖权区域,按照银河法规第3596条处理。在本案中,我们定位并确认了127号记录仪组件。"

"你刚才说记录仪什么?"

"你在隐瞒什么?"

"什么都没有!"

"先生,"格勒坎·亚尔对汉克斯查普说,"简而言之,根据银河系的各种条例法规,我们有权搜索这栋大楼。"

阿拉齐走上前,伸出一条细长的蓝色前肢。她看了看亚尔的平板设备,然后将其还给对方。

"的确,他确实有权这么去做,"她尖声说道,"在此次事件中,他的法律权限比我们希阿高得多。"

"谢谢,女士。"亚尔说。

"但是我们说过了,"阿拉齐说,"这件事由我们接管。"

她晃了晃触须。铁翼士兵以高度整齐划一的动作举起武器瞄准诺瓦军团。

"不准在办公室开枪!不准在办公室开枪!"汉克斯查普尖叫道。

"那你有什么建议?"亚尔正举着发光的拳头对准了希阿客人们。"除非我们放下枪,不然情况肯定很难看。"

"我们不希望和克桑达的军队发生冲突,"阿拉齐透过她的翻译器发出黏糊糊的声音,"我们希阿很清楚他们的力量。如果我们之间发生冲突,无疑会毁掉这栋大楼。"

"甚至包括这座城市。"克劳蒂说。

"最后剩下四个诺瓦军团的尸体，还有一艘毁坏的诺瓦军团重型巡洋舰。"卓贡毫不犹豫地回击道。

"各位！各位高级智慧生物！拜托！"汉克斯查普几乎快要哭了。"我的偏头痛都发作了！都给我安静下来！不准这么……激动！按我们大型集团公司的规矩办事！找个大桌子坐下，把事情说清楚！曼特里斯蒂克太太！饼干和果汁！饼干和果汁！"

"我去督办，先生。"帕玛·哈农说着快步离开了办公室。

亚尔放下拳头。艾邦点了点头，铁翼小队也放下枪。但是他们的手依然扣着扳机，武器也处于一触即发的状态。

"管辖权冲突。"亚尔说。

"根据之前你们透露的信息，"阿拉齐说，"很显然，我们要找的是同一群人。"

"你们打算透露什么信息？"亚尔问。

阿拉齐想了一下。

"你们追捕的逃犯有几个人？"她问。

"两个，外加记录仪组件。"

"你是因为……我记得你的搜查证上写的是……个人飞行器保险违规？对吗？"

亚尔苦笑着。

"暂时是这样的。"他承认了。

"我们正在追捕三个人，外加记录仪组件。"阿拉齐说。

"哪三个人？"亚尔问。他拿出自己的平板设备。"我要找的是火箭浣熊和格鲁特，没有其他人了。"

"没错，的确有这两个人，然后还有一个人。"阿拉齐冲着艾邦点点头，艾邦拿出她的数据面板。"卡魔拉。"

"全宇宙最危险的女人！"队员瓦利斯小声说道。

亚尔瞥了他一眼。

"她也在我们的通缉令上，长官，"瓦利斯耸了耸肩，"这不是个好消息。"

"我们只管抓住罪犯，"亚尔说，"火箭和格鲁特。至于这个卡魔拉，如果有罪的话，我们顺便也把她抓回来。"

"哦，她确实有罪，长官。"瓦利斯说。

"我们的目的是伸张正义，"阿拉齐尖声说道，"克桑达的正义与我们所追求的目标完全一致，毕竟我们的队友咔嚓尔身受重伤，大量铁翼队员死亡，考虑到这些罪行，他们根本无须上诉也要在凯恩监狱度过余生了。如果是这样的话，我们非常愿意把犯人们交给克桑达方面收押。但是记录仪由我们接管。"

"为什么？"

"事关希阿帝国的机密，百夫长，"阿拉齐回答，"你肯定不希望我泄密吧？"

"那么……我们逮捕罪犯，你们拿走记录仪？"克劳蒂问。

"我们可以接受这个结果。"阿拉齐说。

"你真是个谈判高手，希阿女士。"亚尔说。

"你也很懂谈判啊，克桑达先生。"阿拉齐尖声说。

"哈哈哈！"汉克斯查普干巴巴地笑了。"哈哈哈哈哈！看，这不是很好吗？这样多好啊，布林特？"

"的确非常了不起，先生。"韦弗尔斯表示同意。

"简直堪称完美。"拉纳克说。

"看看我们，我们已经解决这件事了。"汉克斯查普拍了拍他的触手。"看看我们，我真是倍感骄傲。各位，我真是相当激动。"

在外部办公室，帕玛·哈农正在指挥曼特里斯蒂克太太和办公室服务机器人："赶快，拿些果汁和饼干！"

曼特里斯蒂克太太透过她的角质边框眼镜看着帕玛·哈农。

"我看起来像是在开玩笑吗？"帕玛·哈农呵斥道，"快点！"

他们很快就准备好了。帕玛·哈农松了口气，然后拿出了她新的唇彩。

她按了一下唇彩上面的盖子，接通了奥米波信号。

紧急……紧急……

39

616项目

格伦特格里尔站在平台上。他非常痛苦地意识到一把枪正指着自己。他把密码卡插进细长的读卡器里，然后把绿色的手掌放在扫描器上。他看着虹膜检测器，蓝色的光扫进他的眼睛里。

"声音。"他说。机器的光变换着颜色，正在取样。"阿诺克·格伦特格里尔。安全序列——滴答！——11324567812。请检查我的掌纹、虹膜、声音、基因样本和信息素谱相。"

"身份匹配失败。"

"再——滴答！——试一次。"

"无法识别序列号。"

"拜托——滴答！——不要这样！"格伦特格里尔说，"我还想——滴答！——保住脑袋。"

"无法识别要求。"

"我——滴答！——口吃？我紧张！"

"无法识别对话。"

"再次——滴答！——扫描！我的序列号是——滴答！——11324567812。我是说，是——滴答！——11324567812。要死啊！"

"你可以的，兄弟。"火箭说。

格伦特格里尔深吸了一口气。

"我的序列号——滴答！——滴答！——滴答！——是11324567812。"

他喘了口气，低下头。领带都垂下来了。

"身份确认。阿诺克·格伦特格里尔，欢迎来到616项目。"

红色安全警告闪了一下。双层三叶式阀门先是外层的门被打开，然后是内层的门打开了，发出一阵机械结构相互摩擦的刺耳声响。

清凉的空气扑面而来。

格伦特格里尔从平台上下来，走向大门。

"来吧，"他说，"我给你们看看，银河的未来。"

门在我们身后发出迟缓的尖叫声关闭了。

我们进入了616项目。

格伦特格里尔带我们穿过大门进入数据核心室。我注意到显示板上的读数：数据核心——百分之八十七。

我们还需要通过更多的安全检查。格伦特格里尔紧张地扫描了好几次。门开了。

在我的眼前是我的最终命运。

数据核心室非常大。一种巨大的压迫感迎面而来。

我们走上同心圆状的观测走廊，我不单是被房间的大小所震惊，更是被其中无限的数据所震惊。数据核心在我们脚下的链接存储井里搏动，接近无限的数据发出粉红色的光芒。

"这就是你们需要我的原因，"我叹了口气，"就为了完成这个？"

"是的——滴答！——"格伦特格里尔说。

"一切造物的数据都储存在这里了，就差你的这部分数据了。"

"格，鲁，特。"格鲁特说。

"说说看！"火箭拿着他的暴力大枪催促着。

"这是个数据地图，"格伦特格里尔大声说，"一切造物的数据地图。当它完成之后，时简公司就能理解万事万物的本质，能够从基本粒子层面上理解银河系。这样我们就能精确控制市场，完全按照消费者的需求研发数以百万计的产品，这完全是前所未有的。我们可以理解一切事物。所有的一切！我们能控制银河系，永远比其他任何种族都强大！"

"就像'谷歌'地球一样？"我说。

"我不知道那是什么。"格伦特格里尔回答。

"说得好，"卡魔拉的剑直指格伦特格里尔，"我现在可以杀了他吗？"

火箭晃了晃那双像极了人类的手。

"这么做是为了钱吗？"他问格伦特格里尔。

"是为了——滴答！——权力！金钱能带来权力！"

"我喜欢钱。"火箭说。

"你们为什么要利用我——我必须要说，这根本就是在虐待我——参宿七记录仪？"我问。

格伦特格里尔看了看我。"因为我们——滴答！——在616项目上花了好几十年的时间。我们意识到还要花更多的时间才能完成数据采集。我们——滴答！——密切关注项目的进程。我们意识到使用参宿七记录仪是个非常好的办法。我们诱拐了我们所能找到的所有记录仪，复制他们的记忆，然后把他们重新编程之后再派出去。"

格伦特格里尔悲伤地看着我。

"你是最特别的一个。你之前走失了。"

"特别？为什么？"

"当你被——滴答！——时简公司绑架的时候，你曾试图逃跑。"

"嘿，干得好，记录仪兄弟！"火箭说。

"你无意间看到并记录了时简公司的整个数据核心，"格伦特格里尔说，"你——滴答！——了解一切。为了让数据核心能够实际投入使用，你是最关键的那部分。与此同时，从本质上来说，你也是整个数据核心的备份。这就是为什么——滴答！——人人都想抓住你。"

"这就解释得通了，"我说，"数据过载。我不知道自己究竟知道些什么。"

我看了看火箭浣熊。然后又看了看格伦特格里尔。

"如果我加入其中，"我指了指下面不断跳动的粉色光芒，"你们就能控制全宇宙的数据吗？"

"是的。"格伦特格里尔说。

"这真像《宇宙力量》。"我说。

"朋友，这就是宇宙力量。"

我把头转向火箭。

"火箭浣熊，"我说，"我信任你。请你帮帮我。用你那把大枪把我彻底销毁。我绝不参与这个计划。"

"嘿！"他吓得跳了起来。

我摊开手。

"我是个很明显的目标。开枪吧！拯救宇宙，保护银河系。这不就是你的职责吗，对不对？"

"是的，是的，"火箭喘了口气，"但并非如此……"

"火箭浣熊，我恳请你，"我说，"我是这个项目最关键的终结点。我就是整个宇宙。通过我，时简公司可以控制一切。我不希望这种事情发生。我不希望他们掌握宇宙力量。补完全宇宙的数据。你知道这意味着什么？"

"不太清楚，"火箭说，"我不会如此莽撞行事的，因此我不会向你开枪。不管怎么说，你都是我的朋友。"

"拜托你……把我湮灭掉。"我说。

现实再次自动改写。我感受到了剧情反转时的惊悚。

太空骑士突然再次出现了。

"该死！"火箭说。

"他是我的！"卡魔拉大喊道。

游侠大步跨过通道。卡魔拉也朝那里跑去，仿佛化身为阴影中的忍者。他们刀剑相向，卡魔拉的双剑撞上了游侠的激光剑，火花四溅。

他们过了几招，速度快得完全无法被记录。

我……我就是好想死去。我希望自己就此终止。我被利用了。我将会被人利用。虽然脾气暴躁，喜欢虚张声势、冷嘲热讽，但是火箭浣熊却拥有高尚的心灵。但正是因为这样，我会更加痛苦不堪。我所知道的这个宇宙——亲爱的读者，也是你所知道的那个宇宙——也会痛苦不堪。616宇宙会被无情的时简公司所统治。

我一脸恳求地看着火箭，但是他正忙着用他的暴力大枪瞄准游侠。卡魔拉不停地出现在射击范围内。格鲁特无法瞄准目标，只能绝望地不停叹气。

游侠和卡魔拉在紧邻数据核心的通道边缘上进行决斗。他们都是各自流派的绝顶高手。作为究极的武术资料，这场决斗绝对值得记录。他们之间的打斗是自刀剑诞生以来，最伟大、最具技巧性的一场决斗，没有之一。

我对此十分确定，因为我已经对比过了。暂且不说连姆·尼森对雷·帕克的那场打斗。当然，克里斯托弗·兰伯特与库尔甘之间的争斗也没什么大不了的。在美国电影《剑侠唐璜》中，埃罗尔·弗林与罗伯特·道格拉斯的决斗也不值得一谈。在《佐罗的面具》中，泰隆·鲍华对巴兹尔·雷斯伯恩的那场戏也算不上什么。《卧虎藏龙》里玉娇龙对李慕白，以及《七武士》里三船敏郎对战所有人的打斗场面也没什么大不了的。就连埃尼戈·蒙托亚大战恐怖海盗维斯特雷也没什么了不起的（是的，是的，我再次援引你们文化中的例子了，亲爱的读者）。

他们的打斗速度非常之快。刀光剑影在一旁划过。游侠穿着厚重的盔甲，卡魔拉则完全没有任何护具。她轻盈敏捷，游侠则稳重坚决。

当她上前之时，他就开始横扫。当他劈砍时，她就赶忙躲闪。当他朝她突刺时，她已经闪到别处去了。她想刺他一剑，他则格挡还击。他双手握剑，剑锋横扫。她下蹲躲避，然后发起了更加猛烈的攻击。

她刺伤了游侠，他向后倒地撞上了栏杆。不过，游侠也挡住了她猛烈的攻击，并且重伤了她。卡魔拉连连后退，血从她的脖子上流下来。但是她趁游侠还挂在栏杆上时狠狠地踢了他几下，这使得他的脑袋无法来回转动。她准备痛下杀手了。

她突然抽搐起来，身体因触电而发出爆裂声，然后便倒在了通道上。

我们被时简公司的保安包围了，他们的亚正电气枪瞄准了我们。带领他们的是暴躁的泽·诺克斯，就是他害得卡魔拉功亏一篑。

"啊，柯索博！"格伦特格里尔叫了起来。"我——滴答！——很高兴见到你！"

泽'诺克斯并没有理他，一心瞄准火箭和格鲁特。其他保安同样如此。

"马上放下大杀伤力武器！"泽'诺克斯命令道。

他们别无选择，只能把枪放在地上，然后举起双手。

游侠站起来，把昏迷不醒的卡魔拉踢到一边，拿剑指着我。

"127 号记录仪，"他的声音低沉，面甲上闪耀着血红色的光，"我说过会把它带过来的，我做到了，柯索博·柯索布克斯。"

柯索博·柯索布克斯就是那个泽·诺克斯，他喘了口气。

"倒也值得等待，"他说，"我就知道你能做到的，游侠。"他的人上前把火箭和格鲁特铐了起来。随后，他们举起亚正电气枪团团包围了我。

"很好，很好，"柯索博·柯索布克斯说，"真是个不错的结局。格伦特格里尔？把这个好消息告诉汉克斯查普。"

格伦特格里尔拿出自己的便携设备开始拨号。

"我们怎么了？"火箭问泽·诺克斯。

"没什么，"柯索博·柯索布克斯回答，"没事儿。"

火箭狠狠地吞了口口水。

"先生，我是格伦特格里尔！我们抓住记录仪了，先生！"那个卡里卡拉奇星人对着便携设备说道。"是的，完好无损。我们——什么？发生什么事情了？现在吗？"

他满脸恐怖地放下便携设备看着柯索博·柯索布克斯。

"你绝对不敢相信，"他说，"克里人——滴答！——到这里来了！"

40

职场危机

高级执行副总裁【特别项目】奥杜思·汉克斯查普一度认为自己手腕高明，在办公室里制服了四个全副武装的诺瓦队员和令人望而生畏的希阿卫兵四人小队，外加一群全副武装的铁翼战士。热饮已经端上来了，还有小吃和蘸酱。果汁、饼干、小吃都上齐了。

有几个铁翼士兵已经掀开面甲就着热饮开始吃辣洋葱蘸酱面包了。代理队长阿拉齐已经开始和格勒坎·亚尔闲聊起来。汉克斯查普手下的行政人员不断送上大盘小吃。

商务模式，汉克斯查普在心里默默说道。宇宙就该这样运行。

他的便携设备响了，他正要接听。

外面一声巨响。

两艘巨大的战舰突然出现在了大气层内，这里已经够麻烦了，结果现在居然又来了第三艘：克里战舰帕玛荣光号。它比希阿巡逻艇和诺瓦军团巡洋舰大两倍，现在就悬浮在时简公司总部大楼外面。当它的负向光环褪去后，巨大的船体渐渐显露出来。

指控者莎娜尔直接以远距离传输进入了行政办公室。她看起来非常魁梧。

"记录仪是我的。"她向众人宣布，同时把能量锤一把放在桌上，桌面立刻碎了。她对在场的希阿人和克桑达人厉声说："不许动，这是克里人的事情。"

本来，不管希阿人还是克桑达人都可以立刻对她还以颜色，然而莎娜尔却不是唯一一个在此进行精神传输的人。与她同时进行传输的还有一百个全副武装的克里士兵和三个机械卫兵。会议室里突然变得十分拥挤。

"哼，"阿拉齐尖细的声音有点儿发抖，"我们似乎陷入僵局了，指控者女士。"

"不，"莎娜尔厉声说道，"现在的状况完全在克里人的掌握之中。你——或者你手下的任何士兵——只要敢动一下，就将会被彻底消灭。克桑达人，你们也一样。"

"诺瓦军团不接受强权，指控者。"格勒坎·亚尔回答。

"这不是强权，克桑达人，"莎娜尔的声音渐渐低下来，"这是军事统治。原地待命，要么离开，要么死去。我给你选择的余地！"

"你太过分了，指控者，"亚尔说，"这是战争行为，你违背了互不侵犯条款——"

"这属于正当防卫，克桑达人，"莎娜尔纠正道，"克里星际帝国只是采取措施防范潜在的巨大威胁。这个威胁则是由时简公司制造的。他们很快就将得到巨大的力量，足以消灭其他所有帝国和文明。他们打算从我们所有人手中偷走银河系。"

她看着亚尔和阿拉齐。

"别告诉我你们对此毫不知情。别告诉我你们不是为这件事来的。"

"我们……我们确实关注此事。"阿拉齐承认了。

"我们确实知道有重大事件发生。"亚尔说。

"那我们就并肩作战好了,"莎娜尔很轻蔑地说道,"此事威胁到了我们所有人。克桑达的世界,希阿的统治都不能幸免于此。这个……大型集团公司绝不能获得如此巨大的力量。"

"我认为你最终会发现时简公司只是做了时简公司该做的生意而已,"汉克斯查普说,"我们发明、设计,然后改良、发展,并从投资中获利。你不能因为不喜欢我们的项目就跑过来让我们停止研发。"

他有点儿结巴。指控者盯着他。

"看着我,"她说,"我就是那种人,快点把记录仪交出来。"

"等等,"汉克斯查普说,"我们根本不知道那个破玩意儿到底在不在这里。我们现在正在找它,但并不确定——"

"有人告诉我们它在这里。已经确认了。"莎娜尔说。

"告诉你?"汉克斯查普十分恼火。"告诉你?女士,我告诉你——"

"记录仪确实在这里,"帕玛·哈农上前一步说道,"汉克斯查普几分钟前亲口告诉我的。他只是在这里先稳住各位,而时简公司的保安正在追捕记录仪。"

"帕姆?"汉克斯查普现在只能默默地喘气。

"我不是你的部下。"帕玛·哈农冷冷地说道。

"乌娜–仁是我手下最得力的特工。"莎娜尔看了看"帕玛·哈农"。"你的表现为克里星际帝国倍增光彩,乌娜–仁。回到哈拉之后,你将会得到表彰。"

克里特工点了点头。

"马上交出记录仪，"莎娜尔对汉克斯查普说，"我们必须终结你控制银河系的梦想。"

"不，你得把记录仪交给我们。"又一个声音说。

一个等身大小的全息图像出现在了办公室里——巴东战争兄弟会的指挥官。这个全息图像恶毒地睨视众人。他最近刚接受了严酷的赛博格重塑过程，然而这个过程对他的外貌丝毫没有帮助。

"我是战争兄弟会的指挥官卓奥克，"全息图像说，"考虑到最终的结果，你们必须把记录仪组件交给战争兄弟会。"

"最终结果？"

"如果你们拒绝合作的话，将会导致这座大楼、这个城市及其所在的这片大陆被彻底摧毁。"

"扫描确认战争兄弟会的战舰刚才出现在了近地轨道上，"艾邦警觉地查看了自己的数据面板，"十艘无敌毁灭舰，炮台锁定这个方向……锁定了我们的飞船。"

大楼之外，半人马座阿尔法星的市区现在被十三艘巨型战舰的阴影所笼罩。巴东战争兄弟会的无敌毁灭舰安静而恶毒地悬浮在大楼周围——一旦时简公司或者希阿、克里、克桑达的飞船有任何反抗，所有武器都将同时发射。

"你把事态推向了极不理智的境地。"格勒坎·亚尔对巴东全息图像说。

"克里星际帝国绝不允许你这么做！"莎娜尔大声说。

"希阿帝国绝不放过因巴东方的不公正见解而引起的任何冒犯行为。"阿拉齐说。

"你们任何人都没有谈判的立场," 卓奥克说, "战争兄弟会的所有武器都锁定了这里。如今,你们只能选择交出记录仪。"

"我们的人是绝对不允许你这么做的!"阿兰德拉·梅拉纳提突然高呼。

"是的,希阿人的立场已经很明确了!"汉克斯查普竭尽全力想要找一张"王牌"出来。

"希阿?"阿拉齐说,"这位女士可不是希阿人。"

梅拉纳提摘下她的假头冠。没有了那些羽毛,很明显,她看起来就是一个斯鲁赛特女人。

"616项目和最重要的那个记录仪代表了真理。一切宇宙的真理,"她说,"因此我宣布,他们属于宇宙真理教。"

半人马座阿尔法星的天空在爆炸中颤抖起来,空间扭曲造成猛烈的闪电。整个天气系统变成了数百公里宽的一团沸腾的汽云。

四十架隶属宇宙真理教的巨大神庙飞船出现了,那是一种状如空中神殿的大型太空船,它们进入现实空间时造成了严重的大气位移,最终引发了巨大的爆炸。它们悬浮在城市上方,让下面的一切都显得非常渺小。

此时,半人马座阿尔法星轨道交通控制部门的员工基本都已经下班回家了。

宇宙真理教根本不容大家讨论或谈判,甚至不等对方投降。他们一出现,就直接通过远距离传输把十字军从神庙飞船里传送出来,领队的是各位主教。

时简公司总部面临着全方位的无情入侵。

41

真心话大冒险

阿诺克·格伦特格里尔放下便携设备。他的脸色苍白，非常不安。

"楼上——滴答！——全都失控了，"他对柯索博·柯索布克斯说，"我觉得……我觉得——滴答！——巴东人好像也来了——还有别的人。时简公司总部大楼被袭击了。听起来一团乱。"

"我最好马上上去——"柯索博说。

"不！"格伦特格里尔说，"我听到汉克斯查普最后喊了一句我们必须补完数据核心。我们需要——滴答！——把那个记录仪也加入到数据核心中。如果数据核心可以启用，我们就能控制局面了，柯索博。我们可以在眨眼间就把那些外星势力都清理掉，并在一念之间把他们全都驱逐出去。"

柯索博犹豫了。

"你真的不知道数据核心的力量吗？"格伦特格里尔问。"知识就是力量，所有的知识就是所有的力量。"

"我以为 616 项目只是帮我们控制市场，领先我们的竞争对手一两步，"柯索博说，"就是比别人知道得都多……就是这个意思。"

格伦特格里尔连连摇头。

"它会让我们变成神，柯索博，"他说道，"它会让时简公司变成无所不能的存在。通过详细了解现实的细枝末节，我们就能控制现实，改变现实。再也没有人能够破坏我们的经营策略，再也没有克里–斯库鲁战争，再也没有大规模湮灭事件，再也没有行星吞噬者和萨诺斯这样的威胁。我们将创造——滴答！——一个稳定的银河系，永远能控制任何地方的任何生物。在超大型集团公司所创造的未来中，就连每个人的 DNA 上都会刻上时简公司的标志。那将是时简宇宙，我们则是那个宇宙的主宰。"

"我觉得那种未来简直糟糕得要命。"火箭低声说。他和格鲁特被铐起来站在我们身后，被保安监视着。卡魔拉也被铐起来，趴在他们身后的地板上。

"闭嘴！"柯索博冲着火箭吼道。

他看了看格伦特格里尔。"那就这么办吧。快点儿。"

"你不喜欢这样，对不对？"我问格伦特格里尔。

"我——滴答！——被吓得魂都快掉了。"格伦特格里尔说。

"快点完成，格伦特格里尔！"柯索博大声喊道。"我觉得当神挺好的。"

格伦特格里尔点了点头，游侠押着我来到通道尽头。数据核心在我们脚下发出粉红色的光芒。我觉得自己内部的数据也在做出回应。

"我不想这么做。"我说。

"安静！"游侠警告我。

"我不相信你愿意这么做，戈拉多兰人。"我看着他，但却完全猜不透他的表情。

"你用的那个植入式设备，"我观察并记录安装在他背上的那个东西，"每次当你使用它时，你就能找到我。因为它的作用就是把你送到影响命运和宇宙连续性的戏剧性时刻中去。"

"它的作用就是这样的。"

"但是每一次你都救了我，或者帮我更接近自己的目标。你在宇宙中的位置是什么，太空骑士？"

"闭嘴。"

"我——滴答！——跟他说过了。"格伦特格里尔故作轻松地说道，并且还装模作样地笑了笑。他正在用墙上的控制板操作升降机将艾德曼合金笼子从天花板上降下来。我知道我会被关进笼子里，然后放入数据核心。届时我的个体存在就会消失，我所存储的数据——这部分数据多得无法被估量——将会被加入数据核心。

"那个植入设备读取了他的信息，认定他是一名英雄，"格伦特格里尔边干活边说道，"虽然他假装自己是个冷血——滴答！——雇佣兵。哦，对了，他最终还是坚持完成了这份工作。"

"你是英雄吗？"我问游侠。

"闭嘴。"

"你是个冷血的人？你不关心我们所有人的未来吗？"

"闭嘴。"

"曾几何时，戈拉多兰的太空骑士会坚持到最后一刻，阻止这种事情的发生。"

"你马上给我闭嘴！"游侠厉声说道，他的面甲上闪耀着愤怒的红光。

"很好。如果你愿意的话，请帮我一个忙。再次使用那个植入设备。现在就用它。看看它会带你去哪里，看看造物的戏剧性推动力认为你是一个什么样的人。"

"我告诉你，赶快闭嘴。"

"对啊，试试吧，"火箭对他说，"我不是个好人，也不会假装是个好人，不过我仍旧决定帮这个笨蛋一把。"

"给我闭嘴！"柯索博边说边凶狠地挥了挥他的枪，不过这其实一点儿必要也没有。

整栋大楼突然晃了一下。就算是在地下八十六层，我们也能感觉到大楼正在晃动。楼上开始了火力强劲的战争。笼子左右摇摆，格伦特格里尔趴在栏杆上拉住了它。

"小心，别掉下去了，"柯索博笑话他，"我们要封神了，别一不小心成了傻瓜。"

格伦特格里尔瞪了他一眼。

"行了，柯索布克斯！你根本不理解这其中所发生的事情！你——滴答！——只想拥有权力！"

柯索博·柯索布克斯的亚正电气枪瞄准了格伦特格里尔。他把枪设置为"杀死"模式。

"干活。干活。别再浪费时间了，卡里卡拉奇星人，"他说，"不然我就废了你。"

"你能不能——滴答！——到笼子里去，记录仪？"格伦特格里尔问我。

大楼又开始晃动了。笼子再次摇摆了一下。

"我不想进去，"我回答。

"他会——滴答！——杀了我。"格伦特格里尔结结巴巴地说。

"和接下来发生的事情相比，被关进笼子里似乎也不算太坏。"我回答。

"拜托，去——滴答！——笼子里！"

大楼又开始晃了。笼子也开始左右摇摆不停。

"楼上到底——滴答！——怎么了？"格伦特格里尔问。

42

楼上其实——滴答！——是这样的

身穿红色和紫色长袍的宇宙真理教十字军被传送到地面上，他们手握斧头、剑、长矛和暴击枪冲进时简公司总部大楼。公司的前台根本阻拦不了他们。

率领队伍的是全副武装的信仰主教，他们个个披着斗篷，身型高大，充满力量，头戴装饰着尖刺和羽冠的头盔，看起来都凶神恶煞的。他们手握华丽的能量剑和法杖，足以把任何阻拦他们的人都砍倒或者分解成原子。

"教宗！"十字军首领，高阶主教纳沃斯用他华丽的三刃剑劈开了一扇正要关闭的安全门。

一幅宇宙真理教名誉领袖的全息图像出现在了高阶主教面前。那位教宗是个非常美丽的女性，宇宙真理教狂热信徒们的领袖历来都是非常美丽的女性，而她则是最新被选出来的一位。她穿着华丽的长袍，戴着薄薄的头巾，非常优雅地坐在神庙飞船指挥舰的御座上。

"说吧，主教。"她说。

"外部区域已经安全，但仍有亵渎者进行抵抗，"纳沃斯说，"请求准许派遣黑骑士。"

"准许。"教宗回答。"以唯一一次、永存不灭的生命的名义，任何事物都不能阻挡我们的征服之路。长久以来，教会一直在等待弥赛亚降世为我们征服银河。只要控制了数据核心，我们就能掌握宇宙力量，永恒地统治宇宙。即使强大的宇宙干扰也必须向我们臣服。"

"我深信不疑！"纳沃斯说完发出了一个信号。

片刻之后，一队黑骑士出现在了传送的光芒中。十字军此起彼伏地呼喊道："我深信不疑！"

黑骑士们个个高大、强壮，能力非凡却臭名昭著。他们和信仰十字军一样，都是从宇宙各个不同的种族中挑选出来的。他们穿着贴合身形的黑色制服，拿着各种适合近战的可怕武器。他们是宇宙真理教的精英战士——最英勇的十字军士兵会得到提拔，被赋予超级生命力量，这样他们才能在最前线服役，碾压一切没有信仰的人。

黑骑士们从盘旋的传送能量中鱼贯而出，直接冲向阻拦他们的时简公司保安。墙上立刻沾满了鲜血。黑骑士们根本不懂投降为何物。

大楼的某些部分爆炸了。窗外的巴东无敌毁灭舰向神庙飞船开火了。神庙飞船也予以还击。两艘无敌毁灭舰中弹，其中一艘燃烧着坠落了，形成一大片烟雾。另一艘战舰在爆炸后落入了半人马座阿尔法星的市区，它在下落过程中撞倒了一座楼。

神庙飞船以精确而密集的炮火攻击时简公司总部大楼。帕玛荣光号和夏拉良知号都向神庙飞船开火，但是它们都被猛烈的炮火压制了。诺瓦巡洋舰用重力量护盾将自己包裹起来，随后战舰指挥官要求各方马上停火。

激烈的战斗把时简公司总部大楼的数层楼体都摧毁了。代理队长阿拉齐请求战舰上的帝国卫队和铁翼士兵前来支援。于是，和希阿士兵同时传送而来的还有莎娜尔召唤的克里精英战士和机械卫兵。应亚尔无计可施之际的命令，诺瓦军团的警官像火箭一样从克桑达的重型巡洋舰上降落到楼内，试图牵制所有敌人。头戴金色盔甲的队员在走廊和大厅里放出冲击波，所有携带武器的人都是他们攻击的目标。

巴东传输系统送来了战争兄弟会火力小队的战士，楼内顿时出现了一片难看的火光。密集的炮火和强力的爆炸撕裂了地板，掀翻了墙壁。巨大的窗户被炸飞，窗上的风景变成一堆碎片。

时简公司行政办公室所在的那层楼的战斗尤为激烈。指控者莎娜尔和三个高大的主教大打出手。她的机械卫兵和随行战队、信仰十字军打得难解难分。时简公司的全体人员纷纷躲避起来。

"把它找出来，乌娜-仁！"莎娜尔冲着她的特工喊道。前帕玛·哈农拿出一个长条形的筒状激光裂解枪朝着人群射击。"找出来，给我找出来！"莎娜尔喊道。

乌娜-仁点了点头，像猫一样迅速离开了。

"克里特工跑了！"百夫长克劳蒂高喊道。她、格勒坎·亚尔、斯塔克罗斯队员和瓦利斯被数名黑骑士团团包围，此外还有一队认为一切非克里人都是敌人的机械卫兵。他们在打斗中击穿了数层墙壁，来到行政办公室外面的大厅里。

"她另有所图！抓住她，格勒坎！"

"但是……"亚尔犹豫着。

"我们能应付这里！去吧！"克劳蒂高喊道。

亚尔的手甲射出重力量能量，两个黑骑士被甩进了墙里。然后，他转身像个热追踪导弹一样，沿着走廊追赶克里特工去了，中途还消灭了几个战士。

希阿卫兵和铁翼士兵正在办公室外面对抗巴东人和十字军。代理队长阿拉齐从她的吐丝器里喷出蓝色光束，巴东战争兄弟会的士兵向后飞出去，重重地摔在了地上。战星34突然释放了所有能量，而红袍主教似乎只是转了转手中的武器就挡开了所有攻击。卓贡和艾邦正和十字军以及黑骑士短兵相接。事实上，他们根本没有使用武器的余地。

"领头的诺瓦百夫长脱离战斗了！"阿拉齐通知大家。"艾邦！你的速度最快！去看看他去哪儿了！"

艾邦一个下蹲躲过了黑骑士的刀刃，顺便狠狠打了他的脸，然后无奈地看着卓贡。

"你听见了！快去，姑娘！"卓贡一边说着，一边用炽焰烧焦了三个十字军士兵。

"我这就去，代理队长！"艾邦高声回答，同时用暗物质放倒了一个黑骑士。她进入了损毁严重的走廊。巴东火力小队马上追了上去，不断朝她开枪。她颤抖了一下，制造出暗物质护盾吸收了耀眼而致命的攻击，然后朝那群巴东人飞去，对方七零八落地摔倒在地。

她试图追踪重力量的痕迹。那个百夫长究竟去哪儿了？他到底在哪儿？

汉克斯查普、拉纳克和韦弗尔斯好不容易逃进电梯里。

"这一切都没发生，这一切都没发生。"汉克斯查普不停地对自己说道。他试图忘记身后的枪战、爆炸和大楼上上下下的尖叫和碎裂声。"时简公司在上，必须要有人来收拾这个烂摊子啊！"

"我们必须去数据核心，先生。"在布林特·韦弗尔斯说话的时候，左边的电梯叮的一声开了。

"我们可以藏在那儿，"斯勒德利·拉纳克说，"那里很安全。"

"与此同时，我们可以帮柯索博和格伦特格里尔完成他们的工作，"韦弗尔斯表示同意，"只要完成数据核心，这场动乱就可以彻底结束。"

"好，好。非常好。"汉克斯查普点了点头。他们进了电梯间。电梯里还放着背景音乐。汉克斯查普输入了他的安全码。

"这听起来确实是个好主意。"乌娜－仁赶在电梯门关闭前，也跟着他们一起挤进了电梯。她用小巧的手枪瞄准大家。"就这么办吧，好吗？"她一边笑着说道，一边歪了歪头。

布林特·韦弗尔斯扑向她。乌娜－仁开了两枪，那位法务部负责人蒙·那达维安转眼倒在了角落里。他慢慢滑到地上，停止了呼吸。

"你把他打死了？"汉克斯查普喘了口气。

"给你示范一下，不合作会是什么下场。"她回答。"带我去数据核心，不然你们都得死。"

"永远不要信任克里人。"身为斯库鲁人的拉纳克痛心疾首地说。

"的确如此。"乌娜－仁恶毒地笑了笑。

电梯迅速下降。下降时候的电梯间里开始播放歌曲《那女孩来自伊帕内玛》。

在电梯门关闭的时候，格勒坎·亚尔也到了电梯前。他看到了汉克斯查普——还有那个克里特工，以及一把枪。他扒开电梯井的门，打算从电梯井追上那架正在下降的电梯。然而一片暗物质挡住了他，他被弹回到地毯上。

"你太着急了。"艾邦降落在他的身旁。她抬起胳膊释放出另一团暗物质。

"该死的希阿人，"亚尔站了起来，"汉克斯查普跑了。克里特工和他在一起。"

"他们要去哪儿？"艾邦问。

"大概是去我大胆猜想的那个地方吧，小姐，"亚尔回答。

一阵密集的炮火向电梯口的两人袭来，大块墙体被炸飞，像纸片一样散落一地。他们转过身，百夫长和帝国卫兵同时开枪，放倒了十几个正要冲向他们的战争兄弟会毁灭军团的士兵。

艾邦看了看亚尔。

"我建议……怎么说呢……我们合作一把？"她说。

"为了共同的利益而保护整个银河系？"克比奈特人说。

亚尔伸出手，艾邦握了握他的手。

"帝国卫兵艾邦。"

"百夫长亚尔。"

"我们去保护银河系吧。"她说。

"最好能快点儿，"他回答，"因为除了我们根本没人会这么做。"

于是，他们并肩跳进了电梯井。

在旁边的一间办公室里，曼特里斯蒂克太太正蹲在桌子下面。这里相对安全一些。她从行政办公室出来的时候还带了一盘点心，其实她是想把它们留给自己吃的。

"抱歉，"她非常礼貌地对自己手中的便携设备说道，"高级执行副总裁【特别项目】奥杜思·汉克斯查普现在不能接听你的电话。他正在交战区。"

43

包罗万象

亲爱的读者，百夫长格勒坎·亚尔显然说错了。实际上，其他人也在努力保护银河系——即使在手被铐起来的情况下也依然尽自己最大的努力。

"去——滴答！——笼子里。"格伦特格里尔对我说。

我叹了口气。

"进去，记录仪。"柯索博·柯索布克斯用亚正电气枪指着我。

我最后一次看了看游侠。

"拜托你，"我说，"这是我最后的请求。启动那个植入式设备。"

他的回答令我感到十分惊讶。

"我启动了，"他说，"启动了三次。但我依然在这里。"

"你明白了吗？"我鼓起勇气问。

"我什么都不明白，"太空骑士回答，"去笼子里。"

我站到笼子里。我在发抖，亲爱的读者。

"喂！"火箭在我们身后喊道。

"什么？"柯索博不耐烦地说。

"把你的枪拿稳了，朋友。"火箭抬起他那双像极了人类然而却戴着手铐的手。"我只想问我的朋友什么时候能停止唱歌。"

"啊，对，"我回答，"确实。莱特·亚尔兄弟的《跳船啾啾》。我居然在唱这首歌，而且一直都没有发现。抱歉。谢谢你说出来。这样子哼着歌赴死真是不体面。"

"当心，朋友。"火箭说。

我们最后互相看了一眼。

"你真的很够意思，火箭浣熊，"我说，"忠实而善良的朋友，这么说可能有一点点奇怪。"

"格，鲁，特。"

"而你，始终是我亲爱的格鲁特。"我回答。

我突然意识到了一件事。抓住我们的人还在开玩笑，他们觉得我们只是在进行普通的道别，但最后这几句话却别有深意。火箭嘴上谈论着那首高亢而温暖人心的轻摇滚歌曲，但是他的眼睛却看着左边，仿佛在暗示着什么。

我记录下来了。保安都围着火箭和格鲁特，丝毫没有注意到卡魔拉已经不在地板上了。我到处都找不到她，地上只有一副手铐。

我心里又燃起了希望。我要尽量拖延时间。

"这东西安全吗？"我摇了摇笼子，它晃了起来。

"哇！别——滴答！——这样！"格伦特格里尔喊道。

"这个笼子看起来不太安全。"我又摇了摇笼子说道。我得等着卡魔拉完成计划。

此时的柯索博·柯索布克斯正在忙着做自己的事情。他用枪托揍了我的脸。

我摔到了笼子深处。他关上笼子门，拉下操控杆。我朝着不断旋转的数据核心下降。

我感觉到了数据核心的热量。那种痛苦的能量令我的外壳亮了起来。积雨云一样的粉色光芒环绕着我，而且越来越明亮。

我就要成为那个整体的一部分了，我巨大的数据存储量马上就能让时简公司的数据核心提升到前所未有的程度了。

"看这个！"格伦特格里尔一边大声说着，一边检查着自己的数据面板。"已经到了百分之九十一！难以置信！——滴答！——照这个态势，我们说不定能达到百分之百！"

"经过确认了吗？"奥杜思·汉克斯查普进入数据室问道，跟他一起来的还有斯勒德利·拉纳克。

"是的，先生，这是——"格伦特格里尔没说几句话就闭嘴了。他看到一个黑眼睛的克里特工，那是他曾经认识的帕玛·哈农。他看到她正用枪指着汉克斯查普的头。

"经过确认了吗，阿诺克？"乌娜–仁问道。"准确回答，不然我就打爆汉克斯查普的头——让他的脑浆糊满整个房间。"

"滴答！——好的。"

"放下武器，不然汉克斯查普就会死去，"那个克里特工说。

柯索博·柯索布克斯骂骂咧咧地放下枪。火箭和格鲁特周围的保安也放下他们的手枪和亚正电气枪。

"你也一样。"乌娜–仁说。

游侠放下了手中的暴击枪和剑。

"非常好，"乌娜-仁说，"现在，我要想想——"

她带着奇怪的神情停下。然后向前倒下。

在她倒下的时候，徘徊在她身后的黑骑士从她的背后抽出剑。八个黑骑士站在她身后的阴影中，一同出现的还有纳沃斯主教和教会潜伏在时简公司的特工阿兰德拉·梅拉纳提。

"数据核心是我们的了，主教，"阿兰德拉说，"这是多么幸运的时刻。"

"我深信不疑！"他高声回答。"杀了他们。"他想了一下，补充道。

"稍等一下！"斯勒德利·拉纳克跳出来高喊道。主教的能量剑把他的头干净利落地砍了下来。负责集团公司宣传部门的这个斯库鲁人被劈成两半躺在地上。

"我已经发布命令了。"纳沃斯说。

接下来又是一片混乱。真正的动乱，虽然"动乱"这个词的定义最近已经上升到了令人觉得荒诞的程度。

黑骑士冲上前。汉克斯查普像个小孩一样缩成一团。格伦特格里尔则蹲着寻找掩护。柯索博·柯索布克斯和游侠赶紧捡起武器。面对气势汹汹冲上来的黑骑士，保安们慌忙自保。

火箭和格鲁特躲进了阴影里。

这时，卡魔拉像个幽灵一样出现了。周围全是爆炸和尖叫声。她用剑劈开火箭和格鲁特的手铐。

"计划是什么？"她问。

"把我们的朋友从笼子里救出去。"火箭说。

"计划的剩余部分呢？"卡魔拉问。

"格，鲁，特。"格鲁特说。

"好吧，好吧，"卡魔拉只能同意道，"你去救记录仪。我来对付其他人。"

她轻轻一跳，转眼间就和两个黑骑士开始了激烈的搏斗。火箭和格鲁特则冲到通道里。这期间，火箭停下来从不幸身亡的保安身上捡了两把亚正电气枪。眼下"要命事件界线"已经在他身后遥不可及的地方形成了一个小点。他一边狂奔一边开枪，顺便打死了一个黑骑士。纳沃斯主教呼喊着追过去，他挥舞的剑在空气中留下了一束光芒。

游侠不知道从哪里冒出来截住了纳沃斯。两个巨人立刻扭打起来。

"哇，"火箭说，"太空骑士突然变换阵营了？"

"格，鲁，特！"

"嗯，他之前还犹豫不决呢，没错。问题在于，等他干掉了那个虔诚的红袍子之后会不会又继续来收拾我们？"

"格，鲁，特。"

"说得对。最后谁能取得胜利还不一定呢。"

游侠和纳沃斯打得非常激烈。他们都是超级生命体，都是全副武装的巨人。他们的每一拳都足以令空气弯曲。游侠晦暗的黑色盔甲上出现了凹痕和裂缝。

火箭和格鲁特冲到可以俯瞰数据核心的通道边缘。笼子已经下降了好长一段时间了。

"你不能阻止它！你不能！"柯索博·柯索布克斯大声喊着，举起枪跳到他们面前。

"你想试试吗？"火箭说着就开了枪。

被亚正电气枪击中的柯索博·柯索布克斯从通道边上摔了下去，掉进了数据核心。在他落下来的时候撞上了笼子，笼子剧烈地摇晃起来。柯索布克斯消失在了粉红色的火海中。

"居然下降了百分之一！"格伦特格里尔看了看自己的数据面板，从藏身处惊呼道。

"那个白痴泽·诺克斯真是又丑又蠢，"火箭对格鲁特说，"嘿，那是个卡里卡拉奇星人！"

格鲁特把拼命挣扎的格伦特格里尔从藏身处拖了出来扔到地板上。

"现在读数怎么样了，兄弟？"

"嗯，是——滴答！——百分之九十五，还在快速上升！百分之九十六！百分之九十七！——滴答！——滴答！——滴答！——我们马上就能完成数据地图了！"

"把他拉上来！"

格伦特格里尔耸了耸肩。一束能量把升降机的控制杆熔化掉了。

"该死！"火箭说。"格鲁特，兄弟！把他拉上来！"

格鲁特伸出树枝拉住吊笼的锁链。他用尽全身每一条纤维的力量往上拉。笼子升起来了。

阿兰德拉·梅拉纳提疯狂地尖叫一声，冲上前用能量匕首刺入格鲁特的侧腹。格鲁特疼得叫了起来。那把匕首带有足以致命的能量令他身体的一侧沸腾、灼烧起来。阿兰德拉·梅拉纳提握住手柄，锯开了格鲁特身上的树枝。

"你不能阻止这一切，"她大喊道。"我深信不疑！"

"我深信不疑的是，你肯定吃错药了，女士！"火箭说着便伸直双手，毫不犹豫地开了枪。砰！砰！砰！

但是，格鲁特伤得很严重。他趴在地上，匕首在他的侧腹噼啪作响。他朝着数据核心摔下去。他无法抓住锁链了，于是笼子狠狠地开始下降。

格鲁特也即将落入无限的数据中。

我救不了他。我也救不了我自己。我快被粉色的光芒烧着了。我的脑子在嗡嗡作响。

这就是结局。这就是新时代的开始，然而对我来说，这也是结束。

44

监视

下面是一片平静。绝对的平静。

我漂浮在虚空中。从很高很高的地方，我听见了枪声和尖叫声，我听见火箭焦急地喊着格鲁特的名字，我听见游侠和纳沃斯主教正在疯狂打斗。我听见远距离传输的爆炸声，那是指控者莎娜尔进入核心数据室时，由于她的体重造成的声响。我听见卡魔拉愉快地把一众黑骑士劈成两半。我听见艾邦的暗物质爆炸声和格勒坎·亚尔的重力量撞击声，他们也进入了数据室，试图控制局面，但最终并没有成功。我听见巴东战争兄弟会的队伍闯了进来，对所有人胡乱地扫射一气。

我听见阿诺克·格伦特格里尔在喊："百分之九十九！百分之——滴答！——九十九！"

百分之九十九。尘埃落定。所有的声音都褪去。消失了。

我感觉到我的精神渐渐溢出。

我觉得自己很空虚，但又很饱满。

我独自在一片柔和的粉红色空虚中。我能感觉到、看到并且知晓一切。

这是一种非常独特的感受，温柔的读者——我再也没能第二次有感受过这种存在。从感知和能力的角度来说，我几乎是具有神性的。

我觉得……

我觉得自己能控制一切……就像费里斯·布尔勒在那个什么电影里……

嗯……片名是什么……好像是叫"翘"什么，还有学校什么的。我只是在迎合一下你们的文化……

我刚才说什么了，温柔的读者？

我又开始唠叨了。

我……

什么？

什么东西。我刚才说了什么，亲爱的读者？

《跳船啾啾》，我爱你跳布加洛，我爱……

我说什么了？

等一下……

我不是在虚空中独处。我旁边飘着一个穿长袍的巨大身影，那个身影有着特别亮的大光头。

"你是谁？"我问。

"我是观察者，"那个身影回答，"我是乌阿图。我是最古老的种族。我观察、记录并汇总宇宙中的一切知识。"

"和我很像。"我点了点头。

"不，不，我要汇总宇宙中无限的知识。"他说。

"我也是。"

"对，但是规模却大有不同。"

"好吧。"

我们沉默了好一会儿。多重宇宙在我们周围闪耀着。

"那么，你能听见我说话吗？"观察者问。

"可以。"

"你能看见我吗？"

"当然能看到你。"

"好，"观察者说，"这种事情本来是不可能发生的。"

"我该怎么回答？"我说道，"现在，我可以看见万事万物。我和宇宙同在。"

"这么说倒也不奇怪。"观察者回答。

"你为什么在这里？"我问。

"这是宇宙的重要时刻，记录仪127。这一刻，616宇宙的本质发生了改变。"

"所以由你来处理这件事，对不对，乌阿图先生？"

"我只是观察、记录。"他回答。

"不过，你可以介入此事，"我提出建议，"你拥有强大的力量。"

"我确实有。"

"但你不会出手。"

"我还是搞不懂你为什么能看见我。"观察者说。

"那我能做些什么？"

"是哪种意义上的'做什么'？"

"我处理不了现在的状况。我的数据存储空间爆炸且熔化了。我不可能引导什么宇宙力量。参宿七的工厂把我造得很精密，但我可不是为了控制宇宙而设计的。"

"那就把这份力量移交给有能力的人。"观察者说。

他消失了，大光头也看不见了。

"百分之百！"我听见阿诺克·格伦特格里尔在上头大喊大叫。

我成为神了，亲爱的读者。

让我适应一下，好吗？

45

力量越大，责任越大

　　我被关在笼子里，在数据核心粉红色的火光上方晃动。我往上看，恰好看到身受重伤的格鲁特依然艰难地攀着笼子上的链条。

　　我现在和万物同在了。但我不想要也不需要这种力量。

　　移交，观察者是这么说的。

　　我知道再也没有别的机会了。多重宇宙也没有别的机会了。

　　我把这份全知全能的力量……转移给了格鲁特。

　　为什么？我听见你这么问了，温柔的读者。

　　嗯，因为我信任他。

　　格鲁特还挂在链条上，但是他开始发光了。刺进他侧腹的匕首飞出去掉进了下方数据核心的粉红色光芒中。他的伤口迅速愈合。

　　他闪耀着能量的光芒。

　　"格，鲁，特。"他惊讶地说。

　　没错。他是格鲁特。一切都是格鲁特。

　　"把他们赶走！"我大声喊道，"格鲁特，求你了！把他们赶走！你能做到的。我给了你——赐予你——宇宙力量。"

格鲁特成了宇宙中最强大的存在。他是全知全能的。他能做到任何事。炸掉行星吞噬者，重塑雷神，重启宇宙的历史。

但是，我真的真的非常信任他。

"你在下面一个劲地发光啊，兄弟。"火箭从上面喊道。

"格，鲁，特！"

"对，没错，你是神了。很好。特别好。帮你的老朋友干点神才能干的事情。把这堆破事处理了！"

格鲁特做到了。指控者莎娜尔消失了。格勒坎·亚尔和艾邦也消失了。巴东人和游侠也不见了，宇宙真理教所有狂热的信徒也都无影无踪了。

这下格鲁特有了信心。他让力量延伸到了更远之处。我们上方毁坏的大楼和数百名士兵也消失了。半人马座阿尔法星市区上空阴云密布的天空突然间没有了战舰和神庙飞船的踪影。

我低估了格鲁特高尚的心灵。

他的能量盘旋着，几乎令人晕眩。时简公司总部大楼恢复成原先的模样。半人马座阿尔法星城区那些被毁的建筑也都得以重建。受伤的人也都恢复了健康。就连死去的人也恢复了生命：外星战士、时简公司员工、无辜的半人马座阿尔法星市民，甚至包括死去的巴东人、克里人、克桑达人、希阿人，以及宇宙真理教的信徒们。他们复活，然后返回各自的领地。

"干得好，朋友！"火箭冲着下面大声喊，"干得太好了！你把一切都恢复了原样了！太了不起了！"

"你做得没错，格鲁特，"我说，"你恰当地使用了这份力量。"

"还要做最后一件事，兄弟，"火箭大声说，"最后一件事。"

"格，鲁，特。"

"对，你懂的！你得摆脱这份力量……以及，整个数据核心。不能再让其他人利用它！"

"格，鲁，特！"

"对，对，我估计任何人一旦到手这种力量之后都很想继续保留它，"火箭从上面很远处表示同意，"但是你要做出正确的选择啊，朋友。我说，你是个好人。你生在 X 行星的贵族家庭。你生来就被教育要懂得因权力带来的责任，要谨记，当时机成熟，一棵好树成了国王时，你必须要英明地统治！听见没有啊，兄弟！再说了，我也不想跟一个全知全能的家伙出去闲逛啊！"

格鲁特很犹豫。我感觉到他非常不情愿放弃这份力量。但是，亲爱的读者，格鲁特做出了正确的选择。当他把能量释放出来的时候，周围一阵爆炸。它的辐射穿过了无限的多重宇宙，最终消散在了宇宙背景中。我们下方的数据核心在一片粉红的闪光中消失了——它的能量消失了，数据也四散而去。数据核心的支持系统被彻底烧毁了。格鲁特确保它再也不能被启用了。

格鲁特以神的身份做了最后一件事，他创造了一个宇宙安全防护系统。如果有任何人在任何时间、任何地点想要再创造一个数据地图，企图再次获取这样的能量，他们会在一瞬间忘了该怎么做。

威胁解除了，再也不会出现了。

我还待在笼子里，格鲁特勉强拉着笼子的锁链。我们在黑暗中轻轻摇晃，下面是空无一物的无底深坑：被毁的数据核心。

我听见火箭放心地吹着口哨。

"坚持住，兄弟们，"他喊道，"我会把你们都拉上来的。"

他转向格伦特格里尔和汉克斯查普。斯勒德利·拉纳克正坐在旁边的地上摸着自己的脖子，一脸迷惑不解的表情。柯索博·柯索布克斯则呆呆地靠在一旁的墙上。

"别站着发呆呀！"火箭对他们说，"过来帮我把他们拉起来。"

"要快！"卡魔拉也跑到围栏边。"必须快点把他们拉起来！锁链快要断了！他们随时可能掉下去！"

可是，一切都太晚了。锁链被巨大的宇宙力量磨损，正在吱嘎作响，而且出现了应力性裂痕。

锁链断了。

格鲁特和我掉了下去。我们这下死定了。

然而周围突然出现了大转折的气息，一丝惊恐反转的意味冒出来，然后是一阵闪光。

太空骑士出现在了我们上方。他的飞行系统尖啸不已，他向下俯冲，一手抓住格鲁特，一手抓住了笼子。

他竭尽全力把我们拎上去放在地上。

"兄弟！"火箭开心地叫着，抱住格鲁特的腿。

"格，鲁，特！"

"很高兴再见到你，记录仪兄弟。"火箭冲我大笑。

他看了看游侠。

"干得好。"他说。

"我被宇宙力量扔在了远方，"游侠回答道，"于是，我启动了那个植入设备。很显然，宇宙希望我出现在这里。"

"大概是因为宇宙想告诉你一些事情。"火箭说。

"我会认真听它说，并且真心接受它的建议。"游侠回答。

"等等！等等！"汉克斯查普喊道。"这群疯子毁了时简公司有史以来最大的项目！他们害得公司遭受了惨重的损失……毁掉了不可估量的收益！连我也只能想象出这个项目盈利的零头！他们毁掉了公司的未来！我要逮捕他们！他们必须为自己的罪行付出代价！付出终生代价！抓住他们，太空骑士，把他们交给——"

"我不再为你工作了。"游侠说着取下了那个植入设备，并把它交给格伦特格里尔。"多谢这个设备，我现在知道了，其实我并没有为你们工作。它让我知道自己做错了。"

"必须有人干点什么！"汉克斯查普尖叫起来。但是他手下的人谁都没动。

"干点什么！"汉克斯查普尖叫道。

"好好，"火箭浣熊说，"我们这就走。"

46

令人惊讶的尾声

嗯，这就是结局了。

得了吧，亲爱的读者。要是你都看到这部分了，说明你肯定看过漫画了。嗯，我又引用了你们的文化。地球上的漫画书总是有各种声明、公告什么的。

突突突、砰砰砰和死人的事情都结束了，再也没有尖叫、恐慌、逃离危机之类的事情了。我的故事结束了。我要强调一下，我们所做之事的重要性：宇宙——多重宇宙——逃离了恐怖的命运。

从根本上来说，这要归功于一只会说话的浣熊和一棵会走路的树。是的，是的，还有其他人——但是一切的根本，还是他们俩。没有他们俩，你的细胞上就得刻上"时简公司"的标志了。没有他们俩，未来就只有无穷无尽冷漠无情的超巨型集团公司了。

他们是银河护卫队。嗯，事实上是多重宇宙的护卫队。但是，战队名字的字太多读起来就不那么帅气了。

然后，我和他们告别了。

"真是不得了的经历。"我们走上诺瓦军团巡逻艇的登机板。巡逻艇还停在时简公司楼顶的 3447 号空中码头。

卡魔拉朝火箭说了一句"回头见",亲了一下格鲁特的脸就消失在了阴影中。在银河护卫队成员再次集结之前,她还有自己的工作要做。

游侠朝我们点了点头,然后也走了。我觉得他回戈拉多兰去了。

"要跟我一起吗,兄弟?"火箭问。

"你们要去哪儿?"我反问道。

"嗯,这里或者那里吧。应该是那里。"

"不过,我得留在这里,"我回答,"我联系了参宿七的方舟舰队。他们会来回收并修复我,还要修复这里所有处于休眠状态的记录仪朋友。"

"是吗?"

"我要把数据复制出去,然后格式化,"我说,"我在宇宙中逛的时间太久了。"

"好的,兄弟,祝你好运。"火箭说。

"你难过吗,火箭浣熊?"我问道。

"不,不,我只是眼睛里进沙子了。"

"格,鲁,特。"格鲁特说着便弯腰拥抱了我。

"嗯,你就是格鲁特。"我说。

"要是你什么时候想冒险了,就给我们打电话,好吗,记录仪兄弟?"火箭站在巡逻艇的登机板上说道。

"格,鲁,特。"格鲁特说。

"格,鲁,特!"我以最大的热情回答道。

然后他们就走了。

那之后又过了很多年，亲爱的读者。尽管参宿七的制造者们把我的数据存储空间清空了，但是出于个人原因，我还是保留了那段激动人心的大冒险记忆。我尽自己最大的努力记录了那次事件中主要人物的命运。多年来，我通过自己能找到的一切数据源记录着他们。

如果你感兴趣的话，我可以告诉你。

指控者莎娜尔以"人民的英雄"的身份回到了哈拉。她告诉民众，是她一手化解了时简公司的威胁。她被大肆表彰奖励，最终成了指控者罗南的幕僚之一。罗南很赏识她，还赐予了她更大的权力锤。

乌娜-仁，也就是"帕玛·哈农"也被视为英雄，她继续以顶级秘密特工的身份为克里星际帝国服务。不过，她也要为三次克里-斯库鲁战争的扩大而负责。

战争兄弟会指挥官卓奥克花了十七年时间才把他的无敌毁灭舰舰队从遥远边缘世界的小行星带里开出来。当初格鲁特突发奇想，把他们扔在那里了。当他回到巴东时，已经发生了十三次政权更迭。至于卓奥克本人，据我所知，他依然很想得到一张浣熊皮来装饰他在巴东战争兄弟会的荣誉纪念室。

百夫长格勒坎·亚尔回到了克桑达，然后就和百夫长克劳蒂结婚了。他们生下了六个颇有前途的小队员。亚尔又服役了四期，然后被提升为诺瓦军团团长，他在这个职位上度过了颇为辉煌的九年时间。之所以选择亚尔当诺瓦军团的团长，是因为他先前所做的工作有力地促进了克桑达和希阿的合作。

队员斯塔克罗斯和瓦利斯都晋升得很快。

希阿帝国卫队的代理队长阿拉齐一直忠心耿耿地为祖国效力，后来他在战争中牺牲了。在那次克里－斯库鲁战争中，阿拉齐很不幸地正好处在交战双方的中间地带上便牺牲了。

卫兵战星 34 和卓贡继续为希阿最高统治者服务。

卫兵艾邦则在职业生涯的末期成了代理队长。这次晋升在很大程度上要归功于她和克桑达人格勒坎·亚尔的合作。多亏了亚尔和艾邦的交情，帝国卫队和诺瓦军团建立了紧密的合作关系。由于他们二人的私交，希阿帝国和克桑达双方的关系也进入了全新的密切合作阶段。

巨魔皮普依然经营着他在阿德俱法的古董店。

斯勒德利·拉纳克辞去了他在时简公司的工作，声称自己"已经丢失了经营的头脑"。就像所有斯库鲁人一样，他也觉得现在是时候换一种生活方式了，如今他成了一个非常稳重、非常成功的鳟克农场主。

布林特·韦弗尔斯利用他的法律知识控告时简公司制造了"工作场合非正常死亡"，并得到了八十六万亿的赔偿。现在，他在半人马座阿尔法星上开了自己的律师事务所：威瑟、吉米尼、卡夫帕尔联合事务所。

继韦弗尔斯的那场官司之后，奥杜思·汉克斯查普成了第4006层收发室的高级助理检察员。

阿诺克·格伦特格里尔成了高级执行——滴答！——总裁【特别项目】，然后继续去找曼特里斯蒂克太太的麻烦。

柯索博·柯索布克斯离开时简公司去当了私人保镖。他在时简公司的位置由一个叫布朗格的人所接替。

宇宙真理教的神庙飞船被扔到了超居68的黑洞事件视界上（这也是

格鲁特全知全能的突发奇想）。他们花了四十年的时间才逃离黑洞的引力。在此期间，他们更换了八名教宗。其中一个名叫扎尼亚·奥博尔，也就是"阿兰德拉·梅拉纳提"。

纳沃斯主教依然是个彻头彻尾的大混蛋，进黑洞前是，出来之后也没变。

游侠回到了戈拉多兰，重拾自己的誓言，现在他以保护者和复仇者的身份在银河系活动。

卡魔拉逃亡了足足六个月，主要是在躲避她在负空间那位雇主派来的杀手，因为雇主对她十分不满。最终，她决定直面灭霸，向他亲自解释为什么自己没能把记录仪拿到手，以及为什么他最好不要再追究此事了。最终，她把那两把剑都刺进了灭霸的肚子里。于是，她（再一次地）拯救了宇宙。不过这又是另一件事了，与此次的记录无关。她依然是银河护卫队里非常勇敢的一员。

而你，温柔的读者。你也是此次叙事的一部分。我反复检查过你。很高兴你一切顺利，新发型很漂亮。让我告诉你，你在社交网络上传的那张和猫的合照真好玩！你的叔叔还好吗？他现在一切都还顺利吗？我们聊聊天吧！

火箭和格鲁特？他们不见了，并且失去了联系。我到处找他们，但一直都找不到。我觉得这就是真正的不法分子吧。我只在通缉令上见过他们：巴东的、希阿的、克里的、克桑达的……

不过在我心里，我依然时时想着他们。

我记得我们分别的时候，火箭伸出一只像极了人类的手。在我们握手的时候，我颤抖了一下，这可真不像我。

不过，火箭似乎根本没有注意到这个细节。他跳上登机板，格鲁特紧随其后。

"我们走吧，巡逻艇。"我听见火箭高喊道。

"又一次逃离危机吗，各位？"系统声音回答。

"不，这一次我们去喝点饮料。我需要不会烫伤的热饮，你不会相信还有这种好东西。"

"格，鲁，特！"

"对，这个甚好！我们马上去喝杯提摩太！"

"锁定提摩太！"系统声音说，"本飞船认为，我们应该像超级暴力大枪一样冲出去！"

于是，他们在一阵重力量漩涡中飞走了。

我所记录的最后一件事是那双像极了人类的手透过巡逻艇的舷窗朝我挥别。然后飞船消失在了空中。

我一直非常确定，他们肯定在各个地方活跃着。因为有他们在的话，银河系就安全了。

记录完